# O PAÍS DAS MULHERES

**CIP-BRASIL. CATALOGAÇÃO NA FONTE**
**SINDICATO NACIONAL DOS EDITORES DE LIVROS, RJ**

B384p

Belli, Gioconda, 1948-
O país das mulheres / Gioconda Belli ; tradução Ana Resende. - Campinas, SP : Verus, 2011.
23 cm

Tradução de: El país de las mujeres
ISBN 978-85-7686-122-5

1. Ficção nicaraguense. I. Resende, Ana. II. Título.

11-3117 CDD: 868.992253
CDU: 821.134.2(728.5)-3

GIOCONDA BELLI

# O PAÍS DAS MULHERES

1ª EDIÇÃO

**Tradução**
Ana Resende

VERUS editora
Grupo Editorial Record

***Título original***
*El país de las mujeres*

***Editora***
Raïssa Castro

***Coordenadora Editorial***
Ana Paula Gomes

***Copidesque***
Anna Carolina G. de Souza

***Revisão***
Maria Lúcia A. Maier

***Projeto Gráfico***
André S. Tavares da Silva

***Imagem da Capa***
© PhotoGraphyKM (iStockphoto LP)



VERUS EDITORA LTDA.
Rua Benedicto Aristides Ribeiro, 55
Jd. Santa Genebra II - 13084-753
Campinas/SP - Brasil
Fone/Fax: (19) 3249-0001
www.veruseditora.com.br

GRUPO EDITORIAL RECORD
www.record.com.br

*A Maryam, Melissa e Adriana, minhas filhas;*
*a Alía Sofía, substituta das amazonas*

# AGRADECIMENTOS

O primeiro agradecimento é para minha mãe, Gloria Pereira. Desde menina, ela me fez sentir orgulhosa de ser mulher. Graças a ela, nunca percebi meu sexo como uma desvantagem; graças a ela, eu o bendisse desde que tive consciência de ser o que sou.

Nos anos 80 na Nicarágua, durante a Revolução Sandinista, realmente existiu um grupo de mulheres, de amigas, que se organizou no que chamamos de PEE, o Partido da Esquerda Erótica. Cada uma de nós tinha uma posição intermediária importante em estruturas governamentais, partidárias ou de massas. Nós concordamos em discutir e pôr em prática estratégias de promoção dos direitos da mulher, individualmente, em nossas esferas de influência. O grupo esteve ativo durante vários anos e foi um exercício de camaradagem e criatividade compartilhada, que enriqueceu a todas. Com o passar do tempo, nos dispersamos em outros círculos e até adotamos posições contrárias na política, mas acho que nenhuma de nós lamenta ou se arrepende do que, juntas, "cozinhamos" em nossas reuniões. Por isso, agradeço a Sofía Montenegro, Milú Vargas, Malena De Montis, Ivonne Siu, Ana Criquillón, Vilma Castillo, Rita Arauz, Lourdes Bolaños, Alba Palacios e Olga Espinoza, pelas memórias que serviram de inspiração para este livro.

No processo de elaboração do romance, contei com o apoio assertivo e os comentários e sugestões prudentes de pessoas muito próximas, cujo estímulo e apoio foram imprescindíveis para este livro ser o que é. Agradeço as sugestões e contribuições valiosas de Viviana Suaya, Martha

Chaves, Azahalea Solís e Carla Pravisani. A meu marido, Charles Castaldi, e a meu agente e amigo Guillermo Schavelzon, este livro deve os conselhos, correções e edições que o levaram a este final feliz.

Em minha vida cotidiana, tenho que agradecer, em especial, a Dolores Ortega, a minhas filhas, Maryam, Melissa e Adriana, e a minha irmã, Lavinia. Elas, cada uma à sua maneira, me acompanharam neste trabalho e tornaram suportáveis os momentos insuportáveis.

Agradeço, finalmente, a todas as extraordinárias mulheres que abriram o caminho à igualdade, às que rodearam a minha vida, às que conheço pessoalmente e às que me iluminaram com suas palavras; todas elas são artífices deste caminho que estamos percorrendo, nós, mulheres modernas, empenhadas em tornar real o sonho da igualdade e da justiça amplamente adiado, ao qual temos direito e que sem dúvida conseguiremos conquistar não apenas por nossa felicidade, mas pelo bem, pela harmonia e pelo verdor incomparável deste belo planeta que habitamos.

# SUMÁRIO

# A PRESIDENTA

Ventava forte numa fresca tarde de janeiro. O sopro poderoso dos ventos alísios perturbava a paisagem com seus volteios. Por toda a cidade, o lixo rodopiava, flutuando de uma calçada a outra e roçando a sarjeta com um som de ancinho em sol menor. A lagoa em frente ao Palácio Presidencial de Fáguas tinha a água encrespada e cor de café com leite escuro. Cheirava a banana, flores silvestres maltratadas e corpos suados que se espremiam.

No palanque, a presidenta Viviana Sansón terminou seu discurso e ergueu os braços triunfante. Bastava agitá-los para que a praça toda irrompesse em aplausos renovados. Era o segundo ano de seu mandato, e o primeiro em que se comemorava, em grande estilo, o Dia da Igualdade Em Todos os Sentidos, que a liderança do PEE exigiu que fosse incorporado às festividades mais importantes do país. A emoção turvava os olhos da presidenta. Todas aquelas pessoas, que a olhavam com exaltado fervor, eram a razão pela qual ela estava ali, se sentindo a mulher mais afortunada do mundo. A energia que lhe transmitiam era tamanha que ela desejava continuar falando dos sonhos malucos com os quais desafiou as previsões de todos que acreditavam que ela jamais alcançaria o poder e contemplaria, como fazia naquele momento, o fruto da audácia e do enorme esforço despendido por ela e pelas companheiras do Partido da Esquerda Erótica.

Olhou em volta. Viam-se meninas nas sacadas dos edifícios próximos, trepadas em árvores do parque ao lado e até mesmo no telhado do caramanchão no centro, e homens sentados na escadaria do palácio presidencial. Em volta do palanque, as policiais que formavam o cordão de isolamento titubeavam com a pressão da multidão. *Coitadas*, pensou, enquanto continuava acelerada, movendo os braços erguidos de um lado para o outro, dando voltas no palanque circular. Não queria policiais, mas Eva insistia em tomar conta dela. Preocupava-se com o fato de que ela discursasse no meio de praças.

O suor escorria por suas costas depois de duas horas se mexendo de um lado para o outro. Nunca proferia seus discursos por detrás de parlatórios. Com o estilo de uma cantora de rock – roupas pretas e botas –, ela acabara com a tradição dos políticos de outrora, sempre protegidos por mesas e parlatórios. Mas ela não. Queria que o povo a visse como alguém próximo e acessível. Desde sua posse como presidenta de Fáguas, e mesmo antes disso, na campanha eleitoral, sempre discursava em meio à multidão com o microfone na mão. O círculo que se formava era um abraço, dissera, e a palavrinha mágica de sua administração era CONTATO. Todos em contato, se tocando, se sentindo. O círculo simbolizava a igualdade, a participação, o ventre materno, o feminino. Reafirmava sua fé no valor de conhecer com o coração e não apenas com a razão. Foi essa mudança que ela imprimiu na política do país e que lhe permitiu se envolver no calor dos outros – o calor que a fazia suar debaixo do sol magnífico daquele dia, que começava a se apagar.

Viviana continuou a corrida pelo palanque circular. Aos quarenta anos, tinha um físico invejável: o corpo moreno claro e firme de nadadora, uma densa floresta escura de cabelos cacheados na altura dos ombros – herança do pai mulato, que nunca conhecera – e o rosto fino de feições delicadas da mãe, mas com grandes olhos negros e lábios grossos e sensuais. Naquele dia, Viviana trajava uma camiseta preta com um decote profundo, por entre o qual sobressaíam os fartos seios, cuja utilidade só passou a aceitar depois que entrou para a política. Durante a adolescência, o tamanho dos seios a incomodava de tal maneira que foi fazer natação quando percebeu que todas as nadadoras eram retas como tábuas de passar. Embora tenha brilhado com suas proezas aquáticas e tenha chegado a ser campeã nacional de natação, só ficou conhecida pelo crescimento descomunal dos já famosos seios. No fim, não lhe restara mais nada senão assumir as formas generosas. Acabou decidindo reverenciá-las e convertê-las em sinônimo do compromisso de oferecer à população do país os rios de leite e mel dos quais o povo havia sido privado pela incompetência masculina. Às vezes, recriminava o próprio exibicionismo, mas que isso funcionava, funcionava. Não seria nem a primeira nem a última mulher a descobrir o efeito hipnótico de um físico voluptuoso.

Depois de completar correndo mais três voltas no palanque, parando de vez em quando para erguer os braços em sinal de vitória, Viviana decidiu que já era o bastante. A sensação de triunfo era inebriante, mas estava cansada e não queria exagerar na dose. *Já basta de egolatria*, pensou. A seu ver, era perigoso alimentar excessivamente a adoração do povo. Desde o início, Martina, Eva, Rebeca e Ifigenia insistiram para que ela se aproveitasse da influência magnética que exercia sobre as multidões. Ela aceitava o desafio algumas vezes; levava as massas ao máximo entusiasmo, mas depois sentia a compulsão maternal de tranquilizá-las e tinha de refrear o desejo de cantar canções de ninar ou contar histórias, como fazia com a filha depois de brincar de correr pela casa gritando e fazendo cócegas uma na outra até caírem no chão. Era possível acalmar Celeste, quando pequena, até que ficasse sonolenta e pronta para escovar os dentes e vestir o pijama. Mas com as multidões ela não podia lançar mão do mesmo método, por isso usava outros meios: mudava o ritmo, relaxava, punha-se a caminhar em silêncio, balançando suavemente os braços, andando lentamente e cada vez mais devagar pelo círculo. Fez um sinal para as companheiras do PEE, que haviam lançado com ela a ideia do partido, para que subissem ao palanque e caminhassem todas juntas, de mãos dadas, como o elenco de uma peça de teatro que se encerra. Ela queria que se sentissem amadas e desfrutassem de uma vitória que também lhes pertencia. Eva Salvatierra, Martina Meléndez, Rebeca de los Ríos e Ifigenia Porta também eram atraentes e cheias de vida. Eva era ruiva, pequena, com sardas nas bochechas e voz nasalada, tinha um ar levemente adolescente que contrastava com sua eficiência mortal. Martina tinha cabelos castanho-claros lisos, era mais cheia que magra de corpo. Nasceu com o dom de um senso de humor irreverente. Os olhos pequenos e escuros duvidavam, a princípio, de quase tudo. Rebeca de los Ríos era alta, morena, esbelta como um junco, como dissera dona Corín Tellado, e dona de uma beleza obscura e misteriosa; tinha o porte mais elegante e refinado de todas. Ifigenia, a Ifi, era magra, de rosto largo e nariz pronunciado; todas gostavam dela porque era parecida com Virginia Woolf.

Os aplausos subiram momentaneamente de tom, e foram diminuindo em seguida, enquanto Viviana começava a falar devagar: Agora iremos todos para casa, disse delicadamente ao microfone, quase sussurrando as palavras, enquanto sorria e repetia obrigada, obrigada como um mantra, um encantamento, que também a permitira aceitar a alegre surpresa de que tantos depositassem confiança nela e em seu governo.

Nesse momento, normalmente a animação do público começava a diminuir e saía do peito, da garganta e da boca como um espírito exausto que se dissolve em um clima de fim de festa. Ela costumava observar fascinada o processo – a energia acumulada desaparecia dos corpos como um fluxo de água derramada que se perde nas esquinas, enquanto a compacta multidão se abria como uma mão em despedida.

Aquele dia, porém, ainda reservava uma surpresa: fogos de artifício ofertados pela embaixadora da China. A primeira explosão foi ouvida de longe. A multidão parou. Um guarda-chuva incandescente de luzes cor-de-rosa começou a escorrer sobre a praça. Depois, vieram cascatas de pétalas brancas iluminadas, aranhas verdes, flocos azuis e tentáculos amarelos. Todos ergueram o rosto para olhar aquela maravilha, enquanto exclamações brotavam das gargantas. Viviana sorriu. Adorava fogos de artifício. Eva, que era ministra da Defesa e Segurança, decidira que ela e as outras deixariam o palanque para observar os fogos de um local mais seguro, mas Viviana não se mexeu, hipnotizada pela luz e pelo efeito do céu iluminando os rostos na multidão, subitamente transportada aos mistérios da infância. Alheia a seu papel de protagonista, já que fora normalizada a corrente de adrenalina da atuação pública, pôde, nesse momento de descanso, reparar em um homem com boné azul de caminhoneiro que abria espaço por entre a multidão. Ela o viu se aproximar e erguer os braços bem perto, como se fosse tirar a blusa de moletom pela cabeça. Era tarde demais quando percebeu sua intenção. Não ouviu o disparo, mas um calor viscoso a golpeou com força no peito e na testa e a fez perder o equilíbrio. Caiu para trás, sem poder evitar. Mas ainda pôde ouvir a gritaria que irrompeu a seu redor. Viu um homem magro, também de boné, com cara de bom samaritano, se inclinar sobre ela. No caleidoscópio de imagens confusas em que mergulhou lentamente, viu o rosto de Eva, Martina e Rebeca como reflexos projetados em uma poça. Quando ouviu a triste sirene das ambulâncias, seus pensamentos começaram a desaguar em um silêncio completo, como se alguém tivesse aberto uma comporta.

## Transcrição completa do relato de José de la Aritmética

**Eva Salvatierra:** Diga seu nome e informações gerais, por favor.
**J. A.:** José de la Aritmética Sánchez. Tenho cinquenta anos, sou casado, moro no bairro Volga... Já é suficiente ou tenho que dizer mais alguma coisa?
**E. S.:** Está bom. Sr. José, quero que me diga, por favor, o que aconteceu na praça. Onde estava na hora dos disparos? O que o senhor viu?
**J. A.:** Veja bem, se quer que eu dê minha opinião a respeito de quem atirou, vai ter de ouvir a história desde o começo, porque não creio que coisas assim aconteçam de um dia para o outro, e vou contar-lhe minha impressão desde o dia em que a presidenta Viviana tomou posse, porque eu estava lá, sabe? Nunca perco reuniões, desfiles ou manifestações. Dependo da política e de qualquer outra coisa que forme aglomeração. Elas são para mim como o Natal para os comerciantes. Todo mundo gosta de raspadinha, e as minhas são de primeira. Eu nunca imaginei que vocês, mulheres, fossem mandar em nós. Até ri no começo da campanha eleitoral, admito, quando vocês apareceram apresentando o partido com a bandeira do pezinho. Claro que tinham como candidata uma personalidade como Viviana Sansón, mas eu não achava isso suficiente. Assim como dizem que o hábito não faz o monge, digo que um programa de TV também não. Não nego que todas me pareceram muito inteligentes. Quando diziam que estavam fartas de que nós, homens, continuássemos destruindo o país, roubando o Estado e promovendo escândalos, claro que eu sabia ao que estavam se referindo, apesar de não ser mulher. E também não nego que gostei da ideia de que seriam a mãe dos necessitados e fariam uma faxina no país como se fosse uma casa malcuidada, que o varreriam e esfregariam até que ficasse brilhando. Você devia ver como minha mulher e minhas filhas ficaram fascinadas ao ouvir essas coisas. Mas essa história do erotismo soou um pouco estranha, porque eróticos, para mim, são os calendários de borracharia com mulheres bonitas seminuas. Quando falavam disso, não parecia coisa séria, eu não achava que isso deveria fazer parte do discurso sobre o que era preciso para governar a nação, embora tenha de confessar que não concordo com esses que andam por aí criticando porque dizem que vocês permitem que todos sejam livres para fazer sexo com quem quiserem: homens com mulheres; mulheres com mulheres; homens com

homens. Nisso eu não me meto. Cada um sabe para quem abre as pernas. Ai deles. Porque terão de acertar as contas com o Todo-Poderoso lá em cima, e desde que eu não tenha que lidar com isso, pouco me importa. Como tenho cinco filhas, Deus me livre e guarde de dizer qualquer coisa. Elas caem pra cima de mim. Não gostam nem que chamem veados de veados... Agora são gays, companheiros, sei lá...

**E. S.:** Sr. José...

**J. A.:** Ah, sim, desculpe-me, é que acho melhor que a senhora ouça o que pensa alguém como eu, um cidadão comum. A questão é que, quando o vulcão entrou em erupção, depois dos dias de escuridão, a senhora sabe como nós, homens, ficamos: acabados, passivos. Ninguém mais lhes opôs resistência. E as senhoras ganharam a Presidência e a maioria na Assembleia com os votos das mulheres. Nós não tínhamos ânimo para nada. Éramos como um eletrodoméstico que alguém desligou da tomada. Eu me lembro muito bem! Aquela sensação estranha que nos invadiu e nos deixou fora de combate, submissos, obedientes. Deus do céu! Que dias foram aqueles!? Se a senhora tivesse visto como riram minhas vizinhas quando me viram passar empurrando o carrinho de raspadinhas a caminho da manifestação que celebrava a vitória – eu caminhava como um cachorro com o rabo entre as pernas. Na época, parecia que nós, homens, nunca mais iríamos erguer a cabeça. Mas claro que o ponto alto foi – e não me apresse – quando a presidenta decretou que todo o seu gabinete, incluindo o comando do exército e da polícia, seria composto apenas por mulheres; que em seu governo não haveria nenhum homem, nem mesmo um motorista, um vigilante, um soldado. A senhora se lembra disso? Ela disse que as mulheres precisavam governar sozinhas por um tempo, e, enquanto isso, os homens iriam repor suas forças cuidando dos filhos e desempenhando apenas tarefas domésticas. Assim se recuperariam da fumaça tóxica do vulcão, da falta daquele hormônio. Qual é mesmo o nome?

**E. S.:** A testosterona, sr. José, a fumaça do vulcão reduziu os níveis de testosterona; é esse o nome do hormônio.

**J. A.:** Não posso nem pronunciar essa palavra. Onde moro chamam de "terrona". Mas a questão – como a senhora bem sabe – é que afastaram esses poucos homens sem dó. Para mim, esse radicalismo não foi nada apropriado. Pelo menos, quando os ministros e as pessoas importantes do governo eram na maioria homens, sempre havia secretárias, contadoras, as que se encarregavam da limpeza... Agora nem para isso servíamos. E eu pensei com meus botões que os motoristas pelo menos deveriam continuar. Se batessem um carro, se um pneu furasse, acham mesmo que vocês, mulheres, iam resolver isso como um homem? Tem coisas que um faz melhor que o outro. E não há como contornar isso. Eu não vou discutir sobre o mel das raspadinhas com minha mulher. É ela quem sabe escolher os melhores abacaxis, quanto açúcar botar no leite, quanto tempo cozinhar para não ficar muito grosso.

**E. S.:** Mas saiba, sr. José, os melhores cozinheiros do mundo são homens... Além do mais, lembre-se de que essa medida é temporária...

**J. A.:** Mas veja quanto ressentimento alguns guardaram... Tenho certeza de que quem atirou na presidenta foi um ressentido...

**E. S.:** Pode ser. É isso que queremos saber. Esclareça-me uma curiosidade: por que o senhor se chama José de la Aritmética?

**J. A.:** Minha mãe era analfabeta. Quis pôr o nome do santo, do homem que sepultou Jesus.

**E. S.:** José de Arimateia?

**J. A.:** Talvez. Mas ela decidiu que era de la Aritmética. Achou que parecia nome de pessoa inteligente.

**E. S.:** E deixe-me perguntar-lhe: o senhor viu o homem que atirou?

**J. A.:** Ver, ver, não vi. Estava cuidando do carrinho, porque nessas ocasiões, como a senhora deve saber, sempre há amigos do alheio e, além disso, os fogos de artifício ardem meus olhos. E é o tipo de coisa que quem viu uma vez, já viu todas, sabe? Não me parecem grande coisa. Assim que comecei a contornar o palanque para voltar para casa antes que todo mundo saísse como uma boiada, e, bem, eu queria passar mais perto da presidenta, e então eu a vi parada, como se estivesse congelada. E, em seguida, ela fez o movimento estranho que as pessoas baleadas fazem, sacudindo o corpo. Então nem pensei, pode acreditar. Tive certeza de que ela fora baleada. Subi na tampa do carrinho e pulei no palanque. Quando cheguei, ela estava caindo. Ela me encarou, assustada. Até me arrepio quando me lembro disso.

**E. S.:** E de onde o senhor acha que partiu o tiro?

**J. A.:** Da frente dela. Foi alguém que estava na frente dela, mais à frente da barreira policial.

**E. S.:** E o senhor o viu? Poderia descrevê-lo?

**J. A.:** Eu me virei para olhar para as pessoas, quando estava com a presidenta, para ver se via quem foi. Vi alguém sumir em meio à multidão: usava um chapéu, um boné, uma coisa escura, azul, eu acho, na cabeça...

**E. S.:** Um homem?

**J. A.:** Bom, acho que sim. Mas foi tudo muito rápido, uma confusão enorme, nem tenho certeza do que estou dizendo, pode ser que esteja errado, seria perfeitamente possível, mas agora que a senhora está me pressionando, acho que sim, que foi isso que vi. Se me lembrar de mais alguma coisa, irei avisá-la.

**E. S.:** E o senhor ouviu um estampido?

**J. A.:** (*Silêncio.*) Veja, agora que tocou no assunto, podiam-se ouvir os foguetes, mas o tiro não se ouviu. Estranho, não? Mas, desculpe perguntar: como está a presidenta?

**E. S.:** Está no hospital. Divulgaremos qualquer notícia. Queria lhe pedir uma coisa, sr. José. Como o senhor anda por toda parte e fala com muita gente, seria muito pedir-lhe que, de vez em quando, viesse nos contar o que tem ouvido? É possível que haja algo por trás dessa história, entende? E, além disso, como o senhor disse, é importante ouvir cidadãos como o senhor. Este é meu cartão. Ligue para esse número. Se eu não estiver, peça para falar com a capitã Marina García. Ela irá atendê-lo. De acordo?

# O GALPÃO

A primeira coisa que Viviana Sansón fez ao acordar foi tocar o peito, sobressaltada. Passou a mão pelas costelas temendo sujá-la de sangue, mas, quando a tirou, estava limpa. Que esquisito! E que silêncio estranho! Um silêncio sepulcral. Arrepiou-se toda. Já não se ouvia a ambulância, nem os gritos das pessoas, nem a conversa apressada de Eva, Martina e Rebeca. Estava só, completamente só. Sobre sua cabeça, viu um telhado de zinco, atravessado por vigas de madeira, fios grossos e lâmpadas elétricas, que irradiavam uma luz fraca e amarela. Como fora parar ali? Apesar do cenário incomum, não sentiu medo, mas espanto e uma leve desconfiança. Inclinou-se lentamente. *Não dói nada*, pensou, aliviada e confusa ao mesmo tempo. À sua frente, viu um grande corredor delineado apenas pelo brilho pálido de castiçais. Dos dois lados do comprido e estreito galpão, erguiam-se grosseiras estantes de madeira sobre as quais se enfileiravam objetos que ela não conseguia distinguir. Parecia um armazém. O que estaria fazendo num armazém? *Eu tinha que estar num hospital*, pensou, atordoada. Teve medo de ficar de pé. Sentou-se e cruzou as pernas. Fechou os olhos. Quando voltou a abri-los, parecia que a luz era mais intensa. O galpão era cinza-chumbo. As paredes, o piso, as prateleiras brilhavam, estranhamente limpos. Pelo menos não tinha pó. Era alérgica a pó. Ele a fazia espirrar sem parar. Apenas vislumbrava o fim do corredor. Perguntou-se se haveria ali uma porta. Atrás dela não conseguia ver uma saída. Estava muito escuro a suas costas. Pôs-se de pé muito lentamente. Confirmou que não sentia dor, mas uma inesperada e sutil sensação de leveza. De tão fluidos, os movimentos nem pareciam seus. Já de pé, olhou novamente ao redor. As prateleiras nas laterais do galpão se delinearam mais nitidamente. Lançou seu olhar da direita à esquerda. Os objetos lhe eram familiares, conhecidos, tinha certeza de que já os vira alguma vez. Caminhou um longo trecho sem que a distância entre ela e a porta diminuísse. Sobre a madeira rude das prateleiras, viu molhos de chaves, livros, um sapato, uma toalha, um anel, uma pulseira, uma cafeteira, óculos escuros, óculos de leitura, muitos pares de óculos, vários guarda-chuvas, suéteres, joias verdadeiras e bijuterias, cosméticos, calculadoras pequenas e finas, porta-moedas, celulares, câmeras, a lanterna de bolso que costumava carregar quando viajava de avião, para o caso de acontecer um acidente e ela ter de iluminar o caminho para sair da fuselagem destruída e em chamas, os colírios, pacotes de lenços de papel, isqueiros, muitos isqueiros e cigarreiras da época em que fumava, carteiras que lhe foram roubadas, cabos esquecidos em hotéis, secadores de cabelo, pranchas alisadoras para viagem, roupa de sua filha, o casaco de Sebastián, guarda-chuvas, viseiras, bonés, chapéus que nunca usou, capas de chuva, badulaques da época em que resolveu usar colares pesados e coloridos, almofadas e colchas esquecidas em fins de semana na casa de amigos, maletas, bolsas, pratos e bandejas, abridores de lata ou de vinho, talheres, copos, taças de vinho dessas que se abandonam na praia, fotos com e sem moldura, bichinhos de pelúcia de quando era adolescente, suas coisas para jogar paciência, cremes para as mãos, cremes antimicrobianos para as épocas de epidemia... Eram coisas que recordava ter perdido e nunca mais encontrado. Como foram parar ali? E o que significavam? *Mãe do céu*, pensou, *tudo que deixei abandonado, esquecido na vida está aqui!*

# SOMANDO E SUBTRAINDO ESPECULAÇÕES

José de la Aritmética voltou para seu bairro empurrando o carrinho de raspadinhas, deixando por onde passava o rastro de água do gelo derretido. As garrafas de vidro, ao bater uma contra a outra, tilintavam sobre a rua de paralelepípedo.

Parecia-lhe tudo mentira. Lá ia ele de volta para casa, aflito, lamentando o ocorrido e envergonhado. Era preciso reconhecer, ainda que não gostasse, pensou, que era verdade o que as mulheres diziam: que os homens tinham o vício da violência. Que necessidade havia de atirar na presidenta, meu Deus?!

Talvez ele tivesse sangue de barata, mas jamais teria pensado em fazer uma coisa dessas. Talvez por ter sido criado entre mulheres – foi o único homem entre nove irmãs –, era meio feminista. Ai dele se levantasse a mão para uma delas. As outras acabariam com ele. Além disso, uma coisa dessas nunca lhe passara pela cabeça, porque gostava delas e as respeitava. Gostava das mulheres, ainda que fossem do jeito que eram. Na sua casa se sentiu protegido por elas. Quando cresceu, o machismo fez com que ele as protegesse e cuidasse para que outros homens não se metessem com elas. A irmã mais velha – ele era o segundo – mandava-o acompanhar as irmãs menores. E a mãe, ela e as outras viviam dizendo que ele era "o homem da casa". Falavam isso, mas eram elas que mandavam; ocupavam-no para ensiná-lo, como que para que as pessoas soubessem que não estavam desprotegidas, porque o pai trabalhava como caminhoneiro e viajava quase o tempo todo. Esse treinamento para proteger as mulheres foi o que o fez reagir quando viu a presidenta caindo.

A senhora acha graça do meu nome, não acha? Mas repare que o seu também parece ter sido inventado, dissera a Eva Salvatierra. Era uma mulher bonita. Muito magra, mas tinha um belo corpo e, além do mais, era ruiva. E podia-se ver que a cor era natural. Uma floresta de cabelos bela como um incêndio, e com lábios tão bem feitinhos. Onde ele estava quando ocorreram os disparos? Quem havia atirado? Encheu-o de perguntas, porque era um absurdo que não tivessem agarrado o pistoleiro. Com tanta gente e as policiais olhando para cima distraídas, quando resolveram correr atrás do atirador, já era muito tarde. Muitas policiais eram jovens sem experiência. Além disso, a presidenta não se protegia o suficiente. Gostava de andar livre. Era bonito isso, mas perigoso. Sua ideia de CONTATO talvez não tivesse custado a vida da pobrezinha porque estava escuro quando caiu no palanque. Ele nem percebeu como chegou até ela. Pulou por cima do carrinho e de lá para o palco como se lhe tivessem posto molas nos pés. Correu para ver como poderia ajudá-la, porque todo mundo ficou imóvel sem poder acreditar. Conseguiu inclinar-se sobre a presidenta antes que a própria Eva Salvatierra puxasse sua camisa para afastá-lo. Por bancar o bom samaritano, acabou como suspeito. Menos mal que, depois de conversar e perguntar até por que sua mãe lhe dera o nome que tinha, a ministra tivesse pedido desculpas e até solicitado sua cooperação.

José de la Aritmética, taciturno, caminhava arrastando os pés. Ele, que raramente se cansava, estava exausto. Não se recordava de um dia tão longo como aquele na vida, e apesar disso não terminava. Escurecia por detrás da silhueta dos vulcões que circundavam a cidade, e no céu as grandes nuvens agora brilhavam dispersas, suas formas arredondadas transformadas em extensas faixas difusas, acinzentadas. Enxergou Mercedes, sua esposa, na porta de casa com as filhas. Devia ser algo de família essa coisa de gerar mulheres, porque as dele eram cinco. Todas com nomes de flores: Violeta, Margarida, Açucena, Rosa e Petúnia. A última, a menorzinha, apontou com o dedo quando mal o tinha visto e saiu correndo, oferecendo-se para empurrar o carrinho de raspadinhas para que ele pudesse caminhar sem aquele peso. O rosto de Mercedes iluminou-se ao vê-lo. Sua mulher era boa. Casara-se com ela porque a engravidara, mas nunca se arrependera. Era comilona e gorda, mas tinha um lindo rosto e uma personalidade alegre, calma e prática. José entregou o carrinho a Petúnia, dando-lhe uns tapinhas carinhosos na cabeça em agradecimento. Homens e mulheres da vizinhança estavam nas ruas e calçadas, em grupos, comentando o ocorrido. Estava certo de que já correra a notícia de que fora ele que pulara no palanque. Talvez mais de um o tivesse visto enquanto tentava socorrer a presidenta. As filhas, à exceção de Açucena, que era policial, estavam todas ali. A família e os vizinhos o rodearam. O que o senhor sabe, sr. José? O que lhe disseram? Como está a presidenta? É verdade que foi assassinada?

– Não se sabe nada ainda – disse. – Perdoem-me, mas tenho que sentar.

Deixou-se resvalar no banco de madeira que Rosa lhe estendeu. Pegou um cigarro e soltou uma comprida faixa de fumaça. Mercedes ofereceu-lhe um copo d'água. Podia notar nos olhos dela que havia chorado.

– Essa história é séria – disse. – É muito sério atirar em uma mulher; é como se atirassem em todas. Prenderam quem atirou?

– Não – disse José –, ele conseguiu escapar.

– Não importa se foi em uma mulher – disse um vizinho de camisa larga e chinelos amarelos –, sempre tem alguém querendo matar os presidentes. Deveriam ter pensado melhor antes de colocar apenas mulheres para cuidar dela. Os homens tinham mais experiência com essas coisas.

– E como só mataram mulheres presidentes?! – lançou Margarida, aborrecida com o comentário. – E quem tomava conta dos homens que foram assassinados? Lembre-se do presidente Kennedy.

– Temos que ver o que vai acontecer agora – falou Violeta, a filha mais velha de José e Mercedes, ossuda, magra, trajava um vestido de faixas verdes e amarelas e tinha os cabelos compridos presos num rabo de cavalo com uma fita gasta. – Espero que o próximo governo mantenha, pelo menos, os restaurantes comunitários e as creches.

– Por que você acha que haverá outro governo? – perguntou Margarida.

– As mesmas pessoas têm que ganhar de novo. Isso vai depender de nós.

– Eu acho que vocês estão se antecipando aos acontecimentos – disse José de la Aritmética, surpreso com a rapidez com que cada um se preocupava com suas coisas.

– E se não ganharem? Vocês acreditam que os homens votarão nelas de novo?

– Eu votaria de novo para que vocês continuem trabalhando – falou José com um meio sorriso.

– Pois eu não sei – disse o homem de chinelo amarelo. – Elas fizeram algumas coisas boas, mas colocaram nossa vida, a vida dos homens, de pernas para o ar. Antes a vida não mudava quando mudavam os governos, mas este invadiu a vida privada de cada um.

– Pois, para mim, foi isso o que elas fizeram de bom – disse Violeta. – É o que elas chamam de felicismo: começar sendo felizes em casa.

A discussão continuou em meio a um clima de tristeza, até que soou a campainha do restaurante da vizinhança. Há um ano funcionava no bairro o sistema de cozinha rotativa, que nascera da ideia de aliviar o trabalho doméstico. As famílias, homens e mulheres, se revezavam na preparação do jantar, que era servido na casa comunitária construída por todos e que funcionava também como centro de reuniões e sala de aula para as turmas de alfabetização. O governo fornecera os materiais de construção assim que os moradores do bairro assinaram um acordo que determinava que os adultos que não soubessem ler assistiriam às aulas para se alfabetizar. Os demais iam, uma vez por semana, às sessões de leitura nas quais um dos jovens do bairro, que estava no colegial, lia romances ou o livro que um dos participantes sugerira.

Durante a refeição, houve orações e choro pela presidenta, e a maioria, em vez de ficar conversando por muito tempo depois de lavar os pratos e limpar o local, retirou-se cedo para casa com a esperança de que o noticiário das dez informasse o estado de saúde de Viviana Sansón.

José de la Aritmética esperou pelas notícias junto com Mercedes, consolando-a porque ela começava a chorar de vez em quando e repetia que não podia acreditar, que não entendia o que tinha acontecido. No fim, ela dormiu e ele permaneceu acordado somando e subtraindo conjecturas à falta de informações oficiais. No noticiário, só haviam exibido as imagens do atentado e da aglomeração à espera de novidades na frente do hospital.

# A LAVA

No tenso silêncio do galpão, Viviana andava de um lado para o outro, desconcertada. Não conseguia entender o que fazia ali. Alguém havia atirado nela, no entanto, ela não sangrava nem sentia dor ou calor. *Será que estou morta?* Mas não podia estar morta e sentir-se assim, tão lúcida. *O que estou fazendo aqui? Como saio daqui? Celeste, com quem será que ela está?* Achou melhor se acalmar. Esperaria quietinha. Talvez fosse um sonho, um desmaio. Perguntou-se se haveria alguma ordem ou finalidade no amontoado de objetos perdidos ou esquecidos. Aproximou-se da estante da esquerda. Viu os óculos escuros, um lenço de seda com desenho de trombetas de anjo, um par de botas brancas, um molho de chaves e uma das rochas de Martina. Sorriu. Era um fragmento de lava vulcânica. Martina, muito brincalhona, encarregara-se de criar uma espécie de troféu: a rocha estava presa a uma moldura de madeira, na qual estava afixada uma fina placa metálica com a legenda: "Muito obrigada". Era a lava do triunfo, dissera, enquanto entregava o prêmio a cada uma das cinco. Viviana pegou o suvenir da explosão do vulcão Mitre nas mãos.

*As ironias da história*, pensou. Elas haviam anunciado que a missão do PEE era *lavar*, remover as manchas e lustrar o país. Jamais imaginaram que a mãe natureza faria o grande serviço de criar um fenômeno que, literalmente, *lavou* o caminho para passar do sonho à realidade.

Ao segurar o objeto, sentiu uma ligeira cosquinha nos dedos. Subitamente, a lembrança a envolveu como um holograma que pudesse ser observado do lado de dentro e de fora. A luz, os odores, o tempo que evocava se materializaram ao seu redor. Imediatamente sentiu-se catapultada ao país de sua memória.

Seguia olhando os pés, as sandálias café, a saia amarela, a camiseta branca larga que vestia naquele dia, ao entrar no comitê de campanha do partido. A casa que alugaram era um pouco antiga, mas aconchegante, com um quintal em que crescia grama verde, delimitada por arbustos de folhas multicoloridas. Tinha fachada colonial e um corredor com arcos. No andar de cima, o cômodo maior com varanda era seu escritório.

Atravessou a sala de estar, que servia como sala de conferências, olhou para os cartazes do partido nas paredes e entrou na reunião. No mapa de Fáguas, aberto sobre o quadro-negro, Juana de Arco, sua assistente, espetava alfinetes coloridos, enquanto ela, Martina, Eva, Rebeca e Ifigenia revezavam-se discutindo a rota da campanha eleitoral. Os dados do último censo indicavam os centros com maior população, mas elas se propuseram a visitar os vilarejos distantes e chegar aonde ninguém mais chegaria.

– *To go where no man has gone before* – disse Martina –, como em *Star Trek*.

– Minha mãe era louca por esse programa: *Jornada nas estrelas* – disse Eva, cantarolando o tema musical.

Como podia estar no corpo daquela época e também fora dele, observando-as?, perguntou-se Viviana, esticando a mão e atravessando a blusa de Martina. *Vejo uma lembrança*, disse a si mesma, *eu a vejo como uma projeção. Vejo minha própria imagem, mas é apenas minha memória.* Pensou que não podia fazer outra coisa além de fundir-se com o passado, voltar a vivê-lo.

Elas estavam rindo quando ouviram um som de terremoto que subia pelas plantas dos pés. Enrijeceram-se ao mesmo tempo, prontas a se atirar pela porta e correr escada abaixo. Viviana sentiu o pico de adrenalina com o medo animal que lhe inspiravam os tremores.

– Nada se moveu – falou Ifigenia. – Pareceu um tremor, mas nada se moveu.

Viviana olhou o relógio: três e dez da tarde.

– Tremor auditivo – comentou, respirando, enquanto fingia uma calma que não sentia. – Estranho, mas continuemos.

Juana de Arco voltou para suas tachinhas e começou com o onde, como, com quem e para que de cada uma das visitas. Minutos depois, a terra rugiu novamente, mas dessa vez a mesa, as cadeiras, a casa inteira balançou como se estivesse possuída por um violento calafrio. Não saíram correndo. Entreolharam-se. Martina a pegou pela mão e a apertou com força. Uma das garotas do pessoal de apoio entrou, pálida. Vocês sentiram o tremor?, perguntou, como se não pudesse acreditar que elas continuassem ali tão tranquilas.

– Calma – assinalou Viviana, gesticulando para tranquilizá-la, apesar de ouvir como estrondos em seus ouvidos as batidas do coração. – Não corram. Caminhem.

Eva subiu até seu escritório para pegar o rádio, na esperança de ouvir alguma notícia do departamento de geologia que supervisionava a rede sismológica. Ifigenia pegou seu tablet portátil e disse que daria uma olhada na internet.

– É o vulcão Mitre – disse Ifi.

Eva entrou com o rádio ligado. Transmitiam um comunicado informando à população que foram relatados estrondos e uma coluna de fumaça negra em locais próximos ao vulcão. Viviana disse que seria melhor guardarem os papéis. Era inútil continuar a reunião. Pensou em Celeste e Consuelo. Como se tivessem combinado, ela, Ifigenia e Rebeca abriram seus celulares. As três tinham filhas, filhos.

Os altos cumes de Fáguas não contavam com um Pequeno Príncipe que os varresse periodicamente, como fazia com os vulcões pequenos de seu país; limpavam-se sozinhos, cuspindo lava e cinzas. O vulcão Mitre era um belo modelo que, por séculos, vigiara a cidade como um alto e cônico paquiderme. O vulcão era fonte de muitas lendas em Fáguas. Os cronistas das Índias contavam sobre a fuga dos colonos espanhóis dos primeiros assentamentos, no século XVI, em consequência da atividade do Mitre. Depois de um êxodo desordenado em carroças e a cavalo, os colonizadores se instalaram na beira do lago e ali estabeleceram a capital do país. Não foram para muito longe. Da cidade que fundaram, e que ainda continuava como tal, via-se nítido o perfeito cone cinzento, pintado aqui e ali, de veias avermelhadas. Como um vigia elevado no horizonte, o Mitre caçava nuvens, enrolava-as na garganta e exibia amplas estolas rosadas e violetas sob o sol do entardecer.

Mas nessa tarde o Mitre deixou seu plácido papel de pano de fundo. Para mostrar que estava são e salvo, encheu-se de veias avermelhadas que o sulcavam do cume ao sopé e soprou da boca da cratera em intervalos, primeiro como se estivesse aprendendo a respirar, em seguida, como um dragão medieval furioso, uma densa nuvem escura, cruzada aqui e ali por finas linhas de fogo. O rádio começou a emitir o característico zunido de emergência. Um locutor histérico falou em evacuar as regiões mais próximas e procurar refúgio contra a nuvem de gases. Como era comum em Fáguas, nem ele nem ninguém explicou a que tipo de abrigo se referia.

Viviana foi até a janela. O céu nublado começava rapidamente a escurecer. Em menos de quinze minutos, o sol das três da tarde havia se ocultado sem deixar rastro. Odiava se sentir impotente, por isso se pôs em movimento.

– Vamos fechar o escritório e venham todas comigo para minha casa – ordenou, tensa.

Ela vivia na serra, na região alta. Era lógico pensar que estariam mais seguras ali que no vale da cidade. Tinha combinado com sua mãe que pegasse Celeste na escola.

À exceção de Ifi e Rebeca, que foram para casa juntar-se aos filhos e ao marido, as outras entraram nervosas em seus carros e saíram atrás dela. Depararam-se com filas enormes de automóveis movendo-se lentamente para deixar a cidade. Quando finalmente chegaram à casa, entraram apressadas. Viviana abraçou Celeste e a mãe. A escuridão era densa e espessa e um cheiro de enxofre permeava o ambiente. Sacudiram os cabelos se livrando das cinzas, que, como uma neve cinzenta e volátil, cobria os telhados, a carroceria dos carros e as ruas.

Três dias durou a noite que teve início nessa tarde, e durante três dias o país inteiro esteve mergulhado no negrume de uma ferrugem insalubre, cujos gases, apesar de não matar ninguém, obrigaram as pessoas a se trancar em casa e a ferver grandes quantidades de água para umedecer o ambiente e de algum modo lavar as vias respiratórias e os pulmões.

Na sala, no quarto e no escritório de sua casa, sobre sofás e mantas, ela acomodou Eva, Martina, Juana de Arco e outras garotas do comitê. Teve que preparar comida, distrair Celeste e preocupar-se com o alcance da catástrofe inesperada. Rebeca e Ifigenia chegaram sãs e salvas em casa.

Não havia outra opção a não ser esperar. Esperar e ficar colada ao rádio e à televisão. De seu quarto, Viviana via o vulcão. Até então, ela o considerara belo, parte de uma paisagem tranquila cuja contemplação alegrava o entardecer. Estava, talvez, ainda mais belo agora em sua fúria, pensou, revelando sua identidade de caldeira, cuspindo faíscas de fogo líquido que brilhavam no meio da noite. Em que má hora, porém, resolvera despertar. Curiosamente não era o medo, mas a impaciência que a consumia. Sua carreira política estava nas mãos do vulcão. Sentiu-se egoísta e tola por se preocupar se aquilo não seria o fim de sua campanha ou um mau prognóstico. Não sejamos pessimistas, disse Martina, que havia se dedicado a consolar Juana de Arco. A garota entrara num silêncio profundo que ninguém podia penetrar. Isso lhe ocorria às vezes, mas Martina tinha seu jeito de acalmá-la. Tratava-a como criança, e ela ficava fumando sem parar.

Eva, que era de uma calma impressionante, ajudava Consuelo a cozinhar e a ferver água.

No quarto dia, a nuvem de fumaça começou a ceder e a cor da coluna passou de cinzenta a amarronzada e, em seguida, a branca. O céu começou a clarear. O bom senso voltou à voz dos jornalistas histéricos. Felizmente, o vulcão não tinha perdido as estribeiras; a erupção, além da densa escuridão, gerou um derrame de lava que se limitou a destruir plantações e vilarejos vizinhos. Embora o evento tenha ficado registrado na fala popular como "a explosão do Mitre", isso não ocorreu; a integridade das grandes cidades não fora afetada. Ao ver, nas reportagens da tevê, a avaliação dos danos, as imagens da pobre gente levada como gado a abrigos de barracas de plástico preto, Viviana reagiu. Vamos nos alistar para ir aos campos de refugiados, disse. Separaram água, provisões e mantas que recolheram de amigos e vizinhos. O estado maior do PEE visitou as regiões próximas ao vulcão. Sob um sol inclemente, em terrenos baldios, viram gente vagando sem rumo entre as tendas infernais que, conhecendo o governo de Fáguas, seriam suas casas por muito tempo. As grandes nuvens de poeira, que rajadas de vento recolhiam da terra seca, irritavam os pulmões. Crianças, homens e mulheres, em meio a acessos de tosse, se consolavam e ajudavam uns aos outros, rostos, corpos e até cílios manchados com uma mistura de cinzas e pó que os fazia parecer zumbis. Tinham apenas o que comer. Não havia água potável. Um caminhão-pipa chegava de manhã, e as pessoas se organizavam em longas filas para pegar água em baldes e suprir suas necessidades. Disseminavam-se as enfermidades gástricas e o desespero.

Saíram dali deprimidas, abatidas pela impotência de não poder dar mais que o consolo de suas palavras, de sua presença.

Por falta de outro recurso e com raiva por ver a indiferença do governo diante da tragédia, Viviana, que desde o início da campanha dirigira um bem-sucedido programa de tevê, recrutou artistas, humoristas e atletas e organizou uma maratona televisiva para arrumar dinheiro para os atingidos. Novamente, como em outras vezes na história de Fáguas, a cooperação internacional destinada à emergência acabou sendo usada por funcionários públicos ou pessoas próximas ao poder, que, da noite para o dia, enriqueceram e construíram palacetes tanto na cidade quanto na praia.

Elas jamais imaginaram, na época, o presente que lhes ofereceria o vulcão.

Não foi senão com o decorrer das semanas que descobriram o curioso efeito da nuvem negra. Rebeca e Ifigenia, as duas casadas, relataram uma estranha sonolência no marido. Parece que ele foi picado por uma mosca tsé-tsé, disse Rebeca, muito intrigada. Ifigenia, por sua vez, menos discreta com suas intimidades, chegou ao escritório no comitê de campanha e começou a soltar o verbo: Você não vai acreditar, Viviana. No meio das minhas preliminares com Martín, quando eu estava fazendo do jeito que ele mais gosta, que funciona como mágica, notei algo estranho. Levantei a cabeça e... Você acredita? Ele estava dormindo! *Kaput!* Dá para acreditar? É muito esquisito.

A libido diminuída dos homens foi o que deu a pista científica de que alguma coisa anormal estava acontecendo. As frentes médicas que cuidavam dos desabrigados foram consultadas. Após os exames correspondentes, concluiu-se que, se o nível normal de testosterona nos homens é de 350 a 1.240 nanogramas por decilitro, em Fáguas, as amostras desse hormônio examinadas em homens de todas as idades registraram apenas cinquenta ou sessenta nanogramas. Novos e complexos testes laboratoriais indicaram que os gases do vulcão eram responsáveis pelo efeito que inesperadamente abençoava Fáguas com uma mansidão masculina nunca vista.

– Vou acreditar em Deus! Vou acreditar em Deus! – gritava Martina no último mês de campanha.

E o que aconteceu foi que, em meio à suavização dos homens e às tolices do governo, o Partido da Esquerda Erótica colocou-se no topo das pesquisas.

Viviana recusou-se a atribuir sua vitória ao Mitre. Preferia pensar que a campanha do PEE não só havia desafiado os esquemas de homens e mulheres, mas também conseguira que as eleitoras (mais da metade do eleitorado) finalmente vislumbrassem uma ilusão de igualdade capaz de levá-las a confiar na imaginação do PEE e a dar-lhe a missão de realizar seus desejos. Durante as tardes, entretanto, tomando uma taça de vinho e fitando o vulcão ereto sobre a paisagem, erguia a ele um brinde em agradecimento. Foi esse gesto que motivou Martina a recolher os fragmentos de lava e prendê-los na madeira como suvenir.

O déficit de testosterona num país iletrado gerou as derivações mais disparatadas do nome do hormônio culpado pela preguiça masculina: *tenso*terona, *tetas*terona, *tedas*terona, *tesão*terona, *terra*terona, era como lhe chamavam. A testosterona converteu-se no Santo Graal, no Velo de Ouro dos argonautas de Fáguas. Todos os homens queriam que ela voltasse e saíam para procurá-la por terra e por mar, nos mercados, no ciberespaço e nas farmácias.

Viviana devolveu a rocha à prateleira, sorrindo maravilhada pelo milagre de ter se transportado nitidamente à lembrança, como se o objeto contivesse dentro de si um fragmento de tempo, um pergaminho enrolado, capaz de se abrir e envolvê-la novamente nos odores, diálogos e sensações do passado.

# MARTINA

Agradeceu a Juana de Arco pelo empurrão que esta lhe deu para enfiá-la no banheiro.

– Passe a chave e não saia daí – disse a garota, depois de vê-la vagando como alma penada.

Nesse dia, Juana não estava para brincadeira. Enfronhada em sua costumeira roupa preta, com seu penteado punk e brincos de cima a baixo, seguindo a meia-lua de suas delicadas orelhas, a jovem a havia salvado do assédio dos jornalistas, amigos, homens e mulheres que lotavam os corredores do hospital perguntando o que havia acontecido. Todos queriam informações, e ela já não sabia o que dizer. Não se saberia nada até que os médicos saíssem do centro cirúrgico, onde rapidamente colocaram Viviana.

O banheiro cheirava a desinfetante. Martina supôs que era um banheiro para os funcionários por causa das caixas de material hospitalar: luvas, toalhas e frascos para exames de urina encostados na parede. Fechou a tampa do vaso sanitário e sentou-se sobre ela. Estar sozinha a tranquilizou. Ela não era calma por si só. Tinha muita energia: duzentos e vinte amperes para um país que, quando muito, funcionava com cem. Era assim desde pequena: hiperativa, segundo os médicos; peste, de acordo com as freiras e com a mãe. Esforçou-se mentalmente para sair dali. Usou seu truque de se imaginar num trem. Estava no trem, movendo-se em alta velocidade, sem necessidade de se mexer. Viajava no transalpino para sua casa em Christchurch. Como estava longe a Nova Zelândia, "a estepe", como dizia Viviana, a única pessoa capaz de fazê-la regressar à confusão telúrica de seu país natal, a única dona da marca de cera que Ulisses usou para tapar os ouvidos. Se Viviana não tivesse se empenhado, ela teria sucumbido de bom grado às sereias, primeiro porque elas lhe agradavam, e segundo porque deixar a joia verde de país que era a tranquila Nova Zelândia foi uma façanha para ela. A Nova Zelândia lhe permitiu ser quem era, parar de fingir que gostava dos meninos e não se sentir por isso cheirando a enxofre, desviada ou deformada, como as freiras costumavam chamar meninas como ela, que, por mais que tentassem, não conseguiam que o cinema ou a literatura lhes fizesse desejar os moços elegantes que duelavam por sua amada. Ela era romântica, mas de outra forma. Seu romantismo nutria-se das cumplicidades únicas e próprias de seu gênero, da sincronia de corpo e alma que apenas duas pessoas do mesmo sexo, donas da mesma estrutura física e mental, podiam compartilhar. Menos mal que a essa altura da vida ser gay já não era novidade. Havia sido um longo processo. Em países como Fáguas, havia muita gente querendo fechar os olhos. Tanta gente vivia fora do armário nesse momento que era trágico que ainda existisse preconceito.

– Quero criar um ministério que não existe em lugar nenhum – dissera-lhe Viviana –, e você é minha candidata a ministra.

Martina riu, mas Viviana começou a lhe explicar a ideia de que, em seu governo, existiria um Ministério das Liberdades Irrestritas, uma instituição dedicada a promover leis, comportamentos, programas educativos e tudo que fosse necessário para inspirar o respeito pela liberdade inviolável de homens e mulheres na sociedade.

– As pessoas em Fáguas se consideram livres porque não reconhecem a prisão que têm na cabeça. Uma pessoa como você, criativa, desinibida e sem medo, pode fazer muita coisa para que eles entendam a liberdade. Para muita gente aqui, ser livre significa apenas não estar na cadeia, e quando digo cadeia me refiro àquela com grades e guardas na porta.

Naquele momento, no banheiro, Martina sentiu saudade da lagoa ao lado de sua pousada na longínqua Nova Zelândia, das ovelhas, das caminhadas, do silêncio. Arrependeu-se de voltar para Fáguas, de embarcar na aventura do PEE. *Merda, como deixei que Viviana me convencesse? Co-*

*varde*, repreendeu-se, *bem que você estava satisfeita. Não fique para trás agora nem saia correndo ao ouvir o estouro. Mas é que sou covarde* – respondeu a si mesma –, *e com muita honra.* A covardia era sinal de saúde em Fáguas, onde, por tantos anos, o culto ao heroísmo encorajara as pessoas a morrer pela pátria. O martirológio era uma patologia que se repetia de geração em geração. Os mortos eram honrosos, mas os vivos não valiam porra nenhuma. Tenha dó. O mundo estava anos-luz à frente, e eles se dedicando a esse tipo de necrofilia. É tão masculino o culto da morte! Os soldados conhecidos, e até desconhecidos, tinham sempre os melhores monumentos, as chamas eternas, os obeliscos, os arcos do triunfo. As mulheres, com muita dificuldade, pariam os meninos, fazendo das tripas coração, criando e alimentando esses homenzinhos tão dispostos a morrer, e a duras penas lhes eram oferecidos aqueles monumentos toscos e patéticos, que acabavam nos parques mais tediosos do mundo.

Mas ela era tão corajosa quanto qualquer morto. E que não viessem lhe dizer que viver pela pátria custava menos do que morrer por ela. Quando Viviana lhe pediu para organizar o Ministério das Liberdades Irrestritas, esse ministério único no mundo que ela foi incumbida de inventar, entrou em crise, porque, mesmo sabendo que devia dizer não, dizer sim se tornou irresistível. E não era verdade que se arrependia de ter deixado a Nova Zelândia, o paraíso de *O senhor dos anéis* e de todos os filmes que precisavam de enormes paisagens desertas. Ela fez o que quis ali. Mas nada comparado ao púlpito libertário que rapidamente havia montado em Fáguas, de onde pregava, como Evangelista da Nova Testamenta, o fim da discriminação de gênero, cor, religião ou identidade sexual. Se tudo era possível na Nova Zelândia, era ainda mais possível em Fáguas. O subdesenvolvimento, o fato de ninguém prestar atenção no minúsculo país, era uma vantagem quando se tratava de experimentos sociais. Em países como Fáguas, passados de um colonizador a outro, da independência à submissão dos caudilhos, com breves períodos de revolução e democracias fracassadas, nem as pessoas supostamente educadas sabiam bem em que consistia a liberdade, muito menos a democracia. As leis eram irrelevantes porque, durante séculos, os rábulas as tinham manipulado a seu bel-prazer.

Mas aquele vazio era justamente o espaço para inserir a nova realidade. E Martina não perdeu tempo. Foi ela que introduziu a discussão que pôs em marcha o projeto piloto dos Eleitores Qualificados. Estudou tratados sobre a democracia, da grega à inglesa, assim como as mais desmedidas ou desonestas utopias, para extrair a fórmula que achou que as aproximaria do modelo das grandes assembleias de Atenas.

Mudar o masculino universal era outra de suas ideias, que ainda não tinha conseguido se popularizar. Com Eva e Rebeca, criara um léxico que substituiria o "o" por "e". Assim "todos" seria "todes", "ricos", "riques", "quanto", "quante".

Não soava mal. Frequentemente usavam-no nas comunicações oficiais, conscientes de que se tratava de uma transformação que levaria muito tempo.

Mas o que se impôs foi o fim da linguagem de ódio, do uso de palavras depreciativas para a mulher – e depreciativas para a diversidade sexual humana –, do tratamento de maricas, veado, bicha, sapata, por exemplo.

A força da lei, argumentou na Assembleia, era necessária para conceber um mundo sem divisões, um mundo de efetivas igualdades entre os gêneros.

Martina era também a autora de uma campanha *sui generis* de educação cidadã. Com as mesmas técnicas de repetição e saturação com que se vendiam sabonetes, bebidas ou filmes, afixou nos corredores dos supermercados, nos ônibus, em embalagens de produtos, conceitos básicos de civismo, cuja maior inovação foi usar o feminino para o geral e introduzir o conceito de *Cui*dadania, as e os cidadãos como *Cui*dadãos, como cuidadores da pátria – uma ideia que pegou emprestada de um grupo de feministas espanholas ("Ser cuidadã é pagar impostos", "Ser cuidadã é melhorar o bairro", "Ser cuidadã é cuidar da saúde").

A educação para a liberdade, como a chamava, era uma árdua tarefa. Depois do governo autoritário, a necessidade havia ensinado as pessoas a sobreviver sob pena de se deixar aprisionar, mas não sem antes perguntar: O que você vai me dar se eu entrar na prisão? Custou a crer, mas era verdade o que Viviana havia lhe explicado durante a campanha:

– A mentalidade do país é a de uma mulher dependente e violentada, percebe? Por isso você vai ver que até os homens vão votar em nós.

E assim foi. Conseguiram fazer com que muitos homens percebessem que não era má ideia cuidar do país como se ele fosse a casa de cada um.

Qualquer pessoa poderia entender o argumento se fosse bem explicado, e Viviana era uma comunicadora excelente. Era respeitada. Arriscara-se sem medo num país acovardado, e a valentia e a audácia eram tão contagiosas como a gripe. Bastou levantar a tampa da panela de pressão que havia anos cozinhava em seu próprio caldo para que a esperança permitisse que sentissem seu aroma de coentro e hortelã.

Que favor lhes havia feito o vulcãozinho! Era uma pena que não o explorassem com mais frequência nem se podiam engarrafar seus gases. O efeito durara aproximadamente dois anos, durante os quais a Constituição foi reformulada e foi montado um esquema que, apesar de imperfeito, colocava mulheres e homens em uma posição de igualdade desconhecida até então.

A volta da testosterona não afetou a todos da mesma maneira. Houve quem reivindicasse com violência seu lugar de amo e senhor, mas, até o atentado contra Viviana, Martina pensou que essas pessoas descobririam que nem a sociedade nem suas esposas eram mais as mesmas. Mas parecia que ela estava enganada. Havia vários meses que Eva, nas reuniões do conselho, se preocupava com o aumento dos feminicídios, estupros e brigas domésticas.

Martina se levantou e lavou o rosto. Não queria pensar em desfechos fatais. Não imaginava o PEE sem Viviana. Era mentira isso de que ninguém era indispensável. Ela era. Tinha sido ela que se atrevera a acreditar que era possível transformar a realidade, porque, afinal de contas, essa era uma construção como outra qualquer.

Sorriu se lembrando da cara de Rebeca quando Viviana pediu uma folha em branco e desenhou a bandeira do partido: o contorno em preto de um pé feminino com as unhas pintadas de vermelho. Lembrou-se das bandeiras tremulando por todo o país durante a campanha eleitoral. Saíam de carro e riam ao passar pelas casas e ver as bandeirinhas movendo-se ao vento. Jogou mais água no rosto. Não queria chorar. Viviana havia dito que todas apareceriam chorando na tevê. Enfatizar tudo que era considerado feminino e fazê-lo até o ridículo fora sua genialidade. Passamos muito tempo nos arrependendo de ser mulheres – dizia – e tratando de demonstrar que não somos, como se ser mulher não fosse nossa principal força, mas agora chega. Vamos pegar cada estereótipo feminino e levá-lo até as últimas consequências.

Bateram à porta. A voz de Juana de Arco se fez ouvir do outro lado.

– Pode sair. Já retiramos os curiosos.

## Reformas democráticas

**1.** Reformaremos nossa democracia para que se assemelhe mais ao modelo sobre o qual foi criada.
Em primeiro lugar:

**a.** Institui-se uma loteria que, com base no censo da população, escolherá cento e cinquenta mil eleitores e cento e cinquenta mil eleitoras (trezentos mil no total), ou seja, dez por cento da população de Fáguas. Esses trezentos mil eleitores vão se chamar ELEITORES QUALIFICADOS. Os selecionados terão um período de três meses para apresentar as razões justificadas no caso de não poderem assumir essa responsabilidade, que será obrigatória. Cada um deles vai saber ler e escrever no momento da votação (os que não sabem vão aprender). Os *eleitores qualificados* vão receber aulas especiais de direitos e deveres cidadãos e de funcionamento do Estado, assim como dois seminários anuais sobre os principais problemas do país. O voto dos *eleitores qualificados* valerá por dois nas eleições presidenciais.
**b.** Nas discussões e aprovações das leis tipo A (que afetam diretamente a vida da população) na Assembleia Nacional, o voto dos *eleitores qualificados* será recolhido eletronicamente. A Assembleia vai levar em conta o resultado, mas poderá não acatá-lo por voto da maioria.
**c.** Para votar, tanto os *eleitores qualificados* quanto os regulares, maiores de vinte e cinco anos, terão que apresentar o certificado de pagamento ou de isenção de impostos.
**d.** Poderão votar todos os habitantes que tenham completado dezoito anos.

# O COMPLÔ

Depois que as mulheres alcançaram o poder, Emiliano Montero passou meses sem conseguir dormir a noite inteira. Era ele o presidente do partido que, sem dúvida, ganharia as eleições se o PEE não tivesse surgido no cenário e se o Mitre não tivesse diminuído a virilidade de seus partidários. Tinha que admitir, ao menos para si, que agira com pejorativa arrogância ao descartar o impacto do vulcão e a preocupação de sua equipe de campanha de que sua vantagem nas pesquisas caísse. Segundo ele, havia calculado tudo como um jogo perfeito. Nenhum escrúpulo o deteve. Fez o que foi necessário – e sabia bem o que isso significava – para assegurar seu triunfo. A verdade era que nunca imaginara que um partido com um nome como Partido da Esquerda Erótica tivesse a menor possibilidade de ganhar as eleições. Até sua esposa, que era vidente e lia cartas, o tranquilizou, assegurando que todos os arcanos indicavam que ele assumiria o poder. Ela tinha se enganado, mas ele nem podia reclamar: ela não parou de chorar na noite da derrota. Às três da manhã, saiu no quintal, furiosa, botando fogo em todos os santinhos, incensos, amuletos e feitiços que simpatizantes de todo o país, conhecedores de sua fraqueza por magia, lhe enviaram durante a campanha como prova de sua adesão. A pobrezinha dava pena, mas, para sorte dele, não se arredava. Além do mais, conhecia muito bem os meandros da mente feminina. Estava decidida a encontrar as fraquezas *das eróticas*, acabar com seu fôlego e pôr fim àquela farsa.

Nessa época, Emiliano chamou seus amigos de sempre, os que costumeiramente concordavam com ele e reverenciavam suas palavras. Teriam que se reunir e pensar, ele disse. Esse governo não terminaria seu mandato sem que eles demonstrassem sua beligerância. Para sua infelicidade, o problema dos níveis de testosterona não se consertava com tagarelices iradas. O seu, ele reparou razoavelmente com suplementos que pedia pela internet, mas, impedido de agir, também entrou numa letargia de dias repetidos, que foram passando como papéis em branco descartados. As coisas melhoraram com o tempo. Pouco a pouco, a apatia se dissipou e as discussões recomeçaram. Sua mulher engordou e sua aparência se recompôs.

Emiliano tinha o costume de sair à tarde para dar voltas pela cidade. Com o ronco do motor, conseguia finalmente conciliar o sono. Marvin, o motorista, que sabia que o patrão dormia no carro, seguia a mesma rota todos os dias. Passava pela fonte do centro, descia por uma ampla avenida em cujas rotundas se erguiam estátuas disparatadas, erigidas por diversos prefeitos: imagens da Virgem da Imaculada Conceição, um Cristo no estilo do do Rio de Janeiro, uma sereia. As imagens religiosas eram invenção de um prefeito obcecado pelo inferno; a sereia era legado de outro, apaixonado por mitologia. No caminho de volta, pegava a avenida que serpenteava pela mancha esmeralda de Tilapa, uma lagoa formada na cratera que alguma explosão vulcânica violenta produzira havia milhares de anos.

– Durante toda a vida minha mulher tentou fazer as coisas direito, sabe, Marvin?

O motorista não sabia que o chefe estava acordado.

– Sim, senhor, claro que sei.

Ao se aproximar do retrovisor, Marvin não viu a moto que cruzou seu caminho. Um barulho de freio antecedeu o impacto. O motociclista voou pelos ares, lançando-se contra o para-brisa do carro.

Assustados, porém ilesos, motorista e passageiro saíram do carro. Examinaram um ao outro e caminharam desorientados ao redor do veículo. As pessoas já se aglomeravam em volta do acidente. O motociclista jazia na estrada, rodeado por curiosos. Segurava o capacete e tinha expressão de dor no rosto.

– Como você está se sentindo, amigo? – aproximou-se Emiliano, apenas se inclinando.

Marvin, ao contrário, ajoelhou-se a seu lado. O homem começava a sangrar pelo nariz.

Movia a cabeça de um lado para o outro.

– Patrão, acho melhor o levarmos para o hospital.

– Vamos. Coloque-o na frente.

Auxiliado pelos curiosos, Marvin ajudou o ferido a se levantar. Tirou o capacete dele. Menos mal que não tinha ferimentos na cabeça, pensou o motorista, embora se queixasse de dor no ombro e tontura.

Com o para-brisa quebrado, dirigiram até a entrada de emergência do hospital mais próximo.

O acidentado se chamava Dionisio.

Meses depois, Emiliano Montero comentaria com sua mulher:

– Percebeu? Foi Deus. Deus o pôs no meu caminho.

# LETICIA MONTERO

A esposa de Emiliano caminha nervosa, retomando seu antigo hábito de roer unhas. Não teme que o autor material do delito, ao ser capturado, denuncie alguém. O que a preocupa é que, oficialmente, ninguém anunciou a morte de Viviana.

– Garanto que não é coisa minha. Não fui eu, já disse. Mas não importa quem atirou, com certeza ela está morta. Não anunciaram ainda para ganhar tempo, mulher de Deus! – alfinetou o marido quando saiu com o motorista para dar voltas pelas ruas, como de costume.

Dessa vez, iria bem acordado, pensou ela, queria ver com seus próprios olhos o silêncio funesto que, segundo comentários dos amigos que telefonaram, caía como uma atmosfera tóxica e pesada sobre a cidade. As avenidas luziam desprovidas de transeuntes, os bares, de fregueses, e os restaurantes, de comensais. Como se tivesse caído uma bomba de nêutrons e restassem apenas os edifícios, dissera Rita, que parecia chorar ao telefone, e o que sua amiga odiava – pelo menos até esta manhã: o reinado por decreto com que *as eróticas*, encorajadas pela presidenta, tinham em poucos meses transformado os costumes e convertido o Estado em um executor de políticas igualmente absurdas. "Água grátis para os bairros que se mantenham limpos e mantenham limpas as crianças", a inauguração com grande pompa do curso universitário de maternidade (para homens e mulheres) e, nas escolas secundárias, a alfabetização obrigatória para as mulheres analfabetas do campo e da cidade; os seminários sobre "respeito e poder" para as vítimas de violência doméstica; as ministras "convidadas": mulheres feministas que vieram do mundo todo para assumir pastas ministeriais e pôr em prática os sonhos que, em seu próprio país, ninguém lhes permitira realizar. E as flores, meu Deus! Essa invenção de Viviana Sansón de exportar flores, fertilizar grandes extensões com merda para depois semear plantações enormes de flores e competir com os fornecedores de todo o mundo. Importara cinco aviões de carga, refrigerados, para poder suprir a demanda com fartura e nunca deixar de atender a um pedido. Mas o pior *das eróticas* era a falta de moralidade. A lei que permitia o "aborto inevitável" e o fato de terem conseguido seduzir as mulheres do movimento pela vida transbordaram para ela a taça da iniquidade.

Era loucura. Uma loucura coletiva. Para completar, a oposição, assustada com a influência demonstrada pelo sexo feminino na campanha eleitoral, não deixou por menos e colocou suas mulheres mais importantes para liderar as listas de candidatos para as Câmaras. A Assembleia foi, portanto, composta por mulheres. E ela bem que tentou advertir o marido: aquilo resultaria em suicídio político. Ocorreu tal como previra: Viviana reuniu a maioria das deputadas, convenceu-as de sua "missão histórica" e conseguiu que as parlamentares a apoiassem, que lhe dessem o tal voto de confiança que pediu a todo o país, quando pronunciou o lamentavelmente célebre discurso pelo qual tentou justificar o exílio dos homens do Estado e, mais tarde, a reforma da Constituição.

No carro, olhando através dos vidros fumê, seu marido a essas horas estaria se sentindo o Grande Mago, exterminador do famoso "Império do Lírio", como Viviana chamava seu governo. Enfurecia-se com o fato de que ele desconfiara dela e não lhe dissera a verdade. Talvez ele não se lembrasse – porque os homens eram assim – que fora ela quem, por meses, semeou em sua consciência a necessidade de tomar medidas drásticas. Que agora não viesse com histórias. Ele tinha agido exatamente como ela esperava – não por acaso tinham vinte e seis anos de casados. Tão previsível era seu marido e tão capaz de ocultar a verdade sobre as coisas. As pessoas especulariam até o fim dos tempos, não faltariam evidências para incriminá-lo, mas ninguém poderia provar nada. Emiliano não seria um grande político, mas certamente era um conspirador magnífico. E nisso se pareciam, pois seu maior feito era que ele não soubesse do que ela também era capaz.

# A NOTÍCIA

José de la Aritmética acordou de madrugada depois de uma noite agitada com sonhos difíceis. Entrou e saiu do sono várias vezes, até que os gritos de Mercedes o tiraram da modorra.

– José, venha, a presidenta está viva. Estão anunciando na tevê.

Ele pulou da cama de cueca. Na televisão, Ifigenia Porta, ministra da Informação, estava de pé ao lado do médico que lia o boletim sobre a situação da presidenta.

"A presidenta Viviana Sansón sofreu dois ferimentos por projétil de arma de fogo. Os projéteis, disparados a meia distância, atingiram o crânio e o abdômen. Na chegada ao Hospital de Saúde Integral, foi imediatamente levada ao centro cirúrgico. Na cavidade abdominal, foi identificada uma ferida perfurante de arma de fogo que causou grave laceração do baço e, por isso, foi preciso realizar uma esplenectomia, que é a extração urgente desse órgão. O segundo projétil causou laceração do couro cabeludo e atravessou o osso frontal do crânio, alojando-se na região occipital. O impacto produziu um coágulo, que foi removido com êxito. Para evitar descompressão da massa encefálica, realizou-se uma craniotomia. A paciente encontra-se na unidade de terapia intensiva, em estado de coma, com ventilação assistida e suporte completo. Como o projétil não afetou diretamente a massa cerebral, existe a possibilidade de que a presidenta recupere suas faculdades. No entanto, neste momento, seu estado é crítico e seu prognóstico incerto."

José ouviu em silêncio. Quando o médico terminou, ele e Mercedes se entreolharam. Ela se benzeu. Deus, Todo-Poderoso, disse. Graças a Deus que não morreu.

– Mas parece que está morta em vida – disse José de la Aritmética. – Não gosto dessa história de coma. Da cama, sempre dá pra levantar. Veja só do que uma letra diferente é capaz – suspirou.

– Vamos nos alegrar por ela estar viva, José. Enquanto há vida, há esperança.

– É verdade. E me alegro. Nem eu mesmo sabia quanto carinho sentia pela presidenta. A gente só dá valor ao que tem quando perde.

Não disse nada, mas não conseguia tirar da cabeça a expressão de Viviana estendida no chão. Os olhos abertos, assustados, a mão agarrada à manga de sua camisa, como se estivesse afundando num poço.

– Prepare os xaropes que tenho que ir. Quero ver se ganho o dia.

– Você vai é bisbilhotar por aí – disse Mercedes –, como se eu não conhecesse você.

– É meu trabalho – sorriu. – Fui promovido.

Foi até a geladeira onde guardava os blocos de gelo, jogou água neles para soltá-los e, com as pinças em forma de tesoura, pegou um e o deixou cair, com cuidado para não quebrar, dentro do carrinho. Claro que era curioso, pensou, sorrindo com o comentário de Mercedes; ser curioso significava estar vivo. Ele não se tornaria ilustrado com isso, mas gostava de observar as pessoas. Você não gosta de novela?, perguntava a Mercedes. Pois eu vejo novela ao vivo na rua. Quando alguém passa com certa frequência em um lugar e vai se inteirando da vida das pessoas, aprende as senhas de suas idas e vindas e pode ver como acabam as coisas. Ele não era fofoqueiro, mas perguntava, e, quando alguém sabe perguntar, acaba descobrindo mais do que quer.

A manhã estava fresca. Não era uma boa hora para vender raspadinhas, mas calculou que até meio-dia, na hora do calor, estaria perto do hospital onde, segundo a televisão, havia muita gente aglomerada. Cumprimentou os casaizinhos de meninos e meninas em idade escolar que iam, de banho tomado e limpinhos, pegar o ônibus. Tinham treze ou catorze anos, porque, no governo *das eróticas*, as crianças de até doze anos estudavam nas escolinhas dos bairros. Aprendiam a ler e escrever e, no restante do tempo, faziam o que mais gostavam, qualquer matéria. Ainda não se sabia no que isso ia dar. Ele tinha ouvido a espanhola que era a ministra convidada da educação fazendo um discurso sobre por que esse método de autoeducação é o mais moderno. As próprias crianças decidiam o que queriam aprender e não se sentiam obrigadas a fazer isso ou aquilo. As crianças podiam voltar para casa e ajudar o papai ou a mamãe. Assim dizia a ministra. Ele se recordava das escolas sem carteiras de sua época, do calor, do tédio. Tinha dez anos quando a mãe o levou para trabalhar com ela. Teve que se contentar com ler e escrever. O resto, a vida lhe ensinou. Mas suas filhas foram para a escola. E ele se alegrava de tê-las mandado, apesar da rebeldia de mais de uma delas. Açucena nunca foi boa aluna, mas era atlética, e por isso se tornou policial. Cada criança era um mundo e talvez por isso a ministra tivesse razão. Ele sempre achou que as crianças passavam tempo demais na escola, quando em casa havia tantas necessidades. Agora só iam ao colégio formalmente dos doze aos dezoito, e era obrigatório enviá-las. Além das disciplinas como gramática e ciências, tinham aulas de "maternidade", fossem homens ou mulheres. Os homens saíam doutores em trocar fraldas, pôr para arrotar, dar colo e cuidar das crianças. Ensinavam-lhes que não tinham que bater nos filhos e um monte dessas coisas de psicólogos. Não era má ideia.

Ele gostava do sistema da presidenta. Era diferente, pelo menos. Lá no bairro, o governo os ajudara, mas também os pusera para trabalhar. Eles mesmos, homens e mulheres, jovens e velhos, construíram a escola, as creches, o restaurante comunitário, e encheram as ruas de cascalho. Aos que antes eram funcionários públicos, esses serviços eram bons para diminuir a barriga e, além disso, faziam com que eles se sentissem parte do restante. Os mais instruídos davam aulas e alfabetizavam. Havia meses também em que não pagavam pela água no bairro, porque as atividades de limpeza em que trabalhavam davam resultado e ganhavam mês a mês os concursos que os premiavam com o serviço gratuito. Agora as crianças andavam com pedaços de madeira com um prego na ponta recolhendo papéis. As mães as mandavam fazer isso assim que chegavam da escola. *Ninguém se dá conta*, pensou José, tocando sua sineta, *da diferença que faz um lugar limpo até que se tenha um*. A presidenta havia insistido tanto naquela história de limpeza das ruas porque dizia que a sujeira externa tornava mais fácil conviver com a sujeira interna – a sujeira da alma que, por tantos anos, lhes fizera perder o rumo da honradez e não ter escrúpulos em se aproveitar do próximo. Ele nunca pensou que uma coisa tivesse a ver com outra, mas tinha que admitir que era verdade: ver as ruas limpas e viver num bairro sem lixo mudava a mente de uma pessoa, fazia com que ela tivesse vontade de se superar, de viver melhor, de arrumar as calçadas, as sarjetas, os minúsculos jardins. Isso de acreditar que os homens não tinham o que fazer se deixavam de trabalhar no Estado rapidamente se dissipara. Hilario, seu amigo que antes era policial, chegou a confessar que, sem essa medida da presidenta, jamais perceberia o prazer que lhe dava ver de perto os filhos crescerem. Não diga isso a ninguém, mas é a pura verdade, advertiu. Isso acontecia com vários outros homens. José se perguntava se isso não aconteceria com mais gente do que os que se atreviam a admitir. A verdade é que era embaraçoso aceitar que aquela revolução das mulheres dava frutos. A não ser que isso lhes subisse à cabeça. Para ele, elas mandarem não era o fim do mundo. As mulheres tinham sua bênção para fazer as coisas. Foi difícil para todos os homens entenderem no início, mas pouco a pouco o tal felicismo surtia efeito. Talvez *as eróticas* até voltassem a ganhar, se a presidenta não melhorasse e fosse preciso eleger um novo governo.

Ele se recordava dos tumultos quando mandaram os homens para casa. A remoção dos maridos começou um mês ou dois após instituído o novo governo e pegou todos de surpresa. Ainda que a medida só tenha sido aplicada aos funcionários do Estado e cada um tenha recebido, em reconhecimento aos serviços prestados à nação, o salário equivalente a seis meses de trabalho, a comoção foi enorme. Nos ministérios mais masculinos, como o da Defesa e do Interior, alguns cabos e sargentos tentaram organizar um levante armado. Entretanto, a ameaça de rebelião não progrediu. As generalas, que haviam deixado no exército uma revolução extinta, tomaram as rédeas da desordem, retiraram-lhes as armas e os forçaram a cumprir a ordem da presidenta. Os soldados saíram dos quartéis desarmados, vestidos como civis, sem mais autoridade que qualquer cristão. Meses se passaram antes que se reorganizassem as forças públicas com muitas mulheres querendo ser policiais, entre elas, Açucena. Mas os congestionamentos, a roubalheira que se desencadeou e as reclamações dos militares iam cedendo. As policiais, com a cooperação do governo coreano, treinaram caratê e, além disso, receberam uns dispositivos estranhos que davam choques, chamados *tasers* ou armas de eletrochoque, doados pela Suécia, Finlândia, Alemanha e Estados Unidos. Os chineses, por sua vez, segundo diziam, contribuíram com aerossóis, gases paralisantes e dardos tranquilizantes. Um grande susto levaram os brigões que acreditavam que, por ser maiores que elas, poderiam desobedecê-las. Eva Salvatierra, que tinha em esperteza o que lhe faltava em corpulência, conseguiu com esses dispositivos criar uma força pública eficaz. (Não havia falhado até o atentado, mas, como diz o ditado, acontece nas melhores famílias.)

Instalado nas calçadas das diferentes dependências ministeriais, com o carrinho de raspadinha, José de la Aritmética viu os homens chorando enquanto se despediam de seu gabinete, de sua secretária e dos veículos oficiais, que estavam tão acostumados a considerar seus e a usar para os passeios de domingo. Enquanto os homens saíam por uma porta, pela outra, em cada edifício público, entravam as mulheres que se ofereceram para substituí-los. Eram muitas, conforme se informou, as que, apesar dos títulos universitários que tinham, trabalharam apenas um ou dois anos antes de casar. Depois de parir, e até antes, os maridos isolavam-nas em casa. No entendimento deles, era uma vergonha que a mulher trabalhasse. Não era seu caso. Para ele, Mercedes era sua sócia. Se ela não fazia os xaropes da raspadinha, ele não tinha nada além de gelo para vender. Mas, claro, os dois trabalharem em casa não era a mesma coisa que, subitamente, um homem ficar sem mulher para lavar, passar e cozinhar, todas essas coisas que a presidenta insinuou que os homens teriam que fazer e que chamou de "responsabilidades familiares". Ninguém se iludiu. Os homens não eram tolos, ainda que estivessem abobalhados pela falta da tesoterona. Durante seis meses, e nada menos, eles teriam as responsabilidades delas, segundo o que fora estabelecido pela presidenta numa decisão inapelável.

Bom negócio fizera ele na época, porque cidadãos e cidadãs de vários cargos, que trabalhavam nas proximidades de cada ministério ou gabinete público, se aglomeraram nas calçadas para ver a troca de postos e tomar suas raspadinhas. Ele os ouvia falando. Não estavam de acordo, mas espantados diante daquela estranha ordem, um experimento totalmente novo na história do país que, pela própria audácia, paralisava o entendimento. Quero que me deem ao menos o benefício da dúvida, pediu a presidenta. O país tinha sido vítima da catástrofe de uma sequência de governos corruptos e ineptos, explicou no discurso em que anunciou as medidas extraordinárias de seu recente governo; por isso mesmo, com o consentimento que os votos da maioria lhe davam, via-se obrigada a manejar o leme com firmeza e pôr as mãos na massa de imediato para endireitar o rumo daquela nação, que navegava como um barco à deriva. A presidenta tinha sido muito clara, explicando com metáforas esportivas por que os homens iam descansar por uma temporada. Disse que era como ficar no banco de reservas do beisebol. As mulheres precisavam que os homens ficassem temporariamente no banco, porque naquele jogo eram elas que tinham de lançar, rebater, pegar e correr.

Durante esses dias, o país se viu invadido por um bando descomunal de jornalistas estrangeiros que, com seus flashes e equipamentos, corriam de lá pra cá fotografando os servidores públicos ao sair de seu gabinete, carregando as fotografias dos filhos e da esposa, bolas de beisebol autografadas pelos jogadores favoritos, calendários, bonés, canecas e toda a parafernália pessoal que continham seus recém-esvaziados escritórios. Nenhum jornalista foi melhor testemunha da mudança que José de la Aritmética. Tocando a sineta ou raspando gelo, ouviu os comentários, que iam desde "O que vamos fazer, irmão, talvez elas tenham razão e essas férias nos caiam bem", até os que se davam ares de importância, falando com raiva: "Quero vê-las sozinhas, não lhes dou nem uma semana", ou ainda aqueles que exclamavam: "Era só o que faltava a este país: que enlouquecêssemos! Só faltava isso, passar da corrupção à loucura".

O espetáculo reavivou a José de la Aritmética antigas imagens de guerra e catástrofes. Mas estava bem claro que os novos desempregados iam para casa com salário e promessas de outro trabalho em poucos meses. Não tinham muito do que se queixar. No fim das contas, o que mais queriam, além de ficar o dia inteiro em casa com seus filhos, de shorts e chinelo de dedo?

# OS ÓCULOS ESCUROS

Viviana os reconheceu sobre a prateleira e sentiu um nó na garganta. Eram simples e baratos, mas lhe serviram por tanto tempo que ainda se lembrava da busca desesperada, e no fim das contas improdutiva, que empreendeu ao notar que os perdera. Moveu céus e terras, isto é, casa, carro e escritório, e fez uma peregrinação desesperada por todos os lugares por onde andara nos dias anteriores: "Não viram uns óculos escuros?", e sempre respondiam que sim, isso era o pior. Parecia que os óculos escuros eram onipresentes entre os objetos perdidos. E lá vinham os empregados, as camareiras, com dois ou três pares de óculos, mas não eram os seus.

Era incrível quanto se podia recordar ao olhar certas coisas. O mesmo acontecia com os perfumes ou o aroma dos biscoitos de gengibre, que, sem que notasse, a transportavam para a infância e para a casa de Marisa, a amiga de sua mãe com quem ficava quando Consuelo viajava. A casa era grande e escura e à tarde se enchia de neblina. Marisa era boa, mas era tão limpa que ela sempre se sentia suja e achava que devia andar nas pontas dos pés para não incomodar. Por isso, o que mais a alegrava era sair com a empregada para a venda, uma venda rústica onde os biscoitos de gengibre, redondos, escuros e macios, eram guardados em grandes recipientes de vidro com tampa. Comprava dois ou três e os comia escondida no banheiro, para não deixar migalhas pelo quarto.

Os óculos escuros eram como os biscoitos de gengibre, mas a época a que remetiam eram os últimos meses com Sebastián. Ela os comprara junto com ele numa farmácia na Rua Lexington, perto do hotel onde ficaram quando ele a levou para conhecer Nova York. Os óculos foram, por muito tempo, uma espécie de amuleto que ele deixara para ela, uma proteção contra as lágrimas, contra o sol vertical e ardente. Estendeu a mão para tocá-los e ficou com os dedos no ar. Ela ousaria ver Sebastián novamente? Ele estava morto havia dez anos, no dia três de fevereiro, num acidente de carro. Colidiu com um caminhão caindo aos pedaços e sem faróis parado na estrada. A morte foi imediata. Não a deixaram nem ver o corpo. Apenas beijou suas mãos antes que o cremassem, como ele tinha mandado. Continuou olhando os óculos. A mão se moveu rápida. Não teria medo.

Sebastián acariciava-lhe a nuca carinhosamente e lhe punha os óculos. Olhava para ela para dizer como lhe caíam bem. Sentir seus dedos lhe causou um arrepio sensual, que a percorreu dos pés à cabeça. Olhou-o de soslaio: um homem alto, magro, muito branco, com olhos castanhos enormes e a boca grande e fina. Parecia o Pequeno Príncipe. Ela sempre dizia isso: um Pequeno Príncipe que crescera na terra, que cuidava dela para que não comessem suas ovelhas, cobrindo-a com cúpulas de cristal como aquela da história que cobria a rosa. Ela tinha se divertido em Nova York, nas ruas de bairros chineses, italianos, comprando bobagens para Celeste e algo que vestir. Ele gostava que ela exibisse os seios. Meus vulcõezinhos, dizia para eles. Sabia que não paravam de incomodá-la e insistia para que os exibisse e usufruísse deles. Veja como me invejam, e ria quando alguém parava para olhar. Ele a desinibiu tanto que, em pouco tempo, se tornou difícil para ela não usar uma roupa sexy e perder uma oportunidade de exibir suas carnes. Mas Sebastián era seu principal instigador. Apreciava suas curvas e inclinava-se diante delas como se fossem produtos de uma arquitetura anterior a todas as arquiteturas. Ele a descrevia em detalhe porque amava cada dobra de seu sexo, cada curva de suas nádegas, cada vinco de suas orelhas. Ela tivera outros homens antes de conhecê-lo, mas foi ele quem descobriu as intrincadas passagens de seu corpo.

Sobre ela, transformava-se em colibri, em um delicado cachorrinho de estimação, em golfinho. Suas mãos de dedos largos, sua boca, percorriam-na a cada vez como se quisessem aprendê-la de cor, gravá-la nas papilas e impressões digitais.

Duvidava que existisse no mundo semelhante capacidade de ternura, com uma intuição quase feminina para saber que um corpo de mulher não responde nem se abre à rudeza; que, quanto mais suave a carícia, mais desmedida será a paixão da potranca que cavalgará. Como sentia sua falta, pensou enquanto via-se na lembrança caminhando a seu lado naquele dia de primavera em Nova York.

Na rua lotada de transeuntes, Sebastián a guiava pelo rio de gente, pressionando seu braço para esse ou aquele lado como se pilotasse o timão de um barco. Ela se deixava levar, distraída, aceitando o desafio de abrir caminho em meio à multidão sem se separar dele. No semáforo, as pessoas se espremiam para atravessar: asiáticos, brancos, morenos, negros, índios, gente de todas as raças. Como eles sobreviviam ali misturados, era um mistério para ela. Ela se perguntava se seriam felizes tão longe de sua origem, cultura, todos apertados e ocupados como estavam. Foram tomar café em um bar na esquina com letreiro italiano. As pessoas tomavam café de pé, sobre umas mesas altas e redondas. Bebiam rápido e saíam. Ouvia-se o tinir incansável de copos e os atendentes anotando os pedidos: com leite, preto, com leite desnatado, venti, normal com descafeinado, moca. Sebastián era viciado em café. Falava inglês sem sotaque porque seu pai era britânico e a família vivera em Los Angeles. Viviana se surpreendia ao vê-lo nos Estados Unidos como um peixe na água. Que tal comprarmos uns sanduíches e irmos ao parque para um piquenique?, ele perguntou. E ela disse que sim, claro. As ruas superpovoadas acabaram lhe causando claustrofobia. Queria ver verde, e não ouvir o barulho de automóveis e buzinas. Cruzaram a sexta avenida e desceram em direção ao Central Park. Entraram no parque seguindo a trilha pavimentada. Aquele era outro mundo: as árvores, as pedras, os espaços para jogos, os nova-iorquinos correndo com fones de ouvido e roupas de cores vivas, pessoas passeando com seus cães. Apenas mudando de calçada, adentrava-se em uma cidade de esquilos e pássaros e gente animada por outro tipo de tempo, um tempo discreto e bem-educado que se negava a empurrar e era antes indulgente e cúmplice. Sebastián a conduziu por uma trilha que passava ao lado do lago até chegar a Sheep Meadow, uma enorme extensão verde de onde se via o Hotel Plaza. Por aqui há outro prado como este que se chama Strawberry Fields, falou Sebastián. Você acha que é o da canção dos Beatles? Com certeza, ela respondeu, não porque soubesse, mas porque gostou da ideia. Deitaram na grama sob um sol que brilhava sem ostentar calor. Era um dia comum, uma brisa leve e jovial percorria de vez em quando a grama salpicada de casais e crianças com bolas e frisbees. Viviana pôs a cabeça sobre a perna de Sebastián depois que comeram os sanduíches de muçarela, cogumelos e tomate com cheiro de orégano e bebericaram vinho branco em copos plásticos transparentes. Sebastián sabia como ela gostava de se recostar nele. Ficava quieta esperando que ele passasse os dedos por seus cabelos. A cabeça de Viviana era sua zona mais erótica. Bastava ele enfiar a mão inteira sob os cabelos grossos e crespos para que ela respondesse à carícia com uma efusividade que sempre lhe causava ternura, mas claro, no parque, sobre a grama, ele a acariciou de maneira quase fraternal, passando-lhe os dedos delicadamente pela fronte e introduzindo-os lentamente pelos caminhos apertados de seu crânio. *Ele me conhecia tão bem*, pensou, sentindo a mão íntima e sábia mover-se de leve sobre seus pensamentos.

Viviana inspirou e expirou um suspiro de tristeza. Soltou os óculos. Abriu os olhos. Estava de pé no galpão, e Sebastián já não a tocaria mais.

Quando, porém, sua morte era recente, pensar nele lhe apertava o coração. Sentia que ele lhe subia do esterno para a boca. Tinha vontade de vomitar. *Se eu vomitar, sai*, pensava. Imaginava o coração em forma de caixa de chocolates caindo dentro da água do vaso sanitário.

Chorou muito, inconsolável. Sozinha com Celeste, que aos seis anos era a cópia perfeita e feminina do pai, distribuiu suas cinzas: um pouco no mar, outro tanto no jardim da casa da infância, outro num rio com o qual ele tinha uma relação íntima. Em cada lugar, com a menina sentada sobre as pernas, falaram de recordações e anedotas, de noites e dias vividos ao lado do homem que seria parte das duas para sempre. Celeste parou de perguntar quando o pai iria voltar. Aceitou-o como um ser invisível, um amigo oculto.

Tinha sido um casamento feliz. Somente o tempo, a distância e o pleno uso de sua independência fizeram com que Viviana percebesse quanto havia cedido como mulher para que essa felicidade fosse possível.

Passou um mês e meio de pijama ou de moletom, com os cabelos cheios de nós e as unhas quebradas, sem que ninguém, exceto Celeste, lhe interessasse. A mãe, que trabalhava coordenando expedições da National Geographic e viajava muito (quando veio a saber da notícia, ao chegar a Montevidéu de um cruzeiro pela Antártida, ele já havia sido entregue ao vento de seus lugares favoritos), voltou e se espantou ao ver que a filha não conseguia se recuperar do luto. Consuelo era uma mulher enérgica, cheia de exuberância e alegria. Aos sessenta e poucos anos parecia jovem e, embora seu lema fosse "viver e deixar viver", quando devia bancar a mãe, sabia fazê-lo bem. Criara e educara Viviana sozinha, pois nunca mais ouviu falar do pai depois que lhe contou que estava grávida.

– Ah não, filhinha, não se deixe levar. Vamos fazer as coisas devagar, mas o que temos de fazer, vamos fazer. E a primeira coisa é a operação guarda-roupa, que você vai deixar para mim – esse foi o seu refrão, desde que se deu conta de que tudo que pertencia a Sebastián continuava intacto. – E o carro, mãezinha? É doentio deixar esse carro destruído na garagem. Você pode resolver não sair desta – falou –, mas então fique trancada, ponha o carro na sala e se vista com a roupa dele. O importante é que você decida, que faça alguma coisa. Você precisa decidir por ele, que está morto, ou por você, que está viva. Não tem meio-termo. Não somos mulheres de meios-termos.

Consuelo se mudou para a casa de Viviana e encarregou-se dos seguros e da papelada com a qual se apaga o vestígio de quem já não pode assinar revistas nem pagar contas. Ela também se encarregou de convencer Viviana a realizar seu sonho de ser jornalista, a profissão para a qual se preparou e que apenas exerceu por poucos meses antes do nascimento de Celeste.

Racionalmente, ela sabia que a mãe tinha razão, mas a cada trapo e sapato de Sebastián do qual se livrava, e especialmente quando levaram o carro para o ferro-velho (de alguma maneira torcida e supersticiosa, sentia que nessa massa de metal estava impregnado o último grito dele, o que talvez ele tenha dito ou pensado na solidão da morte), ela sentiu que cortava as evidências tangíveis da existência dele e que, ao fazê-lo, deixava de ser quem fora com ele e renunciava ao amor-refúgio-cúpula de cristal no qual, durante tantos anos, estivera segura e indiferente.

Mas assim, dura e definitiva, era a morte e o mesmo podia-se dizer da vida. Ela continuou respirando, levantando-se a cada manhã, acumulando tempo, dias que a separavam do que tinha sido. E, no fim, saiu de casa. Ela se maquiou, se arrumou, se vestiu. Mais magra, mas bonita, apesar da tristeza interior, foi para a entrevista de emprego, fez um teste diante das câmeras no canal de televisão e conseguiu a vaga de apresentadora das notícias da manhã.

# O DESPERTADOR

Que sequência era aquela?, perguntou-se Viviana. Bem ao lado dos óculos escuros, deparou-se com o velho despertador da época em que trabalhava na televisão. Quadrado, preto, com a face branca, os números grandes e os ponteiros vermelhos; marcava quatro da tarde. Seria a hora certa? Pegou-o para levá-lo até o ouvido e se certificar de que funcionava, mas conseguiu apenas se perguntar se já havia passado um dia no galpão, porque mais uma vez o turbilhão de lembranças sempre presentes a transportou para outro tempo: às cinco da manhã.

Entrava no trabalho a essa hora. Odiava levantar-se de madrugada. Ler as notícias com cara de bom dia era um esforço apenas comparável às noites insones da maternidade. *A mulher é um animal de hábitos; vou me acostumar,* dizia a si mesma ao desligar o som agudo do relógio cruel. O sol ainda não havia levantado quando saía de casa, depois de dar um beijo na testa de Celeste, sua bela adormecida.

À medida que adentrava na cidade, assistia ao despertar do dia, ao céu que clareava, aos entregadores de pão levando grandes cestas na frente da bicicleta, aos caminhões deixando leite nas mercearias, enquanto as proprietárias, que haviam acabado de tomar banho, penduravam provisões nas portas. A cidade era pobre, mas colorida, com casas antigas, coloniais, com telhas e pequenos jardins, ao lado de bairros pobres de casas feitas de entulhos, latas e folhas de zinco sobrepostas em vez de paredes. O mais triste e o que diluía o contraste entre bairros ricos e bairros pobres, todavia, era o lixo: papéis, sacolas plásticas, embalagens de qualquer coisa flutuavam nas sarjetas e nas calçadas, desfigurando tudo. Fazia esforço para não olhar. Levantava a vista para ver o grande vulcão Mitre, pálido e azul na alvorada, e as nuvens, mas não podia deixar de se perguntar como era que esse estado das coisas – a miséria, o lixo – existia sem que ninguém o corrigisse. Ao chegar à emissora de tevê, fechava os olhos e sonhava em consertar o país, enquanto a maquiadora passava pó e destacava os olhos, os lábios, o cabelo e disfarçava as olheiras. Depois de apresentar as notícias de manhã, passou a lê-las no noticiário principal da noite e, já com mais confiança no que fazia, começou a participar da redação das notas e a sugerir pautas. Fáguas era um país maltratado, onde a realidade constantemente desafiava a imaginação. A imprensa marrom estava na moda. Eram muitas as histórias de quadrilhas e de narcotraficantes, além de brigas domésticas e abusos de menores. Meninas de dez anos engravidadas pelo padrasto eram tão frequentes quanto os roubos e desfalques ao Estado por parte de funcionários públicos, que, em vez de ser exonerados, eram transferidos de um gabinete a outro. Esse partido é como a Igreja, dizia o chefe, ninguém expulsa os padres pedófilos, mas os transfere para que cometam seus pecados em outra parte. Viviana tinha a vantagem de uma memória de elefante. Não lhe custou muito identificar e conhecer quem era quem no governo desgovernado, cujo presidente jamais se encontrava com os jornalistas, nem se submetia às incômodas perguntas de uma coletiva de imprensa. Quando queria dizer alguma coisa, preparava um longo discurso e falava disparates do alto da tribuna. O governo dava nojo por ser mafioso e mentiroso, mas no país a vacina contra o nojo era o riso, o cinismo e a ironia. Não havia nada que agradasse mais aos editores que histórias e reportagens cômicas. Uma delas entrou por acaso na vida de Viviana.

– A senhora não sabe o que vi na casa de um magistrado, dona Viviana – disse Júlio. – A senhora devia mostrar isso na televisão.

Júlio era o meticuloso jardineiro que todo mês ia cuidar de seu jardim. Trabalhava o restante do tempo em outras casas e levava e trazia fofocas.

– O que foi que você viu?

– A senhora não vai acreditar, mas ele tem um pinguim, um pinguim de verdade, não estou mentindo. Assim como tem gente que tem aquário, ele tem um quarto com gelo com uma grande porta de vidro através da qual se vê o pinguim caminhando todo efeminado, como caminham esses animais.

– Tem certeza, Júlio? – perguntou atônita.

– Eu juro. Vi com esses olhos que a terra há de comer.

Viviana ouvira rumores sobre as excentricidades do magistrado. Era relativamente fácil em Fáguas confirmar suspeitas, sobretudo quando se tratava de algo assim, um assunto que, de tão absurdo, outras pessoas teriam que conhecer. Custava acreditar, mas na América Latina coisas assim eram o pão de cada dia. Ela se propôs a investigar a verdade.

Recorreu a uma amiga de seu clube do livro, Ifigenia.

– Ifi, preciso de um favor. Você sabe quem instala câmaras frias em Fáguas?

Ifi era um gênio da organização. Administrava um negócio de exportação de carne e camarões. Estava ligada a linhas aéreas, empresas de barcos, de transporte de cargas terrestre. Deu-lhe alguns nomes e ofereceu-se para ajudá-la.

– Não há segredos neste país – falou, depois de uma semana. – É verdade que instalaram uma câmara fria na casa do magistrado Jiménez. A história do pinguim também é verdade. Ele entrou no país como cão, vindo do Chile. Aparentemente, esse senhor tem uma "amiga" muito rica no Chile. O "cachorro" viajou de avião, como um paxá. E o melhor, Vivi: é um presente de amor, porque ela o chama de "pinguim".

O próximo passo de Viviana foi entrar em contato com Eva Salvatierra. Eva era vice-diretora de uma empresa de serviços de segurança residencial e corporativa.

– Preciso que você me empreste alguém de total confiança para um pequeno serviço.

Em seguida, falou com Júlio, seu jardineiro, e lhe pediu que dissesse que estava doente e recomendasse um substituto à esposa do magistrado.

– Prometo, Júlio, que se demitirem você, lhe arrumo outro trabalho.

Uma semana depois, um dos funcionários de confiança de Eva, com aspirações a detetive, passou-se por jardineiro. Fotografou não só o pinguim na câmara fria, mas também os amigos do magistrado numa farra com garotas atirando peixes ao animal.

– Eu teria tirado mais fotos – falou o aprendiz de detetive –, mas me pediram para ir embora quando a festa esquentasse.

Viviana preparou com todo cuidado a reportagem, que foi anunciada como exclusiva com anúncios vistosos, sem especificar do que se tratava. Não queriam alertar os envolvidos para que não impedissem sua veiculação. Os diretores da emissora de tevê, ainda que a história tivesse causado riso e espanto, temiam represálias. Com tato, porém firme, ela deixou bem claro que ou a reportagem seria divulgada ou a venderia para outra emissora.

Na noite anunciada, com Ifi e Eva, ela foi até um bar da zona rosa da cidade, do qual conhecia o dono. Você tem que me prometer que vai aumentar o volume da tevê quando começar o noticiário das nove. Juro que não vai se arrepender, ela disse.

Chegaram cedo e se sentaram no balcão. Convidaram alguns amigos para se reunirem a elas ali. Às nove da noite, o bar estava cheio. Viviana mal podia controlar sua agitação. Sentia-se ao mesmo tempo eufórica e nervosa. Cumprindo sua promessa, o proprietário aumentou o volume. Ela apareceu na tela. "Os pinguins são animaizinhos simpáticos que vivem numa das regiões mais frias do planeta: a Antártida, no polo Sul. Ninguém imaginaria um pinguim aqui, no calor tropical de Fáguas. Nosso pobre zoológico, que pode apenas alimentar os jaguares de nossas selvas, teria que contar com instalações muito caras para manter um pinguim em cativeiro. No entanto, senhores, o noticiário extraordinário da TV 1 conseguiu revelar a existência de um pinguim em Fáguas, um pinguim aqui em nossa cidade, o mascote mais caro da história de nosso país..." Enquanto Viviana narrava em off, apareciam na tela fotos do animal, da casa do magistrado, dele e dos amigos próximos ao aquário descomunal. As exclamações dos clientes do bar não demoraram. As gargalhadas, a descrença, os insultos. Que bárbaro, incrível, que filho da puta, ladrão, com nossos impostos, olhe para ele... e nas mãos de gente como ele está a justiça deste país, que insulto, que vergonha, exclamavam, intercalando coloridas grosserias.

Aplaudiram Viviana quando a reportagem terminou. Homens e mulheres aproximaram-se para abraçá-la e felicitá-la. Bem-feito, isso sim, finalmente alguém se atreve a lavar em público a roupa suja desses desalmados. Tanta gente morrendo de fome e ele construindo câmaras frigoríficas para um pinguim, feito um milionário excêntrico.

Infelizmente, pensou Viviana, por mais ridícula e absurda que fosse a história do pinguim, ela ironicamente resumia a corrupção perversa e o descaramento dos funcionários públicos de Fáguas. Ela e seus amigos podiam rir, mas não seriam eles que ririam por último ou melhor. Ainda assim, valia a pena celebrar essa pequena vitória. Ifi, Eva e ela continuaram a reunião na casa de Rebeca, outra das amigas do grupo.

No dia seguinte, um bando de jornalistas abordou o magistrado Jiménez, um sujeito ofensivamente gordo e desagradável, quando ele chegou a seu gabinete na Corte Suprema. Com incrível ironia e descaramento, Jiménez quis se apresentar como defensor dos animais e contou uma história inverossímil: o pinguim havia naufragado em frente à sua casa de praia na costa do Pacífico tropical de Fáguas. Ele o resgatara.

– Capítulo dois – Viviana disse a seu chefe no dia seguinte. – Tenho provas de que é mentira. O pinguim foi enviado por uma namorada do Chile. Proponho que façamos outra reportagem para desmenti-lo. Além disso, Rebeca de los Ríos, uma amiga economista, está preparada para apresentar as cifras de quanto custou e custa manter esse pinguim.

Já que estavam todos no mesmo barco – e com o ego massageado por muitas felicitações e uma ascensão nos índices de audiência do canal –, os diretores concordaram. No segundo programa, Viviana deixou de lado o tom irônico e castigou o magistrado com uma reportagem de rua que mostrava inequivocamente o repúdio geral ao cinismo com que este tentou se justificar.

O escândalo do pinguim foi enorme e estendeu-se a todos os meios de comunicação. Entretanto, apesar do clamor popular pedindo o afastamento de Jiménez, o magistrado, que era protegido do Presidente, continuou com seu cargo.

Ele era uma das peças-chave do governo. Rábula hábil, distorcia qualquer lei ou sentença para que se adaptasse às necessidades políticas de seus chefes.

Se até então, na vida cotidiana, assim como a maior parte de seus concidadãos, Viviana fazia como o avestruz ou os macacos, "não ver, não ouvir, não falar", a história do pinguim tornou-a mais radical. Às vezes ria sozinha, pensando que, ao escrever sua biografia, teria que dividi-la em antes e depois do pinguim. Depois da reportagem, recebeu uma avalanche de e-mails. Alguns eram meras felicitações, elogios à sua "valentia", mas outra grande parte eram testemunhos tristes e dolorosos de injustiças, pedidos de ajuda, histórias de desamparo generalizado e a repulsa impotente de uma cidadã que não conseguia ver uma luz no fim do túnel nesse país miserável. Precisamos de pessoas como você em Fáguas. Por que não se candidata a presidenta?

Presidenta, ela?, sorria. Quem pensaria numa coisa dessas!

Mas as histórias que avidamente começou a seguir nos jornais, nos e-mails que continuavam chegando, nas pessoas que a paravam no supermercado e lhe contavam escândalos, sugerindo que os investigasse, ocupavam cada vez mais sua mente. Observar e silenciar deixavam paulatinamente de ser uma opção para ela.

Era triste, pensava, ler nas pesquisas que a maior ambição dos jovens era emigrar. Ou ouvir o lamento de um poeta magnífico que escrevera: "Queria ser estrangeiro para ir a meu país". Um país mergulhado na desesperança, com um povo resignado a aceitar qualquer vergonha, exalava o fedor da carne podre. E ela não queria que sua filha crescesse cercada pelo cadáver da civilidade, dos valores humanos, da alegria.

Trabalhou várias noites em uma proposta de programa para apresentar a seu chefe. Tinha a seu favor a curva das pesquisas.

– Creio que um programa semanal como o que proponho para os domingos, às oito da noite, teria uma audiência que atrairia anunciantes – disse.

Uma semana depois, recebeu a resposta positiva. Aprovaram o nome: *Um pouco de tudo*, um orçamento para o set, uma produtora para assisti-la.

Chegou em casa feliz nessa noite. Chamou as amigas. Comemorou no jantar com Consuelo e Celeste.

– Sabe – disse-lhe a mãe, quando Celeste já havia terminado o dever, escovado os dentes e ido dormir –, uma vez na vida li as cartas. Eu estava desolada depois que seu pai desapareceu e uma amiga me levou até a casa de uma famosa cartomante. Sua filha está destinada a grandes coisas, a senhora me disse.

– E por que você nunca me contou? – sorriu Viviana.

– Não sei. Não lhe dei muito crédito, mas ultimamente andei me lembrando da frase. Acho que é verdade. Alguém como você deve encarar a vida de frente, sem medo. O medo é um mau conselheiro.

Viviana voltou o relógio para a prateleira e pensou na sorte de ter uma mãe como a sua.

# PETRONIO CALERO

Sentia fome, mas se opunha a ir até a cozinha. Sentado na sala da pequena casa, olhava irritado o entardecer penetrar avermelhado através da janela. Atrás da porta aberta, o pequeno jardim se queixava arqueado sobre si mesmo. Tinha que regar as plantas. Havia dois dias que não lhes dava água. Ele via como estavam sedentas. Até as plantas reclamavam com ele nesta casa maldita. Precisava ver o cachorro. Nem bem mudava de posição, o animal erguia as orelhas ou sentava-se sobre as patas, suplicante. Olhou para os pés metidos em chinelos de dedo pretos. Que nojo. Ele também não tomava banho havia dois dias. A mulher não tardaria a chegar do trabalho e o encontraria tal como o deixou: a mesma expressão de tédio, preguiça, indolência. Ficaria irritada e ofenderia sua mãe por causa das plantas e do cão. Como ela organizava essas atividades para se manter ocupada durante os anos que ficou em casa sem trabalhar? Porque não tiveram filhos. A natureza não lhes fez esse favor. Olga não se aborreceu. Tinha espírito de freira: sacrificada, silenciosa. Até na cama era assim. Fazê-la suspirar era uma proeza. Mas era inteligente. Mais inteligente do que ele. Agora ganhava mais do que ele jamais ganhara. Viviam melhor. Viveriam melhor, corrigiu-se, se ele se ocupasse da casa, mas a preguiça o consumia. Depois da sesta, fazia a ronda pelas proximidades. Se ficasse olhando para as paredes, o silêncio o agoniava. Nem o céu o distraía mais. Quando eram jovens, nunca permitiu que Olga trabalhasse. O que iam dizer seus amigos, as pessoas, se ele não podia sustentá-la? E meus estudos? Sou engenheira industrial, e o país precisa de gente preparada como eu. E eu preciso mais ainda de você, foi o que lhe respondeu. Ela chorou por uns dias, depois aquietou-se. Mantinha a casa limpa. Aprendeu a cozinhar. Agora receitava o mesmo a ele: Faça como eu. Por que você não aprende a cozinhar? Aprendeu algumas coisas nos primeiros meses. A verdade é que não era nenhuma ciência. Não tomou gosto pela tarefa, mas aprendeu a fazer arroz, feijão, fritar banana e assar carne. Não foi tão difícil assim no começo. Ocupou-se no bairro. Construíram salas de aula, limparam os pátios, construíram o telhado e colocaram o piso das creches administradas pelas mães vocacionais, que em cada quarteirão cuidavam dos filhos das mulheres que iam trabalhar e não tinham marido. Duas vezes por semana, ele dava aulas numa das creches. Ensinava o abecê e lia contos. Enquanto teve com quem conversar – e eram incessantes os comentários sobre as trocas no país – não foi tão ruim. Mas ultimamente ficava muito tempo em casa e não suportava isso. A solidão, pensar sem propósito. A verdade era que não tinha muito na cabeça. E o que tinha, não lhe interessava examinar mais uma vez, preocupar-se. As mulheres pelo menos, como eram sentimentais, podiam passar horas pensando em seus problemas e nos alheios, mas o silêncio o deprimia. Levantou-se. Relutante, saiu para o jardim, desenrolou a mangueira e se pôs a regar. Estava fazendo isso quando ouviu a sineta da raspadinha e viu José de la Aritmética no alto da rua caminhando em sua direção.

– Quais são as notícias, mestre? – perguntou Petronio.

– Segue em coma.

– O que vai acontecer agora?

– Ninguém sabe, Petronio, ninguém sabe.

– As outras se sentirão encorajadas. A presidenta era quem as controlava.

– Era disso que eu gostava na presi. Não perdia muito tempo querendo agradar a todas.

– Sem ela, as coisas mudam.

– Vamos ver. Eu já estava me acostumando ao que as mulheres mandaram, a ser paparicado... – riu José, mostrando uma fileira de dentes irregulares.

– Eu não aguento mais o tédio. Bem que andei me perguntando como minha mulher aguentou ficar trancada em casa durante tantos anos.

– A presidenta tinha razão ao achar que ninguém aprende em sapato alheio.

– Já aprendi. Agora o que quero é trabalhar.

– Caramba, Petronio, você trabalhou a vida toda. Por que não relaxa?

Petronio pagou a raspadinha que José de la Aritmética lhe entregou, coberta com o espesso xarope de caramelo. Começou a lambê-la.

– Não sei relaxar – sorriu com uma careta. Meus cumprimentos a Mercedes.

– E a dona Olga.

# EVA SALVATIERRA

Eva quase não podia com a raiva contida que, desde o atentado, a transformara num furacão de carne e osso. Andava trôpega, derrubando copos sobre as mesas, vasos e cinzeiros e esbarrando nas quinas dos móveis; mãos e pernas traíam sua intenção de parecer calma e não perder a compostura.

Era imperdoável que elas, donas de estatísticas meticulosamente atualizadas sobre a violência contra as mulheres de Fáguas e do mundo, não tivessem tomado medidas extremas para proteger a vida de sua presidenta. E, no entanto, a segurança a seu redor não tinha sido menor naquela tarde. A arena no meio da massa representava um alto risco, mas Viviana determinou que, assim como na campanha, esse seria o símbolo da Presidência. Não teve jeito de fazê-la desistir. Não cedeu ante a pressão dela nem de outras oficiais com experiência militar. Em áreas abertas, o cordão policial ao redor do palanque não era proteção suficiente, tampouco o grande número de agentes à paisana em meio à multidão.

Como imaginou, os fogos de artifício agravaram a questão. Prevendo a dificuldade de exercer controle entre tantos explosivos e distrações (as jovens policiais, sem dúvida, não perderam o espetáculo), Eva tentou manter a surpresa em segredo. Mas era o tipo de segredo que aqueles que tinham de guardá-lo não viam motivo para não contar a amigos e parentes, para que não perdessem o show. Ele podia ter se infiltrado entre os operários dos fogos, ou entre os que os levaram até o local, ou entre os que prepararam a sequência, ou ainda entre os funcionários nacionais da Embaixada chinesa. De qualquer maneira, devia-se supor que, para quem planejara o atentado, a informação era decisiva; levaria em conta o barulho dos fogos e a distração das policiais, que ela intuiu que seria difícil controlar. Deu ordens para revisar as listas de funcionários e investigá-los. Talvez não fosse a melhor das pistas, mas era a única até o momento. Os gabinetes da Inteligência Militar pareciam consultório médico, por causa do aglomerado de gente que esperava na antessala para dar declarações, mas até aquele momento não haviam conseguido esclarecer nada.

Sentiu-se só. Não tinha família. O pai falecera no ano anterior, muito idoso. Havia sido combatente da revolução, mas morreu triste, com os sonhos destruídos. Na juventude, no entanto, nas lembranças dela, foi um homem feliz que, depois da morte da mãe quando ela era adolescente, lhe dedicou seu amor e seu tempo. Não era letrado, mas era íntegro. Um pouco paranoico talvez. Dizia que era sempre importante conservar certo grau de paranoia. Por isso, como diversão aos domingos, transmitiu-lhe o que sabia melhor: a arte militar. Treinou-a em armamento e desarmamento e nas práticas da guerrilha urbana. Nunca se sabe, dizia. Algum dia pode ser que você precise desses conhecimentos. Certamente foram úteis. Não para o que ele imaginou, mas para montar sua empresa de segurança.

Do pai, o que nunca soube, e que a mantinha acordada algumas noites, era o mistério de seu papel no desaparecimento do único homem que ela amou sem medida, um exemplar magnífico que conheceu nas aulas de judô e que foi um marido bom e doce, até que deixou de ser, até a noite em que a empurrou contra a parede, a chutou e lhe deu uma surra da qual não pôde se defender. O que tinha feito ela além de perguntar onde ele estivera, um pouco irritada talvez, porque ele chegou tarde cheirando a rum? A reação dele lhe causou espanto. Esqueceu o treinamento e o físico ágil. Como um fardo, deixou que ele se enfurecesse contra ela, atônita e sem compreender. Depois não aceitou choro nem desculpas. Deixou-o. Abandonou todos os seus pertences na casa. Não levou nada. Ele começou a persegui-la, a procurá-la, a aparecer de repente nos estacionamentos, a bater à porta à meia-noite, a ligar para seu telefone. Subjugou-a a um cerco de terror. Ela se viu obrigada, a seu pesar, a recorrer ao pai. Recordava-se bem do tremor incontrolável com que se refugiou no peito grande e quente desse homem bom e solidário, que a manteve apertada contra si até que ela se acalmou. *O que foi que fiz você fazer, papai?*, pensou. Nunca soube, mas Ricardo foi tragado pela terra. Jamais voltou a incomodá-la. Confrontou seu pai inúmeras vezes. Você o matou? Diga-me apenas se o matou. Ele a fitava. Negava com a cabeça; jamais admitiu, mas ela estava certa, e a certeza a foi corroendo por dentro. Passou a noite em que seu pai morreu a seu lado, falando com ele, dizendo que gostava dele, pedindo que, antes de partir, a tranquilizasse, lhe contando a verdade. Mas ele não disse nada. Não abriu os olhos. De madrugada, ao ouvi-lo ofegar, pôs a música de que ele mais gostava no aparelho de som e o aconchegou em seus braços, até que ele faleceu. Seu pai não disse nenhuma palavra. Levou para o túmulo o paradeiro de Ricardo, que ela não conseguiu descobrir, por mais investigações que fizesse. A pista se perdia numa noite num bar e num rápido comentário sobre uma futura viagem ao México. Talvez estivesse no México. Ela gostaria que estivesse, mas algo dizia que não, que ele jamais chegou a partir.

Viola, a secretária, adentrou no escritório na ponta dos pés. A chefe observava a janela com o olhar fixo, como se estivesse em transe. Sentiu pena, mas não tinha outro remédio a não ser lembrar a superiora das atividades que deveria cumprir.

– Hoje é quinta-feira – disse, plantando-se diante da mesa. – Pegamos ou não os estupradores?

Eva ergueu os olhos. Franziu o cenho. Os estupradores. Era quinta-feira.

– E por que deixaríamos de pegá-los? – perguntou.

– Não sei – respondeu Viola. – Ocorreu-me que talvez, pelo luto...

– A presidenta não morreu. Não sabemos se ela vai se recuperar, mas está viva. E seguirá assim até nova ordem, entendeu?

– Sim, claro.

– Então nada será interrompido. Deve-se proceder como de costume. Obrigada, Viola – acrescentou, suavizando o tom.

A funcionária saiu.

Tinha sido de Eva a ideia de exibir os estupradores em locais públicos, em celas abertas como jaulas. Pegavam-nos às quintas-feiras e os exibiam durante todo o fim de semana em mercados, praças, nos bairros das vítimas ou em rotundas com maior circulação de veículos. As pessoas eram autorizadas a se aproximar, e muitas o faziam. Era cada vez maior o número de mulheres de todas as idades que passavam diante das jaulas para observá-los e lhes dizer o que o repúdio lhes ditava. Para cada réu, colocavam sobre a jaula uma placa descrevendo o motivo da prisão. "Juan Pérez. Estuprador. Idade da vítima: 5 anos. Relação: enteada"; "Ramón Alduvinos. Estuprador. Idade da vítima: 13 anos. Relação: vizinho". Diante das jaulas, em uma urna, a população deixava comentários e sugestões de como o crime deveria ser punido. Em geral, sugeriam castigos cruéis: castração, prisão perpétua, flagelação, linchamento, morte. Mas elas haviam abolido a pena de morte e reformulado as penas carcerárias, de modo que os presos deixaram de ser uma carga social. Todos trabalhavam. De segunda à quarta-feira, por exemplo, os estupradores limpavam cemitérios e faziam covas (ideia sugerida por um grupo de mulheres que argumentou que não se deveria deixá-los se aproximarem dos vivos), enquanto os presos por delitos menores recolhiam o lixo.

Eva queria exibi-los nus, com a palavra *estuprador* tatuada na barriga em letras garrafais (Juana de Arco pegou a ideia de Lisbeth Salander, a heroína de *Millennium*, a trilogia do sueco Stieg Larsson). Fazê-los passar vergonha significava submetê-los a uma pena moral semelhante à que sofriam as vítimas, sobretudo as que optavam por se calar, que por sorte eram cada vez menos, pois aquelas punições as incentivaram a denunciar seus algozes. No fim, se sentiam compreendidas em sua injustiça e intimamente admitiam gostar de ver aqueles homens trancafiados como macacos em jaulas. Eva acreditava ferozmente no valor do escárnio social, convencida de que mesmo a psique mais distorcida guardava o rastro de humanidade exigido para a vergonha e o arrependimento.

No entanto, a exibição dos estupradores gerou grande controvérsia. As autoridades eclesiásticas e os figurões políticos preveniram o efeito nocivo da vingança na alma e pronunciaram-se dizendo que a desonra de uns não era aliviada com a desonra de outros. As mulheres reagiram em massa a esses pronunciamentos. Apareceram em avalanche nos programas de rádio e na seção de opinião dos jornais, para cuspir na cara deles a moral dupla que agora os levava a defender malfeitores quando jamais haviam se intrometido no grave problema da violência contra a mulher. Elas os acusaram de ignorar essa silenciosa e mortal epidemia e de agora querer lavar as mãos, como Pôncio Pilatos. Com esse impulso, Eva conseguiu que a Assembleia aprovasse uma tatuagem – menos espetacular, mas igualmente útil – para os estupradores reincidentes. Era, de acordo com uma inflamada declaração, o único sistema de alerta que não custaria uma fortuna ao Estado nem aumentaria os impostos pagos pelos contribuintes. As deputadas aprovaram a moção por maioria. Concordou-se que um pequeno E seria tatuado na testa, em vez da palavra toda na barriga, pois os estupradores, normalmente, nem sequer tiravam as calças.

# A XÍCARA

Viviana olhou para a xícara. Tinha o emblema do programa *Um pouco de tudo*. E dizia:

UM POUCO

DE TUDO

em duas linhas e, ao redor, seu nome: VIVIANA SANSÓN. Pena não encontrar café na xícara. Inspirou para imaginar o aroma de tantas manhãs de sua vida. Como alguém renunciava à vida, à fome, a morder um bife, a tomar um sorvete? O corpo, os sentidos, como seria viver sem eles? Que paraíso poderia existir sem tocar, ver, cheirar, ouvir, sentir a língua do ser amado na cavidade da boca, sentir a pele alheia esfregando-se na sua, ouvir à noite, entre lençóis, o suave gemido do prazer oferecido a outro ser humano? O que estaria acontecendo do lado de fora enquanto ela estava ali, aprisionada em suas lembranças, examinando-as uma a uma? Essa xícara, por exemplo, a que parte de suas memórias a conduziria? Ainda não a havia tocado. Pegou-a pela asa. Nem bem a tocara, sentiu o calor das luzes do camarim. Ela tirava a maquiagem, depois de gravar o programa. Viu seu rosto no espelho, sua pele lisa e brilhante, seus grandes olhos. Lindo rosto, os cabelos emaranhados, ombros e braços torneados e fortes. A natureza fora generosa com ela. Alguém entrou, um convidado do jornal da manhã. Viviana o cumprimentou, saiu do camarim e voltou para o escritório.

Ali estava rodeada por amplas janelas. Uma delas dava para um pequeno gramado entre dois edifícios, e a outra, para um corredor pelo qual passavam os artistas ou as personalidades que iam gravar no estúdio. Chovia a cântaros. O telefone tocou. O barulho do aguaceiro era tão grande que mal conseguiu ouvir quem estava do outro lado. Não consigo ouvir, disse. Desligou, pedindo que telefonasse mais tarde.

Recostou-se na cadeira. Com as mãos atrás da cabeça, tranquila, saboreou o café quente e o momento de descanso depois do programa. Uma mulher branca, muito jovem, com um vestido justo de bolinhas pretas sobre um fundo branco, bateu com as juntas dos dedos no vidro. Ela olhou curiosa para a mulher. Viviana notou certa incongruência entre o rosto e a roupa. Parecia ter urgência, pressa. Normalmente ligavam da recepção antes de deixar alguém entrar. Achou que havia sido essa chamada que não conseguira escutar. Levantou-se e a fez entrar.

– Meu nome é Patricia. Preciso que me ajude – falou a garota. Ficou com as costas grudadas na porta. Ofegava. – Não quero que me vejam aqui.

Viviana não soube o que dizer. Franziu o cenho, curiosa.

– Tem a ver com o caso do pinguim. Posso levá-la a um lugar...

Viviana fez sinal para que ela não se movesse. Foi até as persianas que a isolavam do corredor e as fechou.

– Sente-se – disse. – Ninguém pode ver você agora.

A garota se sentou. Tinha aparência de fugitiva; ou era isso ou sofria de mania de perseguição. Viviana sentou-se ao lado dela. Fitou-a com simpatia. Sorriu. De perto, estimou que tinha dezoito, dezenove anos. A maquiagem fazia com que parecesse mais velha. *Cuidado, é uma armadilha*, disse a si mesma.

– Vejamos. Você está nervosa, não? Acalme-se e me explique o que está acontecendo. Quantos anos você tem?

– Dezesseis.

– Pensei que você fosse mais velha.

A jovem deu de ombros e sorriu sem graça.

– Você poderia vir comigo agora? Posso esperar lá fora e você me encontra na esquina. Acredite em mim, é importante – a voz titubeava. A garota estava molhada de chuva. De vez em quando, estremecia de frio e roía as unhas.

Viviana olhou para fora. Continuava chovendo.

– Preciso saber de mais coisa – Viviana falou. – Não posso sair do escritório e segui-la sem saber do que se trata.

– Ouça, se você me ajudar, posso lhe contar coisas a respeito do magistrado Jiménez que o arruinarão.

– Ãhã. E por que não pode contar aqui mesmo?

– Porque há outras como eu. E prometi que iria apanhá-las... com você.

– Outras como você. O que quer dizer?

– Que queremos fugir. Eles sequestraram a gente – a garota falou, quase chorando. – Não me pergunte mais nada. Por favor, me ajude.

Viviana tomou uma decisão. Pressentiu que a jovem não mentia.

– Ok – falou. – Apanho você na esquina.

A garota saiu com a cabeça baixa. Viviana telefonou para Eva.

– Vou atrás de uma pista que tem a ver com o magistrado Jiménez – disse. – Se em duas horas eu não aparecer, ligue para o meu chefe, ok?

– Posso mandar alguém aí – Eva disse, preocupada.

– Não dá tempo. Tenho um pressentimento de que a garota não está mentindo. Espere meu telefonema.

Desligou. Enfiou as chaves na bolsa. Apagou as luzes.

Apanhou a garota na esquina. Estava ensopada. A chuva piorava.

– Diga o que isso tem a ver com o magistrado Jiménez – perguntou Viviana –, me mostre o caminho.

– Siga em direção ao aeroporto – disse a outra. – O magistrado Jiménez é um canalha. Ele me mantém presa numa casa com outras duas garotas. Comprou a gente de um cafetão. Ele nos usa. Para fugir, lixamos as grades da janela. Eu saí, mas as outras duas ficaram. Elas estão esperando. Nós podemos contar coisas que você nem imagina.

– E tem mais alguém na casa?

– O homem que toma conta da gente não estava quando saí. Às vezes ele sai para comprar cigarros.

– Por que você não procurou a polícia?

A garota riu.

– Para que me levassem de volta? A polícia está comprada.

A garota tremia. Viviana a observava de canto de olho, sem se esquecer da estrada.

– Tem uma toalha que uso para limpar os vidros no banco de trás. Não está muito limpa, mas você pode se secar um pouco – falou. – Qual é seu nome?

– Patricia.

– Conte-me a sua história, Patricia. Temos um bom tempo antes de chegar.

Viviana enfiou a mão no bolso, pegou o gravador e apertou o botão para gravar.

Patricia continuava tremendo. Viviana teve a ideia de ligar o aquecedor do carro. Nunca era necessário em Fáguas, mas não aguentava ver a garota tremendo.

– Não tenha medo – disse. – Respire fundo, devagar.

– Tenho muito medo – Patricia começou a chorar.

– Não vou deixar que nada lhe aconteça – disse Viviana, dando tapinhas na perna da garota. Ela queria poder abraçá-la. Sob a luz dos postes da estrada, encolhida no carro, parecia frágil, adolescente.

– Como você conheceu o magistrado Jiménez?

– É uma longa história. Diga-me se cansar de ouvir...

– Vai, pode começar.

– Sou do norte. Minha mãe me mandou para Cuina para trabalhar na loja de um tio. Foi tudo bem no começo, mas, quando fiz treze anos, vários clientes começaram a me perguntar se eu já tinha pelinhos, pediam que lhes mostrasse minha coisinha. Meu tio percebeu. E me deu uma grande surra. Disse que a culpa era minha. Um dia, jogou-me na cama. Era melhor que eu soubesse como a coisa funcionava e que fosse com ele e não com outro, falou. Lançou-se em cima de mim. Ele me violentou. Senti muita dor. Eu o chutei, mordi, me defendi como pude. No dia seguinte, ele me deixou amarrada na cama; eu estava cheia de sangue. Depois, me soltava de dia para trabalhar na mercearia e, à noite, me amarrava na cama de novo. Deixava entrar os homens que me queriam. Todas as noites chegavam homens. Às vezes até dez. O fato de eu estar amarrada na cama os excitava. Tudo me doía. Eu só chorava e gritava para o meu tio que mamãe o faria pagar, mas sabe-se lá o que ele disse a ela, porque, quando finalmente minha mãe chegou, me encheu de bofetadas, não acreditou em nada do que eu disse e foi embora. Depois, um dia, ouvi meu tio me negociando com um homem. O homem ofereceu duzentos dólares e fecharam o acordo. Meu tio me deu banho e uma roupa nova. Vim para a cidade com esse outro homem. Ele também me violentou. Levou-me até uma casa luxuosa onde havia mais duas garotas. Um dia, disseram para a gente se maquiar e se arrumar. Levaram-nos até o magistrado. Eu já tinha desistido. Nada me importava. Ali o magistrado me jogou na câmara fria do pinguim, junto com o animal. Eu estava nua e eles riram de mim. Depois me tiraram de lá. Disseram que iam me esquentar. Um por um, eles passaram por mim. Meu Deus. E isso durante todos os sábados e outros dias; nem sei mais, perdi a conta. Depois nos levaram para outra casa, mas sempre voltávamos para a casa do magistrado e sempre nos enfiavam primeiro na jaula do pinguim. Parecia que se divertiam martirizando a gente. Diziam que geladas éramos melhores, como ar-condicionado portátil. Matavam-nos de frio, e o pinguim não gostava de estarmos na jaula e ficava agressivo. Há uns dias, ouvimos que iam nos vender para uns colombianos. Iam nos trocar por outras. Levaram a gente para a casa perto do aeroporto. Ficamos com muito medo. Não queremos ir para outro país. Como a única coisa que nos permitiam era ver televisão, vimos seu programa. Por isso, quando fugi, a única coisa que me ocorreu foi procurá-la. Peço apenas que não me leve para a polícia. Eles frequentam a casa. O chefe até se deitou com uma de minhas amigas. Disse que ela era a propina.

Patricia não chorou enquanto contava sua história para Viviana. Já não sentia mais frio. Parecia ressentida, raivosa, como se precisasse se distanciar para falar daquilo.

Viviana pôs a mão em seu braço. Ouvia histórias como essa, as lia no jornal, mas jamais havia encontrado alguém que as conhecesse por dentro. Sentiu-se incapaz de consolá-la, mas com vontade de chorar de ódio, de imaginar-se nessa situação...

Patricia a conduziu por ruas lamacentas. A chuva diminuíra, mas riachos de água suja corriam pelas sarjetas. Aproximaram-se de uma região de casas humildes, mas bem cuidadas, com paredes de tijolo e telhas. Parecia um bairro tranquilo, próximo à lagoa. Patricia pôs um dedo nos lábios, pedindo silêncio. Viviana diminuiu a velocidade. A garota indicou uma casa no meio do quarteirão e fez sinal para que desse a volta. Quando Viviana tentava falar, silenciava-a pondo um dedo sobre os lábios.

– Ninguém nos ouve, Patricia – Viviana disse delicadamente. – Estamos no carro.

A garota riu baixinho.

– Que tola! É o costume. Desculpe. Dê a volta no quarteirão.

Supunha-se que as outras duas estariam esperando atrás de alguns latões de lixo. Era o lugar combinado, mas não havia ninguém. Patricia desceu. O terreno estava vazio.

Voltou para o carro. Choramingava feito criança. O que estava acontecendo?

– Ai, meu Deus! O que aconteceu? Por favor, dê uma volta por aqui. Talvez tenham se escondido em outro lugar.

Viviana fotografou a casa com o celular. Depois de meia hora percorrendo as ruas, começou a escurecer. Não havia rastro das garotas.

– Acho que suas amigas não tiveram a mesma sorte que você, Patricia – disse finalmente. – Vou levá-la para minha casa e depois veremos o que fazer.

– São minhas amigas.

– Mas já fizemos o possível.

– Mais uma volta, por favor.

Uma hora mais tarde, desistiu.

– Você tem razão – falou. – Vamos aonde você quiser.

A casa estava escura quando chegaram. Viviana abriu o sofá-cama do escritório. Emprestou-lhe uma camiseta e uma escova de dentes. Foi vê-la antes de dormir. Sobre os travesseiros brancos, o rosto sem maquiagem da garota era delicado e inocente. Menos mal que, olhando para ela, ninguém jamais imaginaria o que vivera essa menina, pensou Viviana. Sorte que o infortúnio não podia ser lido à flor da pele, sorte que os rostos não possuíam o dom da eloquência.

Telefonou para Eva. Quando ouviu a voz dela pensou que acordava de um pesadelo. Aliviada, chorou enquanto contava o que havia acontecido.

– Como coisas assim podem acontecer, Eva, como é possível? – Eva chorou também. – O que faço com ela?

– Leve-a para a Casa Aliança amanhã. Lá ela terá proteção.

– Não acho que possa fazer isso – falou. – Não posso deixá-la ir. Tenho que protegê-la. E denunciar esse porco do Jiménez.

Revirou-se na cama sem poder dormir. Levantou e foi sentar na frente do computador. Pesquisou números na internet. Vinte e sete milhões de pessoas no mundo, quatrocentas vezes mais que o número total de escravos que foram forçados a cruzar o Atlântico vindos da África, eram vítimas do tráfico humano. Oitenta por cento eram mulheres.

Na semana seguinte, Patricia apareceu em seu programa, com o rosto distorcido para preservar sua identidade. Falou com autoconfiança. Deu detalhes que eliminaram qualquer dúvida sobre a veracidade de seu testemunho.

*La Prensa*

# JIMÉNEZ RENUNCIA

O presidente da República, Paco Puertas, aceitou hoje a renúncia irrevogável do magistrado Roberto Jiménez. A renúncia era esperada desde ontem, depois de uma reunião privada do presidente com os magistrados da Corte Suprema, no Palácio Presidencial. Jiménez está envolvido numa rede de tráfico de menores que exporta meninas para toda a região para explorá-las sexualmente. A jornalista da TV 1 Viviana Sansón divulgou a história na edição do telejornal do dia 8 de julho. O magistrado Jiménez foi indiciado pela Procuradoria-Geral da República e deverá se apresentar perante os tribunais para responder à acusação. Enquanto isso, o juiz ordenou que permaneça em sua casa, em prisão preventiva.

# A CAFETEIRA

Da xícara, Viviana passou para a cafeteira que reluzia sobre a prateleira. Sorriu ao reconhecê-la. Quem a polira? A última vez que a viu foi dentro do carro, quando pensou em levá-la para consertar. Tinha a mania de burlar os mecanismos que sutilmente a tecnologia incorporava aos eletrodomésticos para dotá-los com uma vida útil determinada. Era ridículo que as cafeteiras antigas durassem anos e que estas, supostamente tão eficientes, não tivessem conserto uma vez que falhassem. A cafeteira presidira as reuniões do clube do livro e, depois, as do grupo de amigas, que evoluiu até se tornar o conselho político do PEE.

Você levou, disse Ifigenia, quando ela perguntou se não a havia esquecido em sua casa.

Viviana aproximou-se da prateleira. O que quer que tocasse a fazia flutuar no tempo, viajar a regiões de sua vida subitamente iluminadas. Sentia o cheiro e o clima, as pontas de seus dedos registravam a aspereza e a suavidade de peles e superfícies. Viajava pela memória e a observava como se estivesse atrás de um desses espelhos através dos quais se pode ver sem ser visto.

Pegou a cafeteira nas mãos. Era um corpo metálico, prateado. O café deveria ser colocado na parte da frente, a água, no reservatório na parte de trás. Num instante, o café caía na xícara, perfeito e espumante.

Concluiu que alguém a retirara do carro. Com frequência esquecia de travar as portas com a chave. Sentiu uma coceira.

Estava ao lado da mesa, na casa de Ifigenia, e o aroma do café brotava da xícara. Perto dela, viu o prato com os biscoitos dinamarqueses amanteigados que Martina levava para as reuniões numa lata redonda e vermelha, e que a fazia lembrar da que a avó usava para guardar as coisas de costura.

Viviana disse que gostaria de lavar o país. Lavar e passar. Todas riram. Estavam sentadas, descalças, movimentando-se nas cadeiras de balanço, fumando e bebendo rum ou vinho, ao lado do pequeno jardim de samambaias crespas do escritório de Ifigenia, com a discreta fonte ao fundo e duas belas figueiras que faziam sombra. Invejavam os dedos verdes de Ifi, embora ela sempre protestasse e dissesse que o jardim não era resultado da cor de seus dedos, mas do tempo que lhe dedicava. Ifigenia administrava muito bem sua vida, seus filhos e o marido. As outras gostavam de ir a sua casa. Era grande, mas acolhedora, um reflexo da ordem e da calidez de sua personalidade. Ali, Ifigenia considerava o escritório e o jardim seu "quarto particular". Enquanto estivesse por lá, nem filhos nem o marido a perturbavam.

– Nunca imaginei dizer uma coisa dessas, mas começo a achar que uma andorinha pode mesmo fazer verão. Que tal aproveitarmos que agora sou conhecida e as cinco andorinhas que estão aqui fazerem algo de verdade por este país? Lavá-lo de verdade? A indiferença está me matando e para tudo que me ocorre é preciso poder... E se criarmos um partido que rompa com todos os esquemas? – perguntou Viviana.

– Você ganharia uma eleição – riu Eva –, não tenha dúvida. Você está em primeiro lugar nas paradas de sucesso. Vimos a pesquisa. O povo ama você, mas... criar um partido? Isso é outra história. Por que você não oferece a sua candidatura a algum dos partidos de oposição?

– O quê? – pulou Martina. – Você vai enviar nossa estrela para ser pisoteada por essa manada de canalhas da oposição? Só por cima do meu cadáver.

– Vejamos. Qual é a sua ideia? – interveio Ifigenia. – Até agora parece que você só enrolou. Você não é das que falam só por falar.

Eva e Martina, que começavam a discutir, calaram-se.

– Qual é a minha ideia? Vejamos. Já existem algumas mulheres presidentas. Isso não é novidade. O que não existe é um poder feminino. Qual seria a diferença? Imagino um partido que proponha dar ao país o que uma mãe dá ao filho, cuidar dele como uma mulher cuida de sua casa; um partido "maternal", que enfatize as qualidades femininas com as quais nos desqualificam, como talentos necessários para assumir um país maltratado como este. Em vez de querermos mostrar que somos tão "homens" como qualquer macho e, por isso, estamos aptas a governar, vamos enfatizar o lado feminino, aquilo que normalmente as mulheres que aspiram ao poder escondem como se fosse uma falha: a sensibilidade, a emotividade. Se tem uma coisa que este país precisa é de quem o ponha para dormir, quem o afague, quem o trate bem: uma mamãe. É o cúmulo, não é? Até a palavra "mamãe" está desprestigiada! Uma palavra tão bonita. Que tal, então, pensarmos num partido que convença as mulheres, que são a maioria dos eleitores, de que agindo e pensando como mulheres vamos salvar o país? Que tal se, com nossa arte sedutora de mulheres e mães, sem fingir nem renunciar ao que somos, oferecermos aos homens esse cuidado do qual estou falando?

– As feministas acabariam nos dizendo que vamos eternizar tudo o que se pensa das mulheres – Eva disse.

– Depende das feministas. O feminismo é muito variado. Para mim o problema não é o que se pensa das mulheres, mas o que nós aceitamos pensar sobre nós mesmas. Deixamos que nos culpassem por sermos mulheres, deixamos que nos convencessem de que nossas maiores qualidades são fraquezas. Temos que demonstrar como a maneira feminina de ser e agir pode mudar não só o país, mas o mundo todo – disse Viviana.

– E o que vamos defender? Lavar, passar e cuidar das crianças?

– Vou repetir: lavar, passar e cuidar das crianças não é o problema. O problema é que se menospreze o cérebro por trás disso, que se restrinja essa atitude feminina ao âmbito privado, que não entendam que isso tem de ser feito com todos e entre todos; que cuidar da vida, da casa, das emoções, deste planeta miserável que estamos destruindo é o que todos temos que fazer: trata-se de socializar a prática do cuidado, na qual somos peritas, e nos apresentar como as especialistas, as mais qualificadas para isso.

– Eu me ofereço. Acho uma ideia brilhante – Martina interrompeu. – E vamos chamá-lo de PEE: Partido da Esquerda Erótica. Assim foi chamado um partido que jamais existiu como tal, mas que foi fundado por mulheres que nos inspiraram. Várias das velhinhas que o formaram ainda estão vivas. Uma delas, amiga da minha mãe, me contou a história. Deram-lhe esse nome por causa de um livro da poetisa Ana María Rodas chamado *Poemas de la izquierda erótica*. Um livro fantástico. O primeiro poema termina com este verso: "Faço amor e depois, conto". O escândalo é importantíssimo. Já imaginaram o escândalo se nos apresentássemos com um Partido da Esquerda Erótica?

– Ninguém votaria em nós – disse Rebeca, que acabara de chegar, lançando-se na poltrona e tirando os sapatos.

– Como você chegou tarde, não tem o direito de opinar – disse Martina, sorrindo maliciosa. – Nossa Viviana aqui quer criar um partido.

Viviana inteirou Rebeca do assunto e continuou.

– De Ronald Reagan a Oprah Winfrey, sabemos que estar nos meios de comunicação, ser uma "celebridade", pode levá-lo à presidência. No meu caso, as pessoas me conhecem não só como jornalista, mas como alguém interessada no país. Caso contrário, não sairia nas pesquisas. Creio que a ideia de vocês, minhas assessoras *ad honores*, de fazer reportagens sobre o cotidiano das pessoas, além das de denúncia política, foi muito acertada. O melhor de tudo é que abriu nossos olhos. Desde a reportagem de Patricia, aprendemos muito ouvindo homens e mulheres, não é mesmo? Nós nos transformamos em sociólogas, antropólogas, economistas, tentando entender por que essas coisas acontecem. Não sabemos menos que os políticos que concorrem às eleições neste país. Lemos tanta coisa que dá medo...

– E erguemos tantos cometas utópicos que dá também medo... – disse Eva.

– Eva, não é utopia pensar que as mulheres poderiam ter um enfoque diferente – insistiu Viviana. – Se pensarmos na experiência de vida de cada uma, veremos que não há igualdade. No trabalho, por exemplo: a mulher fez avanços enormes nos países desenvolvidos, mas não me digam que não cabe a elas a maior responsabilidade pela casa e pelos filhos. É por isso que existe esse telhado de vidro que apenas algumas ultrapassam. Por que vocês acham que a Alemanha, a Itália e a Espanha estão ficando sem gente? Se não fosse pelos imigrantes, haveria apenas idosos... As mulheres não querem ter filhos, porque isso significaria deixar de viver para dedicar-se à criação deles. A maternidade, no mundo todo, está condenada; a mulher é castigada por engravidar, parir e cuidar dos filhos. E adentramos no mundo do trabalho, mas o mundo do trabalho não se adaptou a nós. Ele foi pensado para homens que têm esposa. Se nós, mulheres, tivéssemos organizado o mundo, o trabalho não estaria segregado da família, estaria organizado *em torno* dela: haveria creches maravilhosas e gratuitas nos próprios centros de trabalho. Poderíamos ficar com nossos filhos na hora do café. Levariam os bebês até nós para que déssemos de mamar. E nos dariam bonificações a cada criança que trouxéssemos ao mundo. Vocês já ouviram falar da teoria do elo mais fraco: por ser pobre e pequeno, Fáguas pode ser o plano piloto de um sistema diferente, proposto por nosso partido: o "felicismo". A felicidade *per capita* e não o crescimento do produto interno bruto como eixo do desenvolvimento. Medir a prosperidade não em dinheiro, mas em quanto mais tempo, mais tranquilas, seguras e felizes vivem as pessoas.

– Você leu Amartya Sen – falou Rebeca. – Gosto muito desse homem. O que você está dizendo é o que faz a ONU, são os indicadores de qualidade de vida.

– Bem, você é economista e sabe dessas coisas, mas minha ideia não é interessante?

– Interessante? É fenomenal! – Rebeca disse. – Acho que você falou coisas muito corretas. O potencial que podemos despertar nas mulheres e que não é utilizado é enorme. Aqui, exceto por Martina e Eva, as outras sabem o que é querer ter uma vida profissional além de filhos. Mais de uma vez invejei as mulheres que podem ficar em casa. Claro, eu não suportaria a rotina, mas desde que os gêmeos nasceram, vivo esgotada.

– E isso porque você tem sorte de poder pagar uma babá. A maioria não pode. Fico aflita por ver como as mulheres são desperdiçadas. Todas deveriam poder sair de casa e trabalhar sem ter que se dividir em duas, como se diz.

– Belas palavras – Eva disse –, mas isso não se consegue da noite para o dia. Não, meninas, estamos ferradas. O machismo é *forever*. Vejam quanto tempo já durou. Além disso, com tanto desemprego, quem vai querer a concorrência de mais trabalhadoras?

– Eu gosto da ideia – falou Rebeca. – Eva tem razão sobre o desemprego, mas Fáguas mal desenvolveu sua capacidade produtiva. Vivemos de empréstimos. Teríamos que pensar num plano nacional de emprego, mas competição nunca é ruim. É claro que há obstáculos, mas sonhar não custa nada. Não deveríamos nem mesmo nos atrever a sonhar. Para mim, este é um dos problemas: a falta de imaginação. Perdemos mais tempo falando de como as coisas estão ruins. Mas não gosto dessa história de Esquerda Erótica – acrescentou. – A esquerda já não é mais o que foi, como diz minha avó. Que tal Partido da Invenção Existencial?

Riram.

– Pois eu não acho o nome ruim – Viviana falou. – De uma só vez, assumimos todos os preconceitos: nos declaramos putas, loucas e de esquerda. Quando terminarem de falar do nome, e concordo com Martina que seria um escândalo, mas também uma maneira de nos conhecerem em tempo recorde, terão de se ocupar do que propomos. É isso que temos que preparar: o programa, a proposta do que faríamos diferente.

– O fim do exército – disse Ifigenia.

– Sempre sonhei com um desfile militar com tanques, canhões e todos esses maquinários de guerra pintados de rosa bem clarinho, rosa de roupa de bebê. Já imaginaram? – falou Viviana, rindo.

– Isso pegaria as pessoas de surpresa!

– A bandeira do pezinho que você propôs é genial – disse Martina.

– Pois se usarmos mais a sigla que o nome completo, podemos dizer que PEE é a metáfora de pôr um pé na frente do outro... para avançar – observou Rebeca.

– Caminhante não tem caminho, o caminho se faz ao caminhar... – gritou Martina.

Foram possuídas pela alegria de imaginar. Passearam pela sala, beberam vinho, fizeram espaguete à bolonhesa, fumaram. De madrugada, Viviana propôs um Estado ginocrático, nem um único homem nas dependências dos ministérios, das entidades autônomas, dos órgãos de poder, pelo menos por seis meses.

– Muito radical – falou Rebeca. – Eles acabariam com a gente. Além disso, o que faríamos com eles?

– Já imaginou o bem que lhes faria bancarem os donos de casa durante seis meses? – Martina riu. – Isso sim seria uma mudança fundamental.

– Pois poderiam construir escolas ou creches nos bairros... – sugeriu Ifigenia – ... fazer trabalho comunitário.

– Isso é loucura – sentenciou Eva. – Não sejamos loucas, por favor. Deixar um monte de homens desempregados seria um golpe para as famílias. Viveriam de quê?

– Vamos pagar um adiantamento... mas têm que admitir que seria diferente fazer qualquer coisa sem que eles nos guiem – riu Viviana. – Fazermos tudo sozinhas seria verdadeiramente revolucionário.

– Mas, infelizmente, não poderíamos preencher todas as vagas com mulheres. Por mais que acreditemos em nós mesmas, temos que reconhecer que poucas mulheres têm a formação, a experiência e o dom de comandar dos homens.

– Rebeca – gritou Martina, que quando se inflamava levantava o tom da voz –, não diga isso!

– Mas é verdade!

– Nesse caso, poderíamos importar mulheres especialistas de outras partes do mundo – falou Martina. – Contar com ministras convidadas.

– Gostei dessa história das ministras convidadas – disse Viviana. – Quem se importa com as fronteiras nesses tempos de globalização? Se convidarmos mulheres altruístas, capazes, por que não? Colocamos uma mulher daqui para aprender com elas.

– Eu queria mudanças na linguagem – disse Martina. – Odeio certas palavras.

– A ideia das creches me tira do sério – falou Ifigenia. – São caríssimas, e eu gostaria de ter meus filhos por perto e que passassem o dia com pessoas realmente treinadas para cuidar deles e estimular seu aprendizado. Não sabem como sofri com minha filha e meu filho. Se a babá não chega para cuidar deles, minha vida entra em crise.

– Seria um sonho redesenhar este mundo – falou Viviana, antes de adormecer no sofá.

Um mês depois, com a cara e a coragem, o grupo publicou o primeiro manifesto do Partido da Esquerda Erótica.

Viviana riu em silêncio no galpão tranquilo. Que atrevimento! Mas como era bom se atrever! Pelo menos uma vez na vida, toda mulher merecia enlouquecer dessa maneira, apropriar-se de uma ideia e sair cavalgando sobre ela com a lança em riste, confiante de que, qualquer que fosse o resultado, o esforço valia a pena.

Ao lado da cafeteira que devolveu à prateleira, Viviana viu o livro amarelado de Virginia Woolf: *Um teto todo seu.* O rosto de Ileana materializou-se como se a amiga estivesse a seu lado, com os olhos escuros e tranquilos fixos nela. Viviana sentiu o calor desse distante meio-dia. Viu-se na porta da casa de Ileana quando esta teve a ideia de lhe pedir para esperar um minuto, quando as duas já estavam de pé se despedindo, e correu até o quarto, voltando com o exemplar um pouco gasto, com o canto amarelado, que pôs em sua mão. Leve-o, dissera, e leia. Ela o enfiou na bolsa e lhe deu um beijo na bochecha. Ao chegar em casa, como era sábado e Celeste tinha ido para a casa de amigas, deitou-se na cama e leu o livro. Chorou no final, quando Virginia imagina qual teria sido o destino da irmã de Shakespeare, uma Shakespeare feminina proibida de entrar no mundo do teatro por ser mulher, incapaz de mostrar seu talento – um final trágico, triste, que lhe deu raiva. *Foi então que começou meu "mulherismo"*, pensou. Foi a primeira vez que lhe ocorreu que faltava outro empurrão ao feminismo, faltava um pouco de pimenta, chantili e morangos; não sabia bem o quê, mas tinha de ser algo sedutor, de mulher. Teria de desmontar e montar mais uma vez o quebra-cabeça da criação dos filhos, que era o maior obstáculo com que se deparavam as mulheres quando tentavam se libertar: ser mãe e mulher de sucesso ao mesmo tempo. Responsabilizar-se pela casa e pelo escritório era um fardo pesado. As que podiam optar, frequentemente preferiam guardar o diploma e se transformar em mãe profissional, obsessiva e perfeita. Pensou que era preciso um grito estrondoso no caminho, algo que pusesse fim ao desperdício de talento que caminhava junto com o azar de nascer mulher.

## Manifesto do Partido da Esquerda Erótica (PEE)*

**1.** Somos um grupo de mulheres preocupadas com o estado de ruína e desordem de nosso país. Desde que esta nação foi fundada, os homens governaram com participação mínima das mulheres, por isso nos atrevemos a afirmar que a gestão deles foi um fracasso. De tudo, nos receitaram nossos ilustres cidadãos: guerras, revoluções, eleições limpas, eleições sujas, democracia direta, democracia eleitoreira, populismo, semifascismo, ditadura, ditabranda. Suportamos homens que falavam bem e que falavam mal; gordos, magros, velhos e jovens, homens atraentes e feios, homens de classe humilde e da classe alta, tecnocratas, doutores, advogados, empresários, banqueiros, intelectuais. Nenhum deles pôde encontrar o modo das coisas, e nós, mulheres, já estamos cansadas de pagar o pato por tantos governos ineptos, corruptos, manipuladores, baratos, custosos, usurpadores de cargos e sem respeito pela constituição. De todos os homens que tivemos, não se salva um. Por isso, nós decidimos que é hora de as mulheres dizerem: CHEGA.

**2.** Todas sabemos que nós, mulheres, somos peritas na arte de limpar e lidar com os assuntos domésticos. Nosso dom é a negociação, a convivência e o cuidado das pessoas e das coisas. Sabemos mais da vida cotidiana que muitos de nossos governantes, que nem se aproximam de um mercado; sabemos o que anda mal no campo e o que anda mal na cidade, conhecemos as intimidades de quem se faz de santo, sabemos de que barro os homens são feitos, porque de nós saíram alguns dos piores, esses que as pessoas livram da culpa quando chamam de filhos da puta.

**3.** Por tudo que dissemos, consideramos que, para salvar este país, nós, mulheres, temos que agir e botar ordem nesta casa suja e bagunçada que é a nossa pátria, tão nossa como de qualquer um desses que não sabem comandar e que a entrega-

* Este foi o primeiro manifesto publicado pelo PEE.

ram desonrada, vendida, penhorada e dividida, como dividiram os ladrões as vestes de Jesus Cristo (q.d.e.p.).*

**4.** Por isso fizemos este manifesto, para levar ao conhecimento de mulheres e homens que já podem deixar de esperar pelo *homem* honrado e apostar agora em nós, as mulheres do PEE (Partido da Esquerda Erótica). Somos de esquerda porque acreditamos que um gancho de esquerda no queixo é o que merecem a pobreza, a corrupção e o desastre deste país. Somos eróticas porque Eros significa VIDA, que é o mais importante que temos, e porque nós, mulheres, não apenas estivemos desde sempre encarregadas de gerá-la, mas também de mantê-la e protegê-la; somos o PEE porque nada mais nos sustenta além do desejo de caminhar para frente, de traçar um caminho ao andar e de avançar com aqueles que nos seguem.

**5.** Prometemos limpar este país, varrê-lo, esfregá-lo, sacudi-lo e lavar o lodo até que brilhe em todo o seu esplendor. Prometemos deixá-lo reluzente e com cheiro de roupa passada.

**6.** Declaramos que nossa ideologia é o "felicismo": fazer com que todos sejamos felizes, vivamos com dignidade, com liberdade irrestrita para desenvolver todo o nosso potencial humano e criador, sem que o Estado restrinja nosso direito de pensar, dizer e criticar o que quisermos.

**7.** Prometemos que, em breve, publicaremos nosso programa explicando tudo a que nos propomos. Convidamos todas as mulheres a nos apoiarem e a se juntarem a nós. Convidamos os homens a refletir e recordar quem os criou e a meditar se não seria melhor ter uma mãe do que um monte de pais da pátria que, depois de todos esses anos, não fizeram nada. Unam-se ao PEE e não continuem metendo os pés pelas mãos.

* "Que descanse em paz." (N. da T.)

# IFIGENIA

Tinha pendurado o primeiro manifesto do PEE na parede do escritório.

Devia examinar os e-mails no computador, as centenas de pedidos de entrevistas empilhados na escrivaninha, mas recostou-se na cadeira e fitou o famoso documento com os pezinhos impressos.

Nunca imaginou como o PEE mudaria sua vida, seu amor por Martín, a relação com seus filhos. Não que ela fosse insensível. Mas era muito controladora. Cuidava de sua vida e da vida da família, incluindo o marido, como um relógio suíço. À custa do hábito e do exemplo de seu próprio senso de responsabilidade, mantinha-os sob disciplina espartana. O controle da rotina era a sua maneira de conferir sentido e propósito à própria existência. Muito a contragosto, não conseguia evitar a vozinha em sua mente argumentando que a pontualidade, o cuidado, o planejamento minucioso, eram apenas uma maneira de se consolar do vazio que na verdade sentia. Mas agora isso era coisa do passado. O PEE passou a ser o porto no qual lançara a âncora de sua busca existencial. Com isso decidido e em contato com as outras, relaxou. Seu ser lúdico aflorou. Seu espírito de mãe espartana viu-se forçado a recuar. Descobriu como mantinha sua família tensa e os ressentimentos que em silêncio o marido acumulava. Começou a fazer emendas que ele aceitou com um entusiasmo comovedor. Surpreendeu-se ao perceber que era possível voltar a se apaixonar pela mesma pessoa. Agora, no meio da tarde às vezes telefonava para ele. Escapava para com ele fazer amor.

Martín suportou, com ar de inocente, a chacota de amigos e conhecidos quando o manifesto do PEE foi publicado, porque não sabia que a esposa era uma das signatárias. Sua secretária o colocou sobre a mesa pela manhã.

– Corajosa sua esposa, sr. Martín – disse, apontando a manchete com o indicador, com um sorriso ardiloso.

Telefonou para Ifigenia. Podia ter lhe avisado, disse. Ela, possuída pelo espírito diletante e atrevido das outras, disse que havia preferido surpreendê-lo. Conversamos tanto sobre o assunto, já era hora, não acha?

– Está simpático – ele falou. – Não acho que alguém o levará a sério, mas está simpático.

– Quem ri por último ri melhor – ela respondeu. Entristeceu-se com a maneira despreocupada com que ele desqualificou o manifesto, chamando-o de "simpático", mas decidiu não contrariá-lo. Achou que seria melhor aprender a não se importar com esse tipo de comentário. A partir de agora, pensou consigo mesma, esse seria o pão nosso de cada dia.

Ao manifesto, seguiu-se uma coletiva de imprensa. Ocorreu num hotel, com todas vestidas de maneira muito sexy, ao estilo de motoqueiras ou roqueiras, para chamar a atenção dos jovens. Ifigenia temeu se sentir desconfortável vestida de uma forma que era mais familiar às outras que a ela. Mas, quando se viu no espelho, pensou que era uma idiota por não ter tirado partido antes da genética que modelou suas pernas compridas, a cintura fina, os seios empinados e redondos. A roupa a ajudou a encarnar o papel sensual, desafiador e inteligente que se propunham a projetar.

A coletiva, o manifesto e o que disseram foram reproduzidos em jornais, blogs, no Facebook, no Twitter e em todas as demais redes sociais. A fauna política e os meios de comunicação amigos do escândalo fizeram festa com a notícia, lançando mão da ironia para desprezar abertamente suas pretensões de criar um partido da esquerda erótica. Quando mais se precisava de pessoas sérias no país, diziam, apareciam elas – mulheres como Viviana, dignas de uma causa melhor –, enganando não só os homens, mas as próprias mulheres, que jamais se uniriam a um partido desarticulado e superficial como o que anunciavam exibindo peitos e pernas.

Ifigenia e as outras apareceram em entrevistas na televisão, no rádio e em jornais. Num instante, não havia ninguém no país que não soubesse o que era o PEE. A modorra política de Fáguas, o *business as usual*, foi abalada. Nos programas de opinião, argumentava-se contra e a favor. Discutia-se se o poder exercido pelas mulheres seria diferente, se o erotismo era diferente da pornografia ou se a esquerda ainda tinha razão de ser. O melhor de tudo foi que, quando os comentaristas e jornalistas revelaram-se trogloditas, traindo seus esforços em parecer homens modernos, as mulheres tomaram a discussão para si e expuseram com veemência e surpreendente simplicidade seu desgosto e a incredulidade no fato de os homens considerarem natural a divisão dos sexos, que às mulheres prescrevia a exclusão, a exploração e uma infinidade de desvantagens. Os debates geravam verdadeiras lutas verbais. Mulheres de avental, modelos, mães, beatas, intelectuais, profissionais e putas telefonavam aos programas para defender os direitos da mulher, queixar-se da solidão da maternidade ou para perguntar sobre a explosão do vulcão e o déficit de testosterona.

Viviana e as outras afinaram o discurso e as respostas: falaram sobre reformas na democracia, na constituição, nos métodos educacionais e nos centros de trabalho. Em suas críticas, incluíram fragmentos de filosofia popular e usaram o arsenal de sua memória, citando frases que incluíam desde as teorias de Deepak Chopra, Fritjof Capra e Marx, até as teses feministas de Camille Paglia, Susan Sontag, Celia Amorós e Sofía Montenegro.

Martín via Ifigenia sair para as entrevistas vestida com calças pretas, blusa cigana, cinto largo e botas e, embora temesse o preço que ambos pagariam por uma aventura política que considerava fadada ao fracasso, agradecia a volta da leveza de espírito à sua casa. Ela parou de se preocupar com os sapatos fora de lugar, com o estrito cumprimento de um horário que incluía as refeições, a diversão, o sono e o planejamento mensal dos fins de semana e dos jantares com amigos.

Apesar do déficit de testosterona, Martín voltou a sentir a atração que o fizera se apaixonar. Contemplava Ifigenia com nostalgia e procurava fazer amor com o fogo de uma paixão antiga onde não cabia a indiferença.

Como profetizou Viviana, o excêntrico nome do partido, uma vez que deram corpo a suas ideias e sonhos, deixou de ter importância. O que funcionou como uma espécie de senha foi a sigla: o PEE. Não houve mulher que não indagasse do que se tratava ou se unisse à onda de alta crista que, inesperadamente, colocou as mulheres à frente de um tsunami político, cuja vitalidade e novidade superava, e muito, as conhecidas e desacreditadas propostas dos partidos masculinos tradicionais.

Ifigenia tomou sob sua responsabilidade a tarefa de organizar o resultado do escândalo. Com folhas de filiação e um site, alinhavou o tecido nacional de participantes e colaboradoras.

Seguindo o modelo de reunião das feministas americanas dos anos 60, as mulheres filiadas se reuniam para comparar experiências, relatar ansiedades e até chorar juntas. Foram organizados grupos para visitar os bairros e fazer as unhas dos pés. Enquanto pintavam as unhas das mulheres de vermelho, falavam do partido, que faria com que elas deixassem de ser dependentes do marido e fossem donas do próprio destino e de suas decisões.

No programa de tevê, Viviana continuou com suas denúncias e revelações. Incluiu um quadro feminino no qual mulheres de todas as camadas sociais davam vazão a seus sentimentos de impotência e seu desejo de que as tarefas domésticas não lhes caíssem nas costas como uma mó que tinham de arrastar feito mulas.

Naquela época, Carla Pravisani, dona de uma agência de publicidade cuja revolucionária criatividade também dera muito que falar, se ofereceu não só para dirigir a campanha, mas também para conseguir o patrocínio de várias clientes entusiasmadas com o PEE. Carla, que era uma argentina escultural, de braços torneados e longas pernas de atleta, e que do nariz ao penteado pertencia ao clube das Virginias Woolfs do mundo – no seu caso, com o abandono e o sex appeal de vários séculos de autoafirmação –, sentou-se na sala da casa de Ifi, ligou seu computador e projetou na parede uma apresentação em PowerPoint que as fez rir e as deixou boquiabertas diante de seu engenho. Por fim, disse-lhes que não lhe agradecessem, pois era ela quem agradecia por tirarem-na das promoções e das latas de atum.

Cartazes do PEE começaram a aparecer em caixas de comprimidos para dor de cabeça, pacotes de absorventes higiênicos, latas de leite em pó para bebês e embalagens de detergente.

Com a energia de tantas mulheres que, como Carla, se uniram ao esforço e à brincadeira coletiva, o PEE conseguiu se colocar no centro da dinâmica eleitoral, desafiando os prognósticos e os risos dos políticos irritados, que as chamavam de "as eróticas", como se o erotismo fosse motivo de vergonha.

Ifigenia se lembrou da camiseta com que andou dia após dia, apesar das ameaças de demissão do chefe (como fez, no fim), acusando-a de inflamar todo o pessoal feminino. Era uma camiseta com o verso de um poema da poeta nicaraguense Gioconda Belli, que dizia simplesmente: EU BENDIGO MEU SEXO.

Muitas mulheres abençoaram seu sexo naqueles dias. O sexo feminino apareceu desenhado nas paredes, assim como todas as flores com conotações sexuais: antúrios, orquídeas. O Partido da Esquerda Erótica invadiu a imaginação das pessoas, e a ladainha dos partidos políticos tradicionais se dedicou a desprezá-las de tal forma que se esqueceram de suas próprias propostas.

Ifigenia retornou aos papéis que tinha sobre a mesa. Suspirou. Desde o atentado contra Viviana, sentia-se como uma árvore que havia sido serrada e estava prestes a desabar no meio do bosque, uma árvore sem fé em suas raízes. Até então, não tinha dúvidas de que o projeto do PEE, o povo de Fáguas, homens e mulheres, eram merecedores do esforço sobre-humano de vencer as eleições e governar, mas agora andava pelas ruas, observava as pessoas e se perguntava quantas delas realmente eram gratas por isso. Talvez o felicismo fosse uma quimera e, como no passado, acabariam queimadas na fogueira de outra das muitas utopias.

Sentia pena de Viviana. No hospital, os médicos explicaram que o coma era um estado misterioso. Viviana era saudável e forte e, com a ajuda da ciência e da capacidade extraordinária do cérebro de se regenerar, ela no fim das contas deveria despertar. Visitava-a diariamente. Sem saber se a ouvia ou não, informava-lhe de como andavam as coisas, acariciava sua mão, contemplava seu rosto pálido com a esperança de ver um sinal de retorno. Ao sair, esbarrava em pequenas montanhas de flores e velas que cobriam todo o quarteirão e nas pessoas, que, em grupos, se aproximavam para ter notícia. Não conseguia saber se o que as animava era o amor, o oportunismo ou a curiosidade.

Todas as manhãs, seu Ministério da Informação emitia um boletim. Todas as manhãs quebrava a cabeça para que ele não fosse igual ao do dia anterior. Queria suspender a atividade, mas a lembrança de Viviana e sua insistência em manter a população informada a motivavam. Desde a posse, a presidenta estabelecera uma política de portas abertas para os meios de comunicação: "Desde pequenas sabemos que, se alguém se esconde, é porque faz travessuras. Nesta administração, os meios de comunicação poderão cobrir até as reuniões de gabinete". Aquela prática, além da facilidade de comunicação resultante da grande quantidade de estações cibernéticas abertas em todo o país, facilitou a participação dos cidadãos. Assistiam às reuniões e imediatamente escreviam suas opiniões, desmentiam afirmações ou sugeriam ideias e soluções. Ifigenia, com uma equipe numerosa de jovenzinhas, se encarregava de que ao menos soubessem que eram ouvidos.

Voltou para sua caixa de e-mails. Começou a examinar a avalanche de mensagens.

# Primeira proposta de campanha publicitária

## PEE (Partido da Esquerda Erótica)

**Estratégia geral:** O que a campanha do PEE pretende é utilizar a seu favor os estigmas que colocaram a mulher à margem da vida política, com o objetivo de gerar uma mudança de paradigma que ponha fim aos desgastados esquemas machistas de dominação.
**Campanha:** Lançamento do partido
**Objetivo político:** Filiações
**Objetivo de comunicação:** Divulgar o partido
**Alvo:** Mulheres donas de casa
**Estratégia:** Campanha de marketing direto em diferentes produtos de uso exclusivo feminino

### Distribuição de panfletos

1. **Nas instruções das embalagens de aspirina**
   ACABE JÁ COM AS DORES DE CABEÇA.
   Dê o primeiro passo. Una-se ao PEE, Partido da Esquerda Erótica.
2. **Dentro das fraldas**
   O PAÍS ESTÁ MAIS CAGADO QUE SEU FILHO.
   Dê o primeiro passo, junte-se ao PEE, Partido da Esquerda Erótica.
3. **Nas instruções dos testes de gravidez**
   SEJA QUAL FOR O RESULTADO, PRECISAMOS MUDAR O MUNDO PARA QUEM VAI CHEGAR.
   Dê o primeiro passo, junte-se ao PEE, Partido da Esquerda Erótica.
4. **No interior da embalagem de sabão em pó**
   SE NÃO LAVARMOS A CORRUPÇÃO, QUEM VAI FAZER ISSO?
   Dê o primeiro passo, junte-se ao PEE, Partido da Esquerda Erótica.
5. **Nos pacotes de absorventes femininos (aqui há dois enfoques)**
   **a.** OS HOMENS SANGRAM NAS GUERRAS. NÓS SANGRAMOS TODOS OS MESES PARA A VIDA.

**b.** HORMÔNIOS, AVANTE!

Dê o primeiro passo, junte-se ao PEE, Partido da Esquerda Erótica.

## Cartazes

**1. Cartaz atrás da porta dos banheiros femininos**

A ÚNICA COISA QUE OS HOMENS FAZEM BEM DE PÉ É URINAR.

Dê o primeiro passo, junte-se ao PEE, Partido da Esquerda Erótica.

**2. Cartaz nos espelhos dos provadores de lojas de roupas femininas**

SIM, SUAS IDEIAS SÃO LINDAS.

Dê o primeiro passo, junte-se ao PEE, Partido da Esquerda Erótica.

## Ações

**1.** Organizar falsas reuniões de demonstração de Tupperware para passar informação sobre o partido e para que a levem dentro dos potes.

**2.** Organizar chás de bebê falsos como desculpa para redigir os programas de governo.

## Ações políticas

**Objetivo político:** Conseguir uma mudança de paradigma.

**Objetivo de comunicação:** Demonstrar a mudança.

**Alvo:** Homens/mulheres.

**Estratégia:** Ações políticas para despertar o interesse da imprensa e virar notícia.

**1. O tamponaço**

Transformar o tampão num símbolo, numa arma de defesa com a qual seria possível criar uma espécie de "Levante" contra os abusos dos políticos.

**2. As barrigas da pátria**

Fazer cordões de gestantes ao redor de instituições públicas tomadas pela impunidade, como o Tribunal Superior Eleitoral, a Corte de Justiça etc. Convocar a imprensa internacional.

**3. Giro dos pés pintados**

Caminhadas nos bairros para divulgar o partido. Entrar nas casas e pintar as unhas dos pés das mulheres.

**4. Ação com mulheres deitadas nas praças com as pernas abertas ou de quatro**

Ocorreu-me que, nas praças públicas, Viviana Sansón poderia fazer um discurso mais ou menos assim: "Nós, mulheres, queremos uma mudança de posição. Não viemos ao mundo só para parir ou fazer sexo ou limpar o chão. Mulheres, fiquemos de pé, há muito caminho a percorrer e precisamos começar a limpar a história que nossos líderes sempre mancharam..."

## Campanha "suja"

**Objetivo político:** Obter o voto masculino.
**Objetivo de comunicação:** Convencer os homens.
**Alvo:** Homens.
**Estratégia:** Intervir nos espaços masculinos latino-americanos da mesma maneira objetual com que se coisificou a mulher na publicidade. 1. Utilizar o corpo da mulher como estratégia de persuasão. 2. Utilizar o amor, o carinho e o desejo para convencer.

## Por que a campanha "suja" é necessária?

Não nos dão nem o controle remoto, muito menos nos deixarão controlar o país. Precisamos ser mais estratégicas que eles. Nosso eterno problema tem sido o excesso de inteligência emocional. Por isso, a única forma de ganhar espaço no terreno político é – como no judô – *usar sua própria força para derrubá-los. Fazer com que os mecanismos de dominação se voltem contra eles.*

## Conceitos criativos

**a.** Durante o jogo, o homem não pensa. Na cama, o homem não pensa. Quando dirige, o homem não pensa. É comprovado que o homem não pode pensar em mais de uma coisa por vez. Então, é preciso aproveitar os espaços de "concentração" para "convencê-los" da mudança que podem conquistar junto com uma mulher.
**b.** Durante décadas, a publicidade utilizou a mulher para persuadir e vender produtos. Talvez seja válido que o PEE faça o mesmo para transmitir suas mensagens. Historicamente, os homens sempre se concentraram nos peitos e na bunda de uma

mulher, e não em suas ideias. Os homens têm medo de mulheres inteligentes, querem se sentir protegidos e cuidados, não ameaçados e questionados.

## Atividades

- Retirar as pilhas de todos os controles remotos para forçá-los a assistir a um único canal e verem o anúncio de nossa candidata dando seu primeiro discurso de topless.
- Durante os programas de futebol, que uma mulher com voz muito sensual narre a partida como se estivesse muito excitada. E que grite "Goooooooool" como se estivesse tendo um orgasmo.
- Guerrilha: um grupo de mulheres coloca estênceis em forma de beijo no rosto dos outros candidatos à presidência estampado nos cartazes das vias públicas e, se estiverem retratados de pé, sobre o pau.
- Na estrada, dispor belas mulheres com o pneu furado pedindo ajuda. Objetivo: fazer com que o homem se sinta útil. Depois, dar-lhe um beijo e convidá-lo para a sede do partido.

## Algumas ideias para um possível governo do PEE

**1. Acabar com o exército. Substituí-lo pelo "exército da vida".**

Formar um exército de mulheres com uniformes camuflados vermelhos (para ser bem vistas) que se ocupe dos jovens (pré-adolescentes), para que não se metam com drogas ou gangues, e da educação sexual.

**2. Estátuas**

A maioria das estátuas é de homens (conquistadores, libertadores, heróis de guerra), mas quase não há estátuas que glorifiquem a vida. Criar estátuas inspiradoras, que retratem a amamentação, uma criança dando os primeiros passos, uma camponesa cheia de filhos.

Atenciosamente,
Carla Pravisani

# A TOALHA

Enrolada e limpa, Viviana encontrou na prateleira a toalha que deu a Patricia na noite em que a resgatou, para que secasse o corpo da chuva. Reconheceu-a por causa da cor turquesa e dos desenhos de peixes; uma toalha barata comprada de um ambulante. Passou a mão sobre ela, sorrindo para si mesma. *Os presentes que a vida concede*, pensou, antes de se entregar às imagens precipitadas que lhe ocuparam a mente.

Talvez tivesse sido nessa mesma noite, ao vê-la dormir tranquila no sofá de seu escritório, que decidiu tomar conta dela e não enviá-la à Casa Aliança. Não soube o que viu nela de si mesma e das mulheres que conhecia. Sentiu vergonha de sua ignorância, de sua indiferença de mulher feliz que via histórias como as dela nos jornais, na televisão, nos blogs ou onde quer que fosse e se conformava em sentir um minuto de compaixão de quem jamais imagina viver algo parecido.

Patricia levantou-se no dia seguinte, e no outro e no outro, na casa de Viviana. Calada, quase um réptil em sua discrição. Tomava café e depois passava o dia dormindo ou vendo tevê. Nem uma palavra sobre o que queria fazer. Nem mais uma palavra sobre seu desencontro com as companheiras.

Viviana explicou a Celeste que a garota precisava de abrigo para fugir de um padrasto que queria lhe fazer mal. Aos doze anos, Celeste era intuitiva, muito inteligente, mas, se percebeu algo mais complexo, não demonstrou em sua atitude. Tomou posse de Patricia com um precoce instinto maternal. Presenteou-a com um cão de pelúcia e, mal chegava da escola, lhe perguntava se estava bem e se sentia fome.

A compulsão para ajudar e salvar Patricia deixou Viviana obcecada. Queria dar-lhe de comer, comprar-lhe roupas, levá-la ao médico, niná-la. Custava a crer que ela tinha apenas dezesseis anos. Recordava-se de quando tinha essa idade: rebelde sem causa no colégio, fazendo travessuras, os primeiros namorados, o primeiro beijo, o primeiro gole de rum, fugir pela janela para ir à casa da vizinha, tomar cerveja como se fosse pecado mortal, iniciar-se nas mensagens eróticas de texto no celular e no computador do quarto. Sua mãe havia sido uma mistura de rigor e liberalismo. Impôs limites, mas lhe deu responsabilidade sobre si mesma.

– Em última instância, o que acontecer com você é responsabilidade sua. Quem vai pagar o pato é você. Não se esqueça disso. Eu já sou mulher feita e direita. Em mim, mim, mim – repetiu, batendo no peito –, o que você faz pode até doer, mas não é a minha vida que está em jogo, é a sua. Já tenho a responsabilidade de lhe dar um bom material para a construção do edifício, mas a arquiteta é você.

Viviana sabia o preço que a mãe pagou pela aventura com seu pai, da qual ela nasceu. Embora jamais a tenha feito sentir que não valera a pena, sabia das dificuldades de Consuelo como mãe solteira. Essa história de filhos não foi feita para uma pessoa só, ouvia-a dizer com frequência. Seu trabalho na National Geographic significava viagens frequentes acompanhando expedições a lugares remotos. Procurava alguém com quem deixá-la apelando à rede de amigas, mas não faltavam imprevistos. No entanto, daqueles anos, Viviana não guardava mais do que as lembranças habituais: sofrimentos de adolescente, de desajustada, de sentir-se às vezes como um fardo que incomodava a mãe, que a deixava em consignação aqui e ali. Nada parecido com a experiência de Patricia. Como resgatar alguém de algo assim? Quem convenceria a garota de que a vida valia a pena, que tinha um propósito? Quando Sebastián morreu, ela perdeu a capacidade de encontrar sentido no tempo que separava o nascimento da morte. Para que tantos dias, se perguntava, se era inevitável terminar em pó, em nada, um nome debaixo da terra. Paradoxalmente, o pensamento que a tirou do luto foi justamente esse, a simples percepção de que estava viva, de que o único propósito da vida era a própria vida.

Para entender como Patricia se sentia e lançar uma tábua de salvação em seu mar de náufraga, começou a ler sobre o tráfico de pessoas e outros horrores modernos diante dos quais as mulheres eram particularmente vulneráveis. As histórias eram como picadas de escorpião em seu corpo. Dolorosas e tóxicas. Em poucos dias, encheu-se de um feminismo fanático, incapaz de compreender a tolerância do mundo e das próprias mulheres diante do que viviam seus semelhantes. Leu documentos feministas e a incomodou o tom doutoral, a linguagem inacessível de alguns. *Caramba, filhas*, pensou, *não banquem as cultas agora!* Por querer demonstrar conhecimento aos homens, muitas eruditas perdiam contato com seus ouvintes naturais. Surpreendeu-lhe o peso do aborto, que ocupava o centro das reivindicações, num mundo em que tantas vidas eram desrespeitadas. Claro que era um desrespeito exigir soberania sobre as decisões de um ser autônomo, que tinha direito absoluto sobre seu corpo, mas saber o que fazer com os vivos nascidos das mulheres parecia-lhe mais urgente. Pensando no aborto, ocorreu-lhe a ideia de adotar Patricia, protegê-la legalmente. No estado em que se encontrava, inflamada e justiceira, não hesitou em tomar essa decisão.

Chegou ao meio-dia em casa, depois do programa de tevê, e foi procurá-la na sala. Patricia folheava um dicionário.

– Patricia, você precisa de alguém que a proteja. Se eu adotar você, não poderão ameaçá-la. Você pode ficar por aqui.

A garota não esperava aquilo. Olhou-a desconcertada, incrédula.

– Mas o que eu tenho a ver com a sua vida? – perguntou, sem sair do assombro. – Não, Viviana. Agradeço o gesto, mas não.

Foi pouco o que Patricia lhe disse, mas seu gesto, sua maneira de responder foi de uma eloquência tal que Viviana se deu conta de que havia ultrapassado um limite intransponível, e seu impulso bem-intencionado poderia acabar com qualquer esperança de ter o relacionamento a que aspirava com a jovem. Recuou imediatamente.

– Entendo. Desculpe. Você pode ficar aqui pelo tempo que quiser.

– Obrigada.

Viviana enfiou-se em seu quarto. As bochechas ardiam. A velha mania de ser impulsiva. Às vezes isso era útil, mas, com as emoções, era algo desastroso. Entretanto, repetia constantemente o comportamento: queria ser tão empática que falava demais, propunha soluções como se o mundo sempre lhe pedisse que consertasse o que estava errado. Pelo caminho, às vezes ofendia quem queria ajudar, pensava pelas pessoas, não lhes dava oportunidade de buscar suas próprias soluções. Tocou o rosto. Foi até a pia e jogou água nele. Chamou-se de burra diante do espelho. Mas, nem bem entrara no quarto, aprontou as suas novamente. Telefonou para Martina na Nova Zelândia.

– Me doeu ela ter respondido desse jeito, mas a verdade é que ela tem razão. Foi prematuro, ingênuo de minha parte propor isso. Banco a impulsiva. Você me conhece, sabe que tenho complexo de fada madrinha.

– Mande-a para cá. Ela precisa sair daí, mudar de ares. Ela vai trabalhar na pousada. Lamento, querida, que o negócio não seja, por assim dizer, o mais indicado para essa criança, mas prometo que, ainda que ofereçamos serviço de cama e mesa, ela só verá a mesa e nada de cama, ok?

– Tem certeza? Você não acha que mandá-la para a Nova Zelândia é um exagero? O mais distante que ela já viajou foi aqui para a cidade.

– Você precisa se convencer de que ela é uma mulher adulta, não importa a idade que tenha. Ela já é capaz de fazer isso e muito mais.

A proposta interessou a Patricia. Seus olhos se arregalaram.

Viviana emprestou dinheiro no banco para a passagem, tirou o passaporte, levou-a até o aeroporto, pagou um adicional para que viajasse como menor, o que Patricia não recusou, porque, ainda que não quisesse admitir, lhe perturbava a ideia, o risco de se perder. Era possível notar isso em seu rosto, na atitude formal com que começou a se comportar desde que soube que viajaria para os confins do mundo.

No ano seguinte, Martina voltou com ela, cansada das ovelhas, dos turistas, da pousada e da paz da Nova Zelândia. Patricia havia mudado seu nome para Juana de Arco. Vestia jeans justo e camiseta preta, o cabelo pintado da cor do azeviche e argolas no contorno das orelhas. Era um desafio ambulante, mas estava satisfeita.

– Não diga que lhe contei – comentou Martina, sorrindo –, mas se encantou com a Lisbeth Salander. É sua heroína agora.

Quando começou a campanha do PEE, Viviana propôs a Juana de Arco que fosse sua assistente. A garota tinha uma determinação feroz, era rápida e tinha um sexto sentido aguçado para avaliar as pessoas.

**Assunto:** Programa
**De:** Viviana
**Para:** mm@sonajero.com, rebecadelosrios@celulares.com, eva@ss.com, portaifi@gg.com

Se quisermos que nos levem a sério em meio a tantas brincadeiras e gracejos, que concordamos que seriam nossa marca, temos que apresentar uma proposta original, o que não deixa de ser difícil (por alguma razão, todos os programas são parecidos).

Acho que devemos dar forma ao que apresentamos no manifesto, isto é, definir até onde for possível o que entendemos por felicidade e felicismo.

Para a introdução do programa, algo como:

**Definimos a felicidade como um estado em que as necessidades essenciais sejam satisfeitas e em que o homem e a mulher, plenamente livres, possam escolher e ter a oportunidade de utilizar ao máximo suas capacidades inatas e adquiridas, em benefício próprio e da sociedade.**

A proposta do PEE não é um resumo de planos econômicos nem uma lista de promessas, como a que costumam apresentar os partidos políticos, que durante anos nos ofereceram isso tudo e mais um pouco para depois fracassarem. Nossa proposta é uma reforma integral para mudar a maneira como as forças econômicas e sociais anteriores à nossa época organizaram nossa vida.

A proposta do PEE tem seis aspectos fundamentais:

**a.** Reformar o sistema democrático (proposta de Martina).
**b.** Reformar o mundo do trabalho para acabar com a divisão família-trabalho.
**c.** Reformar o sistema educativo.
**d.** Estabelecer um sistema de prestação de contas que garanta transparência na administração do capital e das finanças públicas.
**e.** Concentrar a produtividade do país na obtenção de autossuficiência alimentar e energética e na produção de dois produtos básicos de exportação: flores e oxigênio.

**f.** Mudar o conceito e o sistema tributário para que correspondam à ideia de responsabilidade que cada cidadão tem para com seu país e seus concidadãos.

A questão do mundo do trabalho, como vocês sabem, é uma obsessão minha. Creio que não existirá igualdade entre homens e mulheres enquanto não mudar o modelo de organização do trabalho, que pressupõe a separação do trabalhador de seu lar e, portanto, a existência de uma pessoa que cuide dos filhos e da casa (responsabilidade que tradicionalmente foi assumida pela mulher). Como cuidar dos filhos e do lar sem que isso signifique desvantagens e a interrupção ou fim da vida profissional da mulher é o desafio ainda não resolvido da sociedade moderna.

Até agora as mulheres ingressaram em grande número nas universidades, mas a vida profissional, quando existem filhos, introduz uma enormidade de obrigações adicionais que as sobrecarregam de responsabilidade e prejudicam sua eficiência em ambas as áreas. Não é de surpreender que, ao ter a possibilidade, optem por permanecer em casa. Isso significa que passam a ser economicamente dependentes de quem provê o sustento da família e, portanto, são vulneráveis ao abandono e à violência e perdem a autonomia e a possibilidade de autorrealização em um terreno distinto da maternidade.

É preciso separar a associação automática mulher-maternidade e converter esse ofício num trabalho neutro, numa função social genérica.

Fazer isso é questão de poder. Quem tem o poder estabelece as regras do jogo, cria as razões que justificam determinado modo de organização.

Lembrem-se do que precisamos:

**1.** A ideia para uma bandeira ou emblema (se alguém puder fazer um desenhinho, melhor).
**2.** Um slogan.

É mais ou menos isso, borboletas.

Beijos,
Viviana

# JUANA DE ARCO

Remexeu-se na cadeira. Martina havia lhe pedido que ficasse um turno ao lado de Viviana no hospital. Não gostava de vê-la assim, quieta, adormecida, pálida. Como sairia do lugar onde estava?, perguntou-se. Não queria imaginá-la perdida. Caminharia por seu cérebro, passeando de lóbulo em lóbulo. Ausente, mas presente. Ela conhecia o truque. Utilizara-o muitas vezes.

*Estar sem estar estando*, era como chamava isso em seus pensamentos. Foi dessa maneira que resistiu aos estupros, aos horrores. Ficava ausente de si, fazia de conta que não era ela quem sentia.

Fez isso desde a primeira vez, quando o tio a estuprou. Mas dessa vez ainda não era especialista no assunto. Não pôde deixar de gritar, de se contorcer, pois sentia dor; o horror de sentir um homem sobre ela, suando, arfando, desesperado por meter aquela coisa dura dentro dela. Foi a primeira vez que se deu conta do que acontecia com o pênis. Vira muitos quando era pequena. Ela, os amigos e os irmãos tomavam banho nus no rio próximo à casa de sua mãe. E ria ao ver o pintinho que tinham os moleques, um bambuzinho, uma flautinha insignificante pendurada com um saquinho. Como é andar com isso pendurado?, perguntou uma vez ao irmão. Deve ser estranho, desconfortável, não é? Não dói quando você anda de bicicleta?

Ele rira. Doía se pegassem nele, falou, e nada mais. A gente acostuma. E vocês, mulheres, com os peitos pendurados. Você ainda não viu a tia Eradia quando corre? São enormes, enormes, e é assim que fazem, riu e pôs as duas mãos no peito, movendo-as para cima e para baixo, como faziam os peitos da tia. Pelo menos, nosso equipamento fica bem guardado no estojo, quando não está em uso.

O equipamento. Assim o chamavam os primos e irmãos. Mas ela nunca tinha visto o equipamento funcionar até a noite em que o tio a estuprou. Por isso levou um susto enorme quando ele a obrigou a tocá-lo e ela sentiu sua vara de bambu, o tronco sem folhas, a carne subitamente transformada em pedra. E o pior foi quando ele foi pra cima e afundou essa estaca dentro dela; ela, que mal tinha pelinhos, que tinha acabado de menstruar pela primeira vez. Ardeu como pimenta. Foi uma ardência indescritível, como se tivessem lhe introduzido uma tocha acesa nas entranhas. E, para piorar, ele começou a se mexer, a esfregar o lugar que ardia. Esfregava e ofegava, e ela não podia pensar em outra coisa além da ardência e do nojo daquele homem a estar tocando ali, suando em cima dela, fazendo ruídos de animal, de macaco. E o tio a agarrava pela cabeça para tomar impulso e chacoalhar dentro dela, dentro da ardência em que se transformara, presa como uma mosca debaixo dele. E foi assim até que ele gozou (nunca entendera por que diziam "chegar" ao orgasmo, para onde iam que chegavam?) e gritou e se refestelou em cima dela. Achou que o peso dele estouraria seus pulmões, porque mal podia respirar. Quando não aguentou mais, o empurrou, pensando que corria o risco de apanhar, mas ele parecia um saco pesado, como se estivesse morto em vida, e nem bem caiu sobre a cama, começou a roncar. Foi nessa hora que ela aproveitou para se levantar (com o sangue escorrendo pelas pernas), agarrou um pedaço de madeira e bateu o mais forte que pôde no pinto, no estômago, na cabeça. Sentia que o ódio a consumia, que queria matá-lo. Mas lembrou-se do quinto mandamento. Deteve-se. Ele se retorcia, botava a mão entre as pernas.

– Tio, tio – chamou, assustada com a própria raiva, pensando que talvez o tivesse deixado paralítico.

Mas, quando mal havia se aproximado, ele a agarrou pelo braço, atirou-a na cama e bateu nela: no rosto, no peito, no estômago, no ventre.

Foi então que ela se ausentou. *Estou sem estar estando*, repetia para si mesma. A frase lhe ocorreu de imediato, não soube de onde veio, mas continuou a repeti-la. Os golpes doíam, mas ela não fez nada, nem sequer cobriu o rosto. E a certa altura ele se cansou.

– Você vai me pagar, filha da puta – ele gritou. – Vou fazer de você uma puta, queira ou não. Você vai ver.

Não sabia quantos homens haviam passado por ela. Não tinha importância. Ela nunca estava. Era como Viviana deitada na cama: um corpo. Claro que Viviana não estava consciente de todos os aparelhos conectados a ela: o soro, o monitor que acompanhava os batimentos do coração, a sonda através da qual fazia xixi, o oxigênio. *Coitadinha*, pensou, *porque eu pelo menos acordo quando quero, reajo, mas ela não pode se mexer*. Sentiu uma onda de compaixão. E alegrou-se.

Ela se deu conta de que era a primeira vez que sentia realmente pena de outra pessoa que não ela mesma.

Quando Martina chegou, disse que não queria ir embora. Queria ficar ali com Viviana, alguém tinha que cuidar dela.

– Não, Juanita, você vem comigo. Emir está para chegar. Aqui há enfermeiras e médicos. Não podemos fazer nada.

– Mas ela está aí – disse. – Está sem estar estando.

Martina olhou para ela sem compreender.

– Eu sei o que estou dizendo – afirmou Juana de Arco.

– Você pode vir sempre que quiser, assim que terminarmos o trabalho – falou Martina –, mas você é indispensável porque é a que mais sabe onde estão todas as coisas de Viviana.

# O ANEL

No galpão, Viviana Sansón encontrou um anel cuja perda lamentou por várias razões. Não era de grande valor material, mas, assim como certos colares se identificam com quem os usa, ele era sua marca pessoal, de tal modo que a abertura do programa de tevê *Um pouco de tudo* era uma tomada em primeiríssimo plano de suas mãos. O foco era a pedra oval de âmbar sobre cobre polido, que ocupava pelo menos a metade do dedo anular da mão esquerda.

Era um presente de sua mãe, comprado em uma loja de Istambul.

Diferentemente de outros objetos, ela lembrava muito bem onde o esquecera. Deu por falta do anel quando voltava para casa depois de deixar Emir no aeroporto. Deixara-o na mesinha de cabeceira do hotel onde ele se hospedou em sua primeira viagem a Fáguas. Quedrogaquedrogaquedrogaquedroga!, praguejou, porque logo se deu conta do erro: no hotel saberiam com quem o dito cujo havia dormido. Reivindicá-lo significaria delatar-se. Durante vários dias esperou que alguém lhe telefonasse, que pedissem uma recompensa, mas nada. Quem o teria guardado? Queria pensar que talvez a camareira, com carinho, como um pequeno troféu de seu trabalho obscuro e rotineiro, o levaria a sua casa; que quando a visse na televisão sorriria, ciente de que conhecia seu segredo.

Pegou o anel nas mãos. Cheirou-o. Cheirava a cobre velho, aquele odor metálico inconfundível. O rosto de quixote moreno de Emir agitou sua memória.

Ela havia sido convidada, como personalidade dos veículos de comunicação, para o Fórum das Sociedades em Montevidéu. Era o quinquagésimo aniversário do primeiro fórum e participariam dele os mais importantes representantes dos estados unidos e desunidos da América, Europa, Ásia e África. Os chineses eram os grandes patrocinadores. A passagem de avião que enviaram a Viviana era de primeira classe. Na sala de espera do aeroporto, várias pessoas se aproximaram para cumprimentá-la; seus admiradores eram muitos, e ela gostava de ser amável com todos, embora pouco antes de subir no avião preferisse ficar em silêncio. Depois que o avião tomava altura, aproveitava o voo, mas até lá parecia que jogava roleta-russa. Conseguiu dormir até Miami. Ali, embarcou no Ultrajumbo para o Uruguai. Assento do corredor, fila dois. Acomodou o leitor eletrônico e seu tablet sobre o assento. Guardou a valise no bagageiro. Foi ao banheiro, na parte de trás, apenas para dar uma olhada no avião. Era impressionante. Quinhentos passageiros. Aviões desse tamanho não voavam em Fáguas. O país permanecia num intervalo entre a Idade Média e a Modernidade. Isso ocorria com o Terceiro Mundo. O antigo e o mais moderno conviviam. Menos mal. Em muitos países, a televisão já era quase inexistente, mas não em Fáguas. Existiam, porém, regiões sem conexão com a internet para cada casa. Era incrível, mas verdadeiro. No entanto, a vigência da televisão era boa para seu trabalho. Foi até a cozinha ao lado do banheiro. Uma mulher jovem estava sentada no chão, chorando, apoiada no balcão, com as pernas encostadas no peito. Uma aeromoça tentava consolá-la. Pelo alto-falante, uma voz perguntou se havia um médico a bordo. A jovem passageira era vítima de um ataque de pânico. Queria descer do avião e o piloto se negava a deixá-la sair. Viviana imediatamente se converteu em sua advogada. Depois de discutir calorosamente com o comandante, se fazer passar por psicóloga e chamar sua atenção por aquele comportamento, deixaram que a garota descesse, choramingando, ao lado de seu jovem esposo. O avião se preparou para sair e Viviana voltou ao seu assento. Pediu vinho. Respirou fundo. Emir sorriu para ela. Seu sorriso a desarmou. (Mas é um gato, um gato risonho.) Ouviu a frase do conto de Lewis Carroll em sua cabeça. O sorriso de Emir era doce e revelava de imediato uma pessoa nobre, inteligente e tudo que se pensa de outra pessoa quando se é fisgado, a ponto de se apaixonar. Claro que, nesse momento,

Viviana não se deu conta da brincadeira que lhe preparavam os hormônios ou o coração, pois era sempre complicado distinguir entre ambos. Parecia lógico que ele lhe perguntasse o que havia ocorrido e que ela contasse sobre o ataque de pânico da jovem recém-casada que tinha medo de avião.

– O piloto estava preocupado com o atraso para despachar a bagagem... por causa das normas, sabe? A bagagem não viaja sem o dono, pode ser que carregue uma bomba. Eu o convenci de que a garota não fingia e que se esquecesse da história da bagagem. Porque o ritmo cardíaco não pode aumentar quando quer e eu chequei seu pulso. Tinha cento e sessenta pulsações por minuto.

– Você é médica?

– Não. Mas conheço ataques de pânico. São comuns no meu país.

– Mas e se for um truque? Não seria uma má ideia. Uma jovem linda e boa atriz finge um ataque de pânico, consegue descer da aeronave e bum, todos voamos pelos ares – disse, fingindo preocupação. – Estou pensando em descer também.

– Não é uma maneira ruim de deixar o planeta – ela sorriu. – Morte rápida com traços de céu azul.

Beberam vinho. E, enquanto conversavam, os olhos ganharam terreno rapidamente. (Os de Emir foram muito claros: gostava dela, a achava atraente, o sorriso dela o encantava, assim como o jeito de falar, os gestos, o modo como pronunciava certas palavras: monstro, por exemplo, era m*ounstro* para ela; o prazer que lhe deu vê-la comer com gosto, passar uma enorme quantidade de manteiga no pão, beber o vinho até a última gota, erguendo a taça e exibindo o pescoço comprido, que o fez imaginar seu trajeto ao longo do precipício que ela tinha no meio da blusa.) (Os olhos de Viviana, por sua vez, não deixaram dúvidas de que lhe agradava o tom da voz dele, suas palavras faziam-lhe cosquinhas ao passar pelo ouvido, o olhar atento, que se abstraía do entorno como se ela fosse a única no mundo, o prazer de fazê-lo rir e a ironia de suas respostas, a confiança de uma intuição que lhe dizia que devia ser um homem bom com crianças e plantas, um homem nobre com as mãos grandes que tocariam da mesma maneira o violino e as melodias nascidas do corpo; gostava que ele lhe fizesse perguntas, impressionado com o fato de ela aparecer a seu lado vinda quem sabe de onde.)

O jogo de rodear e seduzir se deu inicialmente em uma longa e divertida discussão sobre a segurança de aviões, trens e outros meios de transporte e passou para o tema dos veículos de comunicação, o papel que desempenhavam, se podiam ou não ser objetivos, se o mercado os definia. Comeram e, durante a sobremesa, Viviana falou do PEE. Ele riu, alegre, do nome.

– Boa ideia, não acha? É assim que se abre caminho, pondo um pé à frente do outro – riu ela.

– Ideia brilhante. O que quer dizer?

– Partido da Esquerda Erótica – falou Viviana, calculando o efeito.

Ele deu uma gargalhada.

– Genial – disse –, genial. Me considere um membro a partir de agora.

Emir não parava de sorrir à medida que ela, entusiasmada por sua reação e pensando que seria um bom ensaio para o Fórum, lhe apresentava a história e a proposta do partido.

Havia anos, disse Emir, que pregava sobre sua convicção de que o problema da política era um problema de imaginação. E que, de repente, literalmente das alturas, aparecesse ela com essa criatividade, era uma bênção.

– É absurdo também – acrescentou –, mas sou um cabeça-dura convencido da ideia de que é preciso mudar o mundo. Já quebrei a cara várias vezes, mas não desisto. Agora pelo menos, de cada tentativa ou de cada fracasso, saio no mínimo com uma tese, um livro. Já é alguma coisa, não? – sorriu, brincalhão. – E olha que fui líder estudantil, guerrilheiro, secretário político de um partido.

– Não!

– Sim. Um paradoxo, espírito de contradição talvez. Continuo apaixonado pelo século XX, pelas revoluções, pelos grandes sonhos. Eram tempos lindos, quando se tinha fé. Agora isso é muito malvisto. Veja a literatura: o ceticismo e a ironia são a moeda de troca dos romances hoje em dia. Os escritores latino-americanos, que sacudiram o mundo na época do boom, agora querem rir do que foram. Não os culpo. Cansaram de quebrar a cara. Eu resisto a essa moda de cinismo, embora deva confessar que também sou cético. A essa altura, eu poderia me qualificar como um cético que anda constantemente em busca da razão para deixar de ser. De vez em quando, a encontro. O que você está me contando, por exemplo, é lindo. Justamente o que me agrada. Não sirvo para as coisas práticas. Sou bom para pensar e propor coisas. O melhor que já fiz foi abrir uma usina de ideias em Washington. Passei a maior do tempo lá. Levei anos para criar uma reputação como conhecedor da região, mas deu frutos. Vejo minhas opiniões nas análises dos veículos de comunicação e de gente influente e isso faz com que eu me sinta útil. Ultimamente tenho que cuidar de negócios. Meu pai morreu e deixou poços de petróleo em Maracaibo, fundos no Uruguai e na Patagônia. Uma fortuna. Agora muita gente depende de mim. Tive que me adaptar a essas obrigações. Não administro, mas supervisiono. Faço o dinheiro render e ocasionalmente o utilizo para ser quixote. Assim me livro da culpa. Onde você vai ficar em Montevidéu?

– No Plaza, no centro. Os chineses estão pagando.

– Foi reformado recentemente. Não quero parecer atrevido, mas tenho uma casa com muitos quartos.

– Sou viúva – disse ela.

– E eu divorciado.

Riram juntos. Sinto muito, disse Viviana, não sei nem por que disse isso. Já estava na hora, comentou ele.

Talvez ela tivesse recusado sua oferta de hospedagem se a aeromoça não tivesse passado tantas vezes enchendo os copos de vinho, mas acabou concordando. Um quixote milionário não cruzava o caminho de uma pessoa todos os dias, pensou também. *Vida, vida, o que isso tudo quer dizer?*, perguntou-se, se sentindo ligeiramente perversa.

A casa de Emir era de frente para o mar, uma mansão bem conservada em Carrasco, um bairro charmoso onde casas antigas se misturavam a casas modernas, escritórios e lojas. Era uma casa muito formal, bela, com espelhos grandes e poucos móveis. Notava-se que ele a visitava pouco, mas estava impecavelmente limpa, e havia flores frescas nos vasos. A governanta que os recebeu na porta e abraçou Emir com grande demonstração de alegria lhe contou que estava com a família por não se sabe quantos anos. Conhecia Emir desde pequeno. Levou-a até um quarto grande, com móveis delicados em estilo austríaco e uma cama imponente. Abriu de par em par as venezianas que davam para uma varanda, da qual se via

Mar del Plata. Só aquela vista valia a viagem, pensou Viviana. A essa altura, porém, estava muito arrependida de ter aceitado o convite. Recriminou-se por ser tão impulsiva, por não pensar que permanecer horas sem poder fazer outra coisa na intimidade de dois assentos de avião não era o mesmo que estar metida naquele casarão com um homem que mal conhecia. Quando deixaria de ser levada pelos impulsos? Era como uma maldição. Depois se encontrava em situações como aquela, sem saber como sair. Além disso, se sentia mal por ter pensado naquilo de quixote milionário e no que ele poderia significar para o PEE. Tinha muito claro na cabeça que sem dinheiro tudo ficaria no papel, mas Emir também havia lhe agradado sem dinheiro; que ela gostasse dele e que ele fosse um possível mecenas do PEE complicaria o que acontecesse entre eles. Se alguma coisa acontecesse, não queria que ele atribuísse isso a um interesse mercenário de sua parte. Foi para o banheiro, um belo banheiro, a pia embutida numa bancada de mármore. Olhou-se no espelho. As olheiras.

Devia ter dormido no avião. Passou o corretivo de olheiras, pintou os lábios grossos, carnudos. Considerava-os seu traço mais perfeito. O arco do cupido perfeito no lábio superior. *Que nome*, pensou, *arco do cupido!* Anatomia afetada.

Estava nisso quando bateram à porta. Saiu do banheiro. Abriu. Emir apareceu com seu sorriso, um sorriso que pedia desculpas.

– Você deve estar arrependida.

– Um pouco sim, é verdade.

– Não a culpo. Esta casa é familiar para mim, mas suponho que lhe parecerá estranha. Mas veja o mar, venha, se aproxime.

Pegou-a pela mão e a levou até a varanda, e ali mesmo lhe deu um beijo tão longo que, quando a soltou, ela perdeu o equilíbrio. Riram. Ele a abraçou, segurou-a contra si, enfiou o nariz em seus cabelos. Abraçados, admiraram o mar. Ele gostava do Uruguai, falou, havia nascido no Brasil, mas fora criado entre a Venezuela e Montevidéu.

Fazia muito tempo que Viviana não ficava a sós com um homem. O abraço de Emir a excitou. Sentiu a peculiar sensação de desejo no ventre. Ele não a soltava. Abraçado a ela, levou-a até a cama. Ela se sentou na beirada. Ele tirou o casaco dela. Baixou um dos lados da blusa, beijando levemente seu ombro. Qual será a sua apresentação?, perguntou, enquanto a beijava suavemente, dessa vez na boca. Os modos femininos do poder, ela respondeu, abrindo um botão da camisa dele. E o que ela esperava da conferência?, perguntou, enquanto tirava a blusa dela pela cabeça, roçando com o dedo indicador a lateral dos seios. Quero conhecer pessoas que possam me ajudar, ela disse, enquanto ele desabotoava o sutiã. Pessoas que possam ajudá-la?, ele falou, segurando seus seios com as mãos, fitando-os como se fossem um tesouro recém-descoberto. Sim, que me ajudem a financiar o partido e a estabelecer contatos, ela disse, se sentindo enfraquecer sob seus beijos curtos e úmidos, se excitando, agitando sua pele como um colibri. Deixe isso comigo, disse ele, deslizando a calça dela pelos quadris e beijando seu umbigo. Deixo isso com você, falou Viviana, já nua, terminando de tirar a roupa dele. Sim, ele disse, pode deixar comigo. Cavalgarei com você nesta quixotada, sussurrou, apertando-a contra si, enquanto esfregava suavemente seu corpo contra o dela, beijando seus ombros, o pescoço, as orelhas. Conversemos melhor amanhã, ela falou, enquanto ria baixinho, completamente nua, as bochechas ardendo, a pele alerta do princípio ao fim. Como você quiser, falou ele, empurrando-a suavemente até deixá-la na horizontal sobre a cama, beijando suas pernas, seus joelhos, lentamente abrindo caminho até o meio das pernas, onde se perdeu, voraz, reconhecendo-a gentilmente, traçando o antúrio de seu sexo suavemente em círculos, suave e pacientemente, com uma delicadeza magnífica que ela assimilou quase sem se mover, com medo de interromper o ritmo lento e preguiçoso de seus movimentos, que, por alguma razão, a fizeram recordar o pão com manteiga, a geleia, todas as delícias e os manjares da vida. Finalmente, ele apertou o passo, o colibri mordiscou de modo rápido e leve a flor mais escondida, e com um gemido ela se curvou enquanto o tremor do orgasmo a percorria de ponta a ponta.

Viviana se espantou de como havia sido fácil para ambos cruzar as sedutoras portas da intimidade. Assim como ela, Emir tinha uma relação muito livre e feliz com o próprio corpo e uma vocação natural para o prazer. Como velhos amantes que algum infortúnio tivesse separado, ou como as metades que os antigos imaginavam que se procurariam incessantemente, eles se reencontraram na ternura e no desejo. Menos mal que a casa permanecesse vazia durante a noite e não tivessem que se preocupar com gargalhadas ou gemidos. Havia muito tempo que ela não ria com um abandono infantil. Fizeram amor em cada cama da casa, cujos quartos ele fizera questão de lhe mostrar. Era um ritual seu ao voltar para casa, falou, visitar cada quarto para deixar que o ar circulasse. Nus, andaram pelos corredores, subiram e desceram as escadas. Emir lhe contou histórias de seus ancestrais que competiam com as de García Márquez: um tio que se passou por morto para receber um seguro, a tia gorda que ninguém soube que estava grávida. Quase de madrugada, voltaram para o quarto com varanda. Disseram que deviam revisar as apresentações do dia seguinte, mas terminaram conversando sobre posições e dormiram juntos, meio embriagados e felizes.

Durante as discussões barulhentas que ocorreram no Salão de Convenções da cidade, perseguiram-se com os olhos, e cada um assistiu à apresentação do outro. A palestra de Viviana estava lotada, a maioria dos espectadores era mulher. Apesar da facilidade para falar nos veículos de comunicação, ficou nervosa. Era a primeira vez que se dirigia a um público tão grande de iguais. Antes de subir no palco, foi ao banheiro para ter um minuto de solidão. Dentro do cubículo, fechou os olhos. Pensou em Fáguas. Imaginou que apertava o país contra o peito. Pensou na mulher que queria encarnar. Visualizou-a, cobriu-se com sua imagem. Levava o discurso escrito, para o caso de a memória ou a tranquilidade falharem, mas nem bem começou a falar, a paixão da confiança na ideia do PEE fez com que se esquecesse de si. Positiva, forte e bem-humorada, despertou um clamoroso entusiasmo no público. Quando terminou, centenas de pessoas a cercaram. Liberada de suas obrigações, sentiu-se eufórica. Emir conseguiu abrir caminho até ela. Abraçou-a com força. Magnífico, ele disse, e foi apresentar sua comunicação. Ela finalmente conseguiu se livrar das pessoas e entrou na conferência de Emir quando ele já havia começado.

Com que facilidade se expressava, pensou Viviana, observando-o com a camisa de mangas enroladas para cima, a camisa de faixas brancas e azuis, impecável. Sua análise sobre a relação entre Estados Unidos e América Latina era rica em dados. A América Latina era agora o território que restava aos Estados Unidos para compensar o domínio da China sobre a Ásia e partes da África, mas a política da que era agora a segunda potência mundial se distanciava muito da dos anos da Guerra Fria. Emir a viu entrar e piscou o olho de maneira quase imperceptível. Queria se sentar na frente. Caminhou pela lateral do salão sem se importar com o fato de que a olhassem, porque chamava atenção e sabia que isso aconteceria.

Tinha certeza de que ele não perderia o fio da meada. Era um dom masculino controlar as emoções, um dom que ela admirava secretamente. Mas Emir se calou. Os saltos dela ressoaram no auditório. As pessoas se viraram.

– Quero que conheçam Viviana Sansón – disse Emir. – Ela é uma jovem jornalista de Fáguas e uma pessoa que parece ter clara a ideia da qual venho falando há muito tempo: a política como desafio à imaginação.

Sem perder tempo, o público aplaudiu. Viviana acenou com a mão, endireitando os ombros. *Touché*, pensou, confusa. Não soube dizer se Emir fizera isso para lhe retribuir a interrupção ou, de maneira autêntica, para que as pessoas a conhecessem.

Almoçaram juntos. Fiz pelas duas coisas, disse Emir. Você tem que admitir que queria me interromper e eu lhe mostrei o caminho, disse irônico, beijando sua mão.

– O que eu queria era provar a mim mesma que você tinha, como qualquer homem, a capacidade de manter o fio de seu discurso sem se perturbar – disse ela.

– Eu me perturbo com muito menos que isso – sorriu Emir. – Mas foi bonito. Gostei do que você fez. Fiquei desconcertado, mas gostei. E seu discurso... foi excelente.

– O seu também – ela falou.

– Como somos modestos, não?

– A modéstia é uma virtude medíocre – falou, séria, Viviana.

– Assino embaixo. Vou passar a adotar essa frase como lema a partir de agora – riu Emir.

Numa entrevista coletiva, ela falou do PEE e arrancou sonoros aplausos. No dia seguinte, a notícia sobre o partido apareceu nos principais jornais.

Emir a levou para se encontrar com os mais influentes dirigentes políticos que participavam do fórum. O nome do partido era uma faca de dois gumes, falou. Por isso, ela era necessária para dar-lhe conteúdo. Tinha razão. Era um risco calculado, esclareceu Viviana. As personalidades a recebiam com um ar de dúvida e cautela, mas as mulheres se despediam com entusiasmo, e os homens, com respeito e desejos de boa sorte.

– Você é perigosa – disse-lhe um boliviano –, mas desejo-lhe boa sorte.

Depois de andar pelo fórum, ouvir discursos e conversar sobre política, estavam cansados. Emir, porém, insistiu em levá-la para jantar. Depois, na varanda do quarto de frente para o mar, descalços e sentados no chão, com as costas apoiadas na parede e os pés apoiados na balaustrada, Emir ofereceu-se para organizar o plano para a coleta de fundos. Iriam aos Estados Unidos para visitar belas e corajosas mulheres, partidárias de causas perdidas e do Terceiro Mundo, feministas da Quarta Onda, falou. "Com as que eu conheço, será suficiente."

Viviana tirou o anel do dedo e o encostou no rosto. Emir, Emir, onde estaria Emir? Sentiu vontade de correr. Não conseguia entender o que estava fazendo ali nem em que lugar estava.

# O GUARDA-CHUVA

Não havia um, mas muitos guarda-chuvas sobre a prateleira. Ao vê-los amontoados, Viviana deu um sorriso desconfiado. *Imaginei que fossem muitos*, pensou, *mas a realidade supera minha imaginação*. Os óculos escuros e os guarda-chuvas levavam o troféu naquela coleção de objetos perdidos. Eram o símbolo das duas estações de Fáguas. Chovia seis meses por ano e, nos outros seis, o sol se enfurecia sobre o país, ressecando-o, transformando a paisagem num deserto de árvores sedentas e pasto amarelo agonizante. Emir havia lhe dado sobretudos de presente, mas ela nunca se acostumou com as roupas de chuva. Preferia o simples e útil guarda--chuva. Infelizmente, os perdia. Esquecia-os no instante em que o sol emergia por entre as nuvens. E isso era comum. O céu escurecia, um vento forte soprava, as nuvens negras preparavam seus canhões e o aguaceiro caía como um edifício de água sobre a cidade. No entanto, o temporal não durava muito. Depois do aguaceiro, o sol varria com seus raios os restos de céu indócil, e a tarde retornava à sua existência clara e azul. O crepúsculo lavado e fresco era razão suficiente para que o guarda-chuva ficasse esquecido atrás da porta, no chão ou onde quer que a dona tivesse pousado suas varetas para descansar da inclemência do dilúvio.

Pegou um dos guarda-chuvas do monte. Sentou-se no chão. Abriu-o. Era verde-oliva. Percorreu com os dedos o tecido estendido por entre as hastes. Chovia quando decidiu afastar os homens do serviço público estatal. Invocou a memória até que pôde ouvir o aguaceiro caindo e ver a luz dos relâmpagos iluminando as janelas do estranho gabinete presidencial que herdara de seus antecessores.

Ali estava ela, atrás da mesa num momento de rara tranquilidade. Era tarde da noite. Havia dispensado Juana de Arco. Apenas as guardas de sua segurança pessoal esperavam do lado de fora. Com dois meses de governo, não conseguia avançar. Tentou reunir os mais capazes, homens e mulheres, mas a realidade de séculos ainda os dominava. Mesmo com baixos níveis de testosterona, deprimidos e cansados, criando barriga e se tornando flácidos, os homens não deixavam a iniciativa feminina voar. Não faziam isso conscientemente, mas uma vez ou outra, nas reuniões, seus comentários caíam como baldes de água fria: "Ah, é que vocês não sabem destas coisas"; "Ah, é que vocês não têm experiência". O efeito era visível no rosto de mulheres magníficas que acabavam de descobrir o alcance de seu poder. Eles as humilhavam; faziam com que se fechassem como anêmonas assustadas.

Durante a campanha, inclusive, o impulso de Emir, cujas gestões de mago e midas facilitaram a obtenção de fundos, causou mal-estar não entre as integrantes do PEE, mas entre as colaboradoras, que a acusaram de transformar um homem, seu homem, em financiador da campanha. Não teriam dado um centavo se eu não fosse convincente. O crédito é meu, ele apenas facilitou os contatos, repetiu. Mais que as acusações, a incomodou a amargura que lhe causaram. Como podiam descartar seu trabalho, o que haviam conquistado, com semelhante argumento? E, no entanto, apesar do radicalismo das que se queixavam, em seu íntimo algum eco tinham essas queixas. Não apenas a Emir, mas a vários de seus mais leais colaboradores, recordava constantemente que elas eram as heroínas, as amazonas daquela história. Nos dias de ardente preparação para inscrever o partido na campanha eleitoral (precisava terminar de colher assinaturas, preencher todos os requisitos legais rigorosos e intermináveis), mais de uma vez Viviana lamentou com raiva que as líderes e indiscutíveis criadoras do PEE carecessem da erudição que, à flor dos lábios, Emir e os outros homens possuíam. Eles conheciam o jargão político, lidavam com cifras e faziam cálculos econômicos de cabeça, sabiam geografia e política externa. Apesar de não se deixarem intimidar pela sapiência masculina, invejavam-na; lamentavam o tempo que ganharam enquanto elas se viram forçadas a reduzir a extensão de seus horizontes para incluir neles o amor, os filhos e a casa, tudo isso que, socialmente, era apenas estimado. Viviana distribuiu aos homens um exemplar de *Um teto todo seu*, de Virginia Woolf, a Grande Loba. Leitura obrigatória, lhes disse. Leiam por que estamos em desvantagem de erudição em relação a vocês e moderem-se. Não nos deixem confusas com suas palavras. Vocês têm muita sabedoria, mas a verdade é que, a julgar pelo modo como o mundo está, serviu para pouca coisa, por isso não tentem nos dirigir; observem, ajudem e aprendam.

– Você está absolutamente certa – dizia Emir. – Mas por que deixar esse assunto incomodá-la? Os homens deste país não foram capazes de criar um partido como esse, mas vocês foram. Usem-nos, não nos afastem porque isso lhes dá insegurança.

Era fácil falar. A insegurança que transformava em compulsão a tendência a ceder diante da autoridade masculina parecia impressa na mente feminina, como o alcoolismo nos filhos de alcoólatras. Viviana leu sobre as maneiras de acabar com as dependências psicológicas: era essencial se afastar da causa: cigarros, álcool, drogas. Quanto tempo seria necessário? Caminhou pelo gabinete. Imaginou cenários. Decidiu.

Telefonou para Juana de Arco. Lamento acordá-la, Juanita, mas preciso que você convoque o Conselho do PEE para amanhã na primeira hora.

Agora ou nunca, disse. Para mudar as coisas, elas precisavam ficar a sós por um tempo, governar sem interferências masculinas.

– Ai, meu Deus – resmungou Rebeca. – Na falta de problemas, é preciso criá-los...

– Eu posso comprovar, Rebeca, veja o que aconteceu com a reunião em que você expôs a questão das flores...

Vestida de branco, Rebeca chegou a uma reunião com o projeto de converter Fáguas em um jardim e exportar flores. Era um negócio perfeito. Estudara bastante o caso da Colômbia. Mas também se informara sobre as estufas em Almería, na Espanha. De terra árida e pobre, Almería havia passado a grande produtora de hortaliças. Rebeca fez sua apresentação. As flores iam produzir mais para o país que o café e outros cultivos tradicionais. Além disso, milhares de mulheres teriam emprego. Sentou-se inflamada pela paixão e entusiasmo com que expôs sua convicção. Viviana apoiou de imediato a ideia, pois já a haviam discutido ao elaborar o programa do PEE. Um a um, os homens presentes objetaram com estatísticas, números e algoritmos que elas não entendiam. A reunião se estendeu por horas.

– Sim, mas no fim das contas vamos levar o projeto adiante, gostem eles ou não – falou Rebeca.

– Mas quantas horas perdemos? Nesse ritmo, ficaremos atrasadas com os planos e promessas e, dos cinco anos que temos, passaremos quatro discutindo... Além disso, vou lhe dizer uma coisa: estou convencida, total e absolutamente convencida, de que apenas obrigados os homens vão aprender a cuidar da casa – continuou Viviana.

– E devemos aproveitar que estão tímidos e obedientes – falou Martina. – Concordo com Viviana.

– Acho que me falta testosterona para combater isso – disse Eva. – Preocupa-me quem vou escolher para combater os estupradores e os presos.

– Arlene, a lançadora de discos – disse Rebeca. – Há muitas mulheres que têm esse temperamento.

Eva assentiu sem muito entusiasmo.

Viviana pareceu não se dar conta da troca.

– Exponho outro caso: o ministro da Energia e da Água se opôs ao concurso do Bairro Limpo, mas se eu prometi que limparia o país, o país será limpo. As pessoas estão fascinadas com a ideia, mas ele me ameaçou com sua renúncia. Está preocupado com as despesas e receitas.

Viviana lançara o plano nacional de limpeza na modalidade de concurso, inspirada em um programa de tevê. O concurso Bairro Limpo dispunha de um quadro de juízes que visitava casas, ruas e emitia opiniões até sobre a limpeza do nariz das crianças da região. Os bairros vencedores recebiam de graça, durante um trimestre, os serviços de água e luz. Certamente o êxito era tal que muitos bairros estavam ficando sem pagar.

– E devo acrescentar, presidenta, se a senhora me permite – falou Juana de Arco, do canto onde escrevia as atas em seu laptop. – Acho desrespeitoso que Emir entre em seu gabinete sempre que quiser. Digo a ele para não entrar e ele nem se importa.

– Estão vendo? – Viviana passou os olhos por todas. – São milhares de anos de domínio que levam em conta.

– Mas se apenas os tirarmos do serviço público estatal, você acha que terá algum efeito? – perguntou Ifigenia.

– É como a teoria da mancha de óleo de Debray – observou Viviana –, cria-se um núcleo e o efeito se alastra. Os que ficarem em casa falarão de sua experiência, e tenho certeza de que descobrirão predileções e se surpreenderão consigo mesmos. Acho que poderíamos fazer um desses reality shows que acompanham o progresso do homem que fica em casa e cuida dos filhos e das tarefas domésticas. Uma espécie de *Survivor*, com autorizações incluídas.

– A ideia é muito boa – exclamou Ifigenia –, Carla pode montá-lo.

– Não sei se há programas como esses na Suécia, mas lá existem donos de casa, subvenções do Estado para creches e normas que regulamentam o tempo dividido entre o casal. As estatísticas de participação da mulher demonstram que o negócio funciona – Rebeca comentou. – No entanto, a respeito dessas medidas drásticas, aceito a opinião da maioria, mas deixo registrada minha preocupação. Temos que conviver com os homens. E se conseguirmos trabalhar maravilhosamente bem sozinhas, o que acontecerá depois? Exílio perpétuo?

– Claro que não – falou Viviana. – Mas você não percebe, Rebeca? Eles vão nos respeitar de outra maneira. Mais ainda, você não acha que nós, mulheres, precisamos dessa experiência? Os homens já a tiveram. Dirigiram sozinhos o mundo dos negócios, da política. Provaram do que são capazes sozinhos. Nós sempre estivemos à sua sombra ou ao seu lado. Merecemos passar pelo teste.

– Não diga mais nada – falou Martina, sempre impaciente e pouco afeita a reuniões (lhe dava claustrofobia ficar sentada numa reunião, dizia).

– De onde vamos tirar dinheiro para lhes pagar seis meses? – perguntou Rebeca.

– Das reservas.

– Ficaremos no vermelho – observou. – Não é conveniente.

– Fiquemos no vermelho. Pediremos empréstimos. Mas amanhã mesmo redigiremos e publicaremos o decreto. E o salário será entregue à mulher da família. Assim vai durar mais.

– As mulheres da oposição na Assembleia vão reclamar um bocado.

– É o meu governo. E eu decido como vou organizá-lo. Elas não podem interferir nisso. Além do mais, já que temos a sorte de haver apenas mulheres representantes, elas entenderão. Explicarei pessoalmente se for necessário.

Votaram. Todas votaram a favor do decreto que Viviana expediu no dia seguinte.

À tarde, Juana de Arco entrou e parou diante de sua mesa.

– Presidenta – falou –, parabéns. Foi a melhor decisão que já tomou, mas haverá confusão. Aconteça o que acontecer, conte comigo.

Dito isso, deu meia-volta e saiu.

*Bem se diz que o poder é solitário*, pensou Viviana atrás da enorme mesa do gabinete, juntando suas coisas para sair: a bolsa, o guarda-chuva. Não se acostumava, contudo, a ser presidenta. Quando chovia, o motorista vinha apanhá-la em um toldo na saída privada da Presidência; um guarda a protegia com um guarda-sol. Largou seu guarda-chuva numa esquina.

Quem o recolhera? Qual fora seu destino?, perguntou-se enquanto o fitava, girando-o antes de devolvê-lo, junto com a lembrança, à prateleira.

# *THE NEW YORK TIMES*

## A NEW CHALLENGE FOR THE FEMINIST GOVERNMENT IN FAGUAS

In the last hundred years, Faguas has seldom been on the American radar screen. That changed last November when a woman's party, the now famous PEE, won a landslide victory in the presidential elections.

The PEE ran with a most original, feminist but all inclusive platform, which offered to "mother" the country, promising to "scrub the motherland" and leave it "shiny and spotless". Given the poor record of past administrations, "mothering" might be just what Faguas needs, except that President Viviana Sanson recently announced her decision to appoint only women to fill every position in her newly inaugurated administration. The unusual directive states that even menial government jobs are only to be given to women. Female cadres will take over and oversee the dismantling of the military establishment. Even janitors will be women. President Sanson has indicated she considers this a temporary and necessary measure to assure that a new feminine ethic of caring and solidarity will have a chance to flourish in a country where machismo has historically had the upper hand. Original and revolutionary as it might sound, we cannot but disagree with President Sanson's radical views. In a world populated by both men and women, one gender cannot assert itself by eliminating the other. We would hope that the Faguan people – and especially Faguan men – exercise their right to disagree. It would be a sad statement for Faguas' democracy to go from a past of ideological discrimination to an unprecedented form of genre discrimination. The United States whose economic support President Sanson so desperately needs, will certainly not consider this just another antic of her humorous approach to politics.

# EDITORIAL DO *THE NEW YORK TIMES**

## UM NOVO DESAFIO PARA O GOVERNO FEMINISTA DE FÁGUAS

Nos últimos cem anos, Fáguas mereceu pouca atenção dos Estados Unidos. Essa situação mudou em novembro passado, quando um partido de mulheres, o agora famoso PEE, alcançou uma vitória esmagadora nas eleições presidenciais do país.

O PEE se apresentou na disputa eleitoral com uma plataforma muito original, feminista, mas inclusiva, se oferecendo para maternizar o país, lavá-lo e limpá-lo até deixá-lo reluzente e sem manchas. Devido ao lamentável desempenho das administrações anteriores, a atenção de uma mãe parecia ser justamente o que Fáguas precisava, exceto pelo fato de que a presidenta Viviana Sansón anunciou recentemente sua decisão de empregar apenas mulheres em sua administração. Essa medida incomum determina que todos os cargos do Estado, dos mais importantes aos menos significativos, sejam ocupados por mulheres. Quadros femininos também supervisionarão o desmantelamento gradual do exército. Até a vigilância dos edifícios públicos será feita por mulheres. A presidenta Sansón declarou que considera essa uma medida temporária, mas necessária para garantir que uma nova ética feminina do cuidado e da solidariedade possa prosperar numa nação como Fáguas, tradicionalmente dominada pelo machismo. Por mais originais e revolucionárias que pareçam as medidas, não podemos deixar de discordar da decisão radical da presidenta Sansón. Num mundo povoado por homens e mulheres, um gênero não pode afirmar-se à custa do outro. Gostaríamos de pensar e esperar que o povo de Fáguas, sobretudo os homens, vai manifestar seu direito de discordar. Seria um triste destino para a democracia faguense sair de um passado de discriminação ideológica para uma forma de insólita discriminação por razões de gênero. Temos certeza de que os Estados Unidos, cujo apoio econômico é tão necessário a Fáguas, certamente não vão considerar essa ação apenas mais uma demonstração do senso de humor político que caracteriza o governo da presidenta Sansón.

* Publicado poucos dias depois do decreto presidencial que declarava que os cargos do Estado seriam ocupados unicamente por mulheres.

# EMIR

Emir era viciado em café. Às três da tarde, sorvia quente seu tall do Starbucks enquanto dirigia, seguindo o lento movimento do tráfego na Massachusetts Avenue, em Washington, D.C. Ouvia a NPR, a estação de rádio pública, a melhor do mundo segundo ele, e foi pela voz de Renée Montagne, sua locutora favorita, que soube do atentado. Arrasado pela súbita corrente de adrenalina que a duras penas lhe permitiu raciocinar, virou no primeiro cruzamento. Estacionou numa rua onde o outono empilhava as folhas douradas de carvalhos magníficos nas sarjetas, nos jardins e nos telhados das casas típicas dos bairros tradicionais de classe média nos Estados Unidos. Não conseguiu largar o volante. Sacudia-o. Prostrado, encostou a testa na parte superior da direção. Não! Não! Não!, repetiu. Não, Viviana, não pode ser! Quem? Quem diabos pensaria em fazer uma coisa dessas?

Tirou o celular do bolso. Estava desligado. Desligava-o quando estava trabalhando e havia trabalhado durante toda a manhã em casa. Quando ligou o aparelho, viu a quantidade de mensagens na caixa postal. Ouviu-as. Celeste, Martina, Eva, Juana de Arco, cada uma a sua maneira repetia a notícia e dava detalhes. A comoção era evidente no tom de voz delas. Viviana em coma, no hospital, se recuperaria, o prognóstico era incerto, haviam extraído o baço, a operação durara cinco horas, uma perfuração no crânio, hemorragia intracraniana. Conteve as lágrimas. Retornou as chamadas uma a uma. Juana de Arco estava no hospital, ao lado de Viviana. Ao ouvir Emir, perdeu a voz. Chego no primeiro voo, disse ele.

Com uma velocidade que apenas o amor ou o medo imprimem nos seres humanos, arrumou o necessário no escritório de casa. Pegou o voo da American para Miami. No dia seguinte bem cedo seguiria para Fáguas. Era a única conexão.

Sete horas de voo, uma noite em Miami. *Vou enlouquecer*, pensou. Tomou uma taça inteira de vinho antes de ir para o aeroporto. Bebeu quase sem respirar.

Os atentados políticos não eram tradição em Fáguas. As guerras e as revoltas, sim. Mas obrigar os homens a ficar em casa foi uma medida radical para um país machista, teria sido para qualquer país.

Viviana, Viviana, impulsiva, incontrolável Viviana. O animal erótico mais belo do mundo, sua mulher entre todas as mulheres. Ela ousara tanto. E ele podia não concordar, mas reconhecia sua audácia, sua valentia, ao mesmo tempo em que criticava suas decisões precipitadas, o que ela chamava de intuições infalíveis. Havia legalizado o aborto, por exemplo. Chamou-a de Lei do Aborto Inevitável.

A lei tinha sido aprovada depois que ela obteve votos-chave da oposição, convencendo-a de que era inútil proibir o aborto. Ele aconteceria de qualquer forma, e era a incapacidade de realizá-lo nas condições adequadas a responsável pelas mortes. A Lei do Aborto Inevitável previa não deixar pedra sobre pedra até garantir que, por razões econômicas, opções de trabalho, preocupações com o futuro cuidado da criança, nenhuma mulher visse o aborto como uma opção necessária. Tanto mimo lhes ofereceremos, explicou Viviana, que, tal como deveria sempre ter sido, a mulher vai considerar a gravidez algo que enriquecerá sua vida, que lhe trará vantagens sociais, e não uma coisa que a levará à pobreza ou a renunciar a suas opções. Para acabar com o aborto, o que falta não é proibi-lo, mas deixar de penalizar a maternidade. Mas, se uma mulher corre risco de morte pela gravidez ou se uma menina é estuprada, lamento, mas é ela que tem de decidir sobre sua vida e a do feto. Ninguém mais. A decisão é sempre e irrevogavelmente da mulher, porque o corpo é dela.

Por sorte, as mudanças na Igreja Católica, com o fim do celibato, permitiam à instituição ter uma visão real e não burocrática das necessidades e desafios da vida cotidiana entre homens e mulheres. Ainda que resistissem a ordenar mulheres, elas estavam dentro da Igreja porque dividiam as tarefas do marido. Por isso, condenaram a decisão, mas em particular aceitaram observar o projeto que ela apresentou.

O número de abortos em Fáguas se reduziu drasticamente, e o modelo estava sendo estudado como uma possível solução para um problema que, por séculos, dividira as opiniões, as igrejas e, sobretudo, as próprias mulheres.

Mas quem poderia assegurar o que se passava entre os fanáticos, os fundamentalistas, as pessoas que, em nome de salvar vidas embrionárias, não vacilavam em dar fim a vidas plenas, deixar filhos na orfandade e famílias destruídas?

Emir não queria especular sobre o ou os culpados. No avião, sentado ao lado da janela, fez o singular esforço de reviver sua vida com Viviana. Pensou que fecharia a usina de ideias que o obrigava a viajar frequentemente para Washington.

Ele continuava a administrá-la, mas cada vez com menos entusiasmo, convencido de que o ventre da besta era uma trincheira urgente para as lutas Norte-Sul e, sobretudo, para a América Latina. A ignorância e os preconceitos mútuos eram escandalosos, e já que era impossível seguir a receita poética de Nicolás Guillén, de transferir os países mais vulneráveis para a ponta do remo, longe do vizinho grandalhão, pensou que a alternativa era tentar varrer as teias de aranha que os impediam de se entender. Por não aprender a conviver como bons vizinhos, temia que a América Latina acabasse na órbita dos chineses ou convertida em colônia muçulmana. Essa ideia o assustava, porque gostava de ser livre, pensar, publicar, ter os filhos que tivesse vontade e odiava a ideia de mulheres envoltas em panos ou obrigadas a se passar por invisíveis. Estava convencido de que um império em decadência era melhor do que um emergente, e de que a religiosidade latino-americana, com suas inúmeras seitas barulhentas e procuradora de milagres suspeitos, graças à sua fascinação pelos caudilhos, em pouco tempo sucumbiria ao feitiço das mesquitas, minaretes ou de algum experiente aprendiz de aiatolá, que decidiria que embriagar os povos com o ópio da religião era a melhor maneira de chegar ao socialismo. Ele preferia categoricamente o modo ocidental, mas era defensor, promotor e crente fiel à teoria do decrescimento, da tese matriarcal do agrado, e sua experiência com o PEE acabara por convencê-lo de que a pedra filosofal da sociologia e da economia, que salvaria o mundo de si mesmo, seria proveniente do lado das mulheres.

Viviana tinha que continuar viva. Ele a arrancaria da morte, mesmo que tivesse que descer ao inferno para recuperá-la.

# O XALE

Viviana se perguntou se a jornada que fazia por suas lembranças não seria um ritual que devia cumprir antes de reencarnar em outro corpo (porque a verdade é que não sabia se estava morta ou viva). O choque de que se tratasse de uma limpeza de seu carma a fez perder o rumo. Encontrou-se diante da prateleira da direita sem saber como chegara até ali. Será que estava certa ao pensar em reencarnação? Lembrou-se vagamente dos livros sobre crenças tibetanas que lia durante a adolescência. Uma pessoa nunca sabia no que reencarnaria, segundo afirmavam. Como seria se reencarnasse em algum animal? Não, pediu. Por favor, não. Gosto deles, mas quero poder falar.

Concentrou-se nos objetos. Não podia acreditar em quantas coisas havia perdido. Algumas não conseguia reconhecer. Chaves velhas, por exemplo. Havia se esquecido completamente delas. No entanto, foi ao lado de um molho de chaves que viu o belo xale da Índia, bordado, laranja, amarelo e marrom, que Emir enviou-lhe de presente poucos dias antes da posse. Ainda não lhe perdoara por não estar com ela, mas ele insistiu que não podia faltar a um compromisso em Nova Déli.

– Você não gosta da ideia de ser príncipe consorte. É isso. Deixaria de ser homem.

– Não é nada disso. Gosto da ideia. Mas me comprometi há um ano com essa reunião. Eu sou o coordenador, a ideia foi minha. Não posso faltar. Além disso, o dia é seu. Você deve isso a si mesma.

Viviana pegou o xale e o levou ao rosto para sentir a seda nas bochechas. O perfume refrescou-lhe a memória. Fechou os olhos desfrutando da sensação, o improvável privilégio de vivê-lo novamente. Naquela noite, levou o xale para cobrir os ombros nus durante a recepção. Cedeu a seu lado sentimental pensando que, onde quer que Emir estivesse, veria as fotografias nos jornais e as notícias na tevê. Apesar de aborrecida com ele, venceu o desejo de tê-lo junto dela como amuleto de boa sorte.

Em contato com o xale, recuperou aquele instante. Viu-se voltando para casa naquela noite. Entrou na ponta dos pés e apagou as luzes. Celeste tinha a mania de deixá-las acesas. Fechou a porta de seu quarto. Alegrou-se por estar sozinha. Só podia comparar o que sentia ao que Jesus havia sentido ao caminhar sobre a água. Claro que ele não havia sofrido com a dor nos pés que a incomodava depois de muitas horas de salto alto, mas não duvidava de que caminhar sobre a água devia tê-lo deixado tão surpreso quanto a ideia de que ela era, sem dúvida, a presidenta do país. Lembrou-se do resplendor do dia, do céu sem uma única nuvem, da multidão tal qual um mosaico fluido de cores intensas ondulando sob o sol, do rumor de milhares reagindo a suas palavras, do rugido de assentimento, das risadas, da filha se apertando contra ela quando desceu do palco; e, à noite, da visão do conselho do PEE recebendo os convidados, todas com vestidos iguais, justos, de cetim, que terminavam em decote reto e ombros nus. Apenas as cores as diferenciavam. Divertiu-se observando a reação dos embaixadores, políticos e outras personalidades diante das roupas semelhantes! Já não se lembrava de quem fora a ideia, mas todas concordaram que se trataria de um acontecimento não só divertido, mas simbolicamente transcendente. O mundo – ou a munda, como dizia Martina – teria que encontrar algo além de roupas para fazer comparações entre elas.

A recepção ocorreu no extravagante Palácio Presidencial de Fáguas, construído no século XX pelo presidente Eulogio Santillana. Os delírios de grandeza dele, inversamente proporcionais à estatura mínima e ao físico disforme, levaram-no a mandar edificar um palácio presidencial monumental. O Presidencial, como o povo chamava o palácio, contava com réplicas dos salões que mais impressionaram o presidente eleito em sua viagem à Europa, antes de tomar posse.

O gabinete presidencial, o mais famoso, era uma cópia fiel do Salão Oval da Casa Branca, em Washington.

Apesar de contar com estas excentricidades: a sala de jantar imitando o Eliseu, de Paris, a sala de visitas à maneira do número 10 da Downing Street, a biblioteca igual à do Moncloa e o salão dos embaixadores, réplica do Quirinal, na Itália, o Presidencial contava com todos os gabinetes e instalações necessários para governar os destinos do país. Climatizado, com vidros blindados fumê, conexões banda larga e via satélite, sala de conferências, de imprensa e cabines de tradução, aquele elefante encarnado havia passado um bom número de anos ocupado apenas pelo pessoal da segurança e por alguns pássaros, que, em segredo, encontraram o caminho até seu interior e fizeram ninhos sobre as braçadeiras dos salões. Aconteceu que, depois da administração de Santillana, chegou ao poder um casal singular que governou em dupla, contrariando não apenas o fato de que ninguém elegera a mulher, mas violando o mandato constitucional que proibia às esposas de ocupar cargos públicos. A primeira decisão que tomou a cara-metade do presidente foi negar-se a ocupar o edifício magno destinado ao poder executivo da nação. Aconselhada por ocultistas e magos nos quais confiava, chegou à conclusão de que as auras do lugar estavam contaminadas e que a isso se devia o fato de que dois dos filhos de Santillana tivessem falecido tragicamente durante seu mandato. Nem levou em consideração que as mortes ocorreram muito longe do edifício, nem o clamor da oposição e dos veículos de comunicação que afirmavam que não apenas era um desperdício, mas um crime de lesa-pátria obrigar um país pobre como Fáguas a gastar dinheiro com a mudança da sede presidencial. O presidente não deu ouvidos à controvérsia; rendeu-se aos caprichos da esposa e, durante os anos de seu mandato, despachou na mesa de refeições de sua própria casa e instalou a equipe de trabalho no jardim, sob toldos de lona. Atribuiu ao passado guerrilheiro o fato de se sentir mais à vontade naquele acampamento, mas a verdade é que, no fim de seu mandato, a casa, o gabinete e todos os anexos que mandara construir ocupavam um bairro inteiro da cidade, agora transformado em fortaleza, com cancelas e até um fosso em estilo medieval.

Viviana Sansón não quis seguir o caro e excêntrico exemplo do casal. Nem bem foi eleita presidenta, retomou dos pássaros os salões do Presidencial, ordenou que fossem redecorados com simplicidade e recuperou os dois andares de gabinetes. Declarou que estava muito à vontade em sua sala. Não sei se Fáguas chegará a ser um império, mas ao menos tem gabinete para isso, brincou com os jornalistas.

Diante do espelho do quarto, Viviana olhou seu reflexo antes de se despir e sorriu. Seria longa a tarefa de mudar o modo de fazer as coisas, mas a campanha havia demonstrado que as pessoas reagiam bem ao inesperado. Ela não se enganou ao achar que interpretariam corretamente o que elas propunham com humor, nem ao supor que a linguagem da maternidade contava com raízes inimagináveis. Seu instinto era abraçar as pessoas. Falou com elas como se fossem filhos pródigos que retornassem a seu colo, e não teve pudor em se unir à catarse de lamentos em reuniões nas quais homens e mulheres soluçavam, se perguntando de onde tiraram forças para aguentar os anos de tristezas, guerras, catástrofes e maus governos. Terminavam abraçados, falando sobre seus tormentos. A oposição acusou o PEE de realizar sabás, afirmando que nesses encontros a política era o assunto menos discutido. "Sempre foi assim", afirmou Viviana no programa de culinária mais popular da mesma emissora de tevê em que dera início a seu estrelato, "quando não entendem o que fazemos, nos acusam de ser bruxas ou putas. A verdade é muito mais simples... O que nos interessa são as pessoas. Há muito tempo que o pessoal é uma questão de política neste mundo... e se as pessoas querem chorar comigo, eu não vou só oferecer meu ombro, como também vou chorar com elas... Chorar faz bem, neste país faz algum tempo que precisamos de um bom choro." Ah, que belo discurso improvisara diante das câmeras enquanto preparava a receita de carne com pimentão no quadro do programa em que personalidades da vida nacional compartilhavam seus pratos favoritos com o público.

Cruzou o quarto com os sapatos na mão para guardá-los na sapateira. Depois tirou as coisas da bolsa de mão. Olhou-se no espelho. Foi então, porque sentiu um pouco de frio, que percebeu que perdera o xale. Ela o tirara para não ficar diferente das demais. Onde o colocara? Não se lembrou. No dia seguinte, pediu que o procurassem, mas ninguém o encontrou em parte alguma. Não era de estranhar. A população recebera tíquetes para assistir à celebração por turnos. Foi um evento com muitas pessoas, e não faltou quem levasse um suvenir do Presidencial – o xale de Viviana teve o mesmo destino dos vasos, pratos e copos que desapareceram aquela noite.

## Reformas educacionais

Esta reforma educacional baseia-se nas pesquisas que indicam que meninos e meninas desenvolvem suas habilidades, preferências e curiosidade de maneira mais saudável e produtiva se, durante os primeiros anos de vida, recebem uma instrução aberta que lhes permita se autoeducar de acordo com suas predileções. Sobre a base de um espírito aberto, meninos e meninas aprendem o que lhes parece útil para sua felicidade e seus talentos inatos. Sobre essa base, a escola secundária, a partir dos doze anos, finaliza a parte formal de sua educação, sem as resistências e frustrações comuns quando se impõe a rigidez de uma tarefa acadêmica na mais tenra idade.

**1.** Dos cinco aos doze anos, os meninos e as meninas frequentarão as Escolas Livres, que serão criadas nos bairros de acordo com o número de habitantes. Nessas escolas, uma vez finalizada a primeira etapa de aprendizagem de leitura e escrita, será oferecido aos alunos um "menu de aprendizagem" nas áreas de literatura, ciências, matemáticas e ofícios diversos. O menino ou a menina terá liberdade de escolher durante o dia a matéria à qual dedicará seu tempo num sistema de aula aberta, onde haverá um ou dois professores supervisores para orientar e ajudar meninos e meninas ou grupos deles a levar a cabo a atividade que queiram realizar: ler, usar o computador para acessar programas educativos de sua preferência, realizar trabalhos manuais ou assistir a programas educativos. Os menores frequentarão a escola das oito da manhã às cinco da tarde, mas poderão, se a mãe, o pai ou o responsável solicitar, voltar para casa ao meio-dia.

**2.** Ao completar doze anos, os menores passarão às Escolas de Educação Formal para completar sua educação por meio de um currículo regular, que consiste em: conhecimento do idioma, literatura, história, ciências, matemática, geografia, educação cívica e maternidade. Essas aulas serão ministradas em salas fechadas, de acordo com o sistema educacional tradicional e dentro do programa estabelecido pelo Ministério da Educação.

# O CADERNO DE ANOTAÇÕES

Debaixo do xale, Viviana encontrou um velho caderno de anotações. Leu as primeiras frases, escritas com sua letra, e sentiu uma imensa alegria. Eram notas da reunião do Conselho Ampliado do PEE, realizada no momento crucial de seu mandato, quando ordenou a saída dos homens do serviço público estatal.

No Palácio Presidencial, na cidade, o ambiente amanheceu carregado. Assim como o ânimo dos habitantes, o céu também amanheceu encoberto, com ameaça de chuva.

Eva mandou reforço policial para proteger os gabinetes do Presidencial. Viviana discursou às oficiais e às funcionárias no pátio. Seria um dia difícil, disse, mas confiava nelas. Esperava que soubessem usar o juízo mais que as calças do uniforme. Não queria nem achava que seria necessário recorrer aos *tasers*, dispositivos que produziam choque elétrico.

– Sorriam e os ajudem a retirar as coisas dos gabinetes – falou.

Ela e quase todo o pessoal de seu gabinete sofriam os efeitos da noite maldormida e das discussões com os companheiros na noite anterior.

A central telefônica e o site do Presidencial estavam lotados de telefonemas e e-mails, tanto de homens indignados como de mulheres pedindo que, por favor, não mandassem os homens de volta para casa. "O que vamos fazer com eles?", perguntavam. "Nossa paz vai acabar."

Emir, que havia alguns dias andava cabisbaixo diante da insistência de Viviana em declarar a ginocracia para tentar salvar sua presidência do mal da mediocridade e da insignificância, perdeu sua placidez natural e, na véspera, com gestos dramáticos, fez as malas para voltar para Washington e se afastar daquela quixotada, que, como as outras, observou, terminaria com ele quebrando a cara.

– Dessa vez pelo menos quebrei a cara em carnes das quais não posso reclamar – falou.

Viviana não encarou com bom humor. Tensa e irritada porque, para completar, estava para menstruar, reclamou que ele não confiava em seu instinto político.

– Tenho certeza que vai funcionar, Emir. Trata-se de um sinal inequívoco de uma mudança irrefutável. Será uma lição daquelas que só se aprendem na prática. O poder tem signo masculino, e os homens precisam sentir na própria pele o que significa ser marginalizado, que o outro sexo decida por eles. Além do mais, essa é a única maneira de fazer com que experimentem a vida doméstica como uma realidade.

– Não queria dizer isso, mas acho que o poder lhe subiu à cabeça. O pior que pode lhe acontecer é achar que imposição é poder.

– Pois assim foi. O poder *é* imposição. A infância é uma boa escola. E, veja, apesar de tudo, nos fez ser quem somos.

– Perdoe-me, mas eu achava que a questão desse mandato era mudar a natureza do poder.

– Exatamente. Agora haverá um poder feminino.

– Isso não representa mudança alguma. Trata-se de substituição, uma autoridade por outra.

– Não tente me confundir, Emir. Nunca propusemos a anarquia nem o fim do Estado. A ideia é mudar a natureza da autoridade. E é isso que faremos, mas não podemos realizar uma coisa dessas se estamos constantemente sendo forçadas a continuar agindo dentro dos mesmos esquemas.

– O fato de alguns homens questionarem a sabedoria de suas decisões não significa que estejam obrigando você a agir dentro do mesmo esquema. Você tem uma ideia fixa e não está disposta a ceder.

– Muito bem, se você quer que eu diga a verdade, estou agindo por instinto. Meu instinto me diz, olhando para o rosto das outras mulheres quando os homens falam, que essa construção que interiorizamos não vai ceder senão com dinamite. Um único homem no gabinete muda toda a dinâmica do lugar. Você não pode entender porque nunca viveu isso.

E talvez eu não consiga explicar, mas é isso que meu corpo diz. E admito: estou agindo como mulher, ouvindo uma voz que não vem da razão, mas de uma percepção do todo, do que não sei quem chamou de *inteligência emocional*.

– Só posso responder com a melhor frase de Henry Kissinger: "Não pode haver guerra dos sexos, porque há muita confraternização com o inimigo". O que quer é eliminar essa convivência, não é? O que ganharão com isso, mesmo se você tiver razão? Não podem manter os homens à margem para sempre. É um absurdo.

– Sabe o que vamos ganhar? Confiança em nós mesmas. É isso que vamos ganhar. Essa é a guerra mais difícil para nós, mulheres. Desde pequenas nos educam para que duvidemos de nosso critério porque é emocional, sensível, subjetivo, irracional. Quero que as mulheres percebam que são sábias, que podem ser tão sábias para governar um país quanto são para administrar a casa. Ficou claro? E acabou. Estou cansada. Não quero mais discutir.

Ela tapou os ouvidos e entrou no banheiro batendo a porta. Passaram a noite inquietos, sem dormir e sem se falar.

Pela manhã, Viviana se vestiu com pressa, com vontade de chorar. Deixou Emir dormindo. Martina entrou pouco depois de chegar em seu gabinete.

– Um café, Juanita – falou quando passou por sua mesa, puxando-lhe carinhosamente a orelha.

– Como ministra das Liberdades Irrestritas, senhora presidenta – disse, enquanto caminhava para se sentar diante da mesa de Viviana –, devo informá-la que tenho pedidos de manifestações e para a criação, vejamos – informou, enquanto tirava os papéis da bolsa –, das seguintes organizações civis: Associação de Homens Livres e de Machos Eretos Inveterados.

– Deixe de brincadeira, Martina. Não é uma boa hora.

– Não é brincadeira – ela subiu o tom de voz. – É verdade. Além disso, já as autorizei.

Juana de Arco entrou com o café e o colocou diante de Martina.

– Obrigada – disse.

– Martina – Viviana falou quando Juana de Arco fechou a porta –, o que você acha da Juanita? Preocupa-me o fato de que seja tão adulta. Não sai, não se diverte.

– Ela tem seu mundo, Viviana, vive em sua cabeça; escreve, lê. Está muito bem, eu acho. Como podem interessá-la o sexo ou os homens? Para mim, está tudo bem. É a filha que nunca tive.

– O que você acha que vai acontecer hoje?

– Fique calma, mãezinha. Não vai acontecer nada. Os homens não têm ânimo para disputas agora. E vão sair com dinheiro. Além disso, eles acham de verdade que, em menos de seis meses, estaremos chorando para que voltem. Fique tranquila, ouviu? Você não vai se arrepender do que durante tanto tempo quis fazer. Se o seu faro lhe diz que é o que deve fazer, mãos à obra, menina. É melhor errar do que se perguntar eternamente o que aconteceria se alguém se atrevesse a fazê-lo.

– Você tem razão, e acho que Emir vai embora – acrescentou.

– Acho estranho. Não é o tipo dele. O que mais ele quer além de ser testemunha de um feito histórico como este? Mas se for, aja normalmente. Ele gosta de você e não vai embora por muito tempo.

– Já me acostumei a ter companhia. Voltei a ter medo da solidão.

– A solidão é uma droga. Mas veja quantos crimes são cometidos em seu nome, quanta gente não prefere uma vida miserável apenas para não ter de enfrentar a solidão.

– E você, Martina? Não sente falta de uma namorada?

– Não é comum para mim falar disso, porque sempre tive namoradas, mas, desde que voltei, essa confusão me mantém intoxicada; é como uma droga. Não sinto falta de nada. O carinho de Juanita e de todas vocês é mais que suficiente. Devo ter sido afetada pela fumaça do vulcão – sorriu. – Talvez em alguns meses eu saia por aí descontrolada, gritando nua pelas ruas, mas no momento tenho toda a excitação e felicidade de que preciso.

Martina saiu e Juana de Arco entrou novamente no gabinete. Viviana a observou. Viu seus olhos agudos, inteligentes. Não cansava de se maravilhar com a metamorfose de Patricia em mulher jovem e valente.

– Chefa – falou –, perdoe-me se estou fazendo perguntas inconvenientes, mas quem vai substituir os homens e fazer o trabalho deles?

– Vamos pensar nisso, não se aflija. Convoque uma reunião aqui com o Conselho do PEE e a lista de mulheres dirigentes do Conselho Assessor às seis da tarde de hoje. Além disso, para amanhã às oito da manhã, diga a Ifigenia para pedir tempo em cadeia nacional de rádio e televisão. Vou passar uma mensagem à nação.

– Agora mesmo. A propósito, estão chovendo pedidos de entrevistas de veículos de comunicação locais e internacionais.

– Que Ifigenia proponha se fazemos uma coletiva de imprensa ou entrevistas individuais.

Às seis da tarde, Viviana viu o cair do sol daquele dia de seu escritório. Amava os crepúsculos de Fáguas. Eram espetaculares, sobretudo no inverno.

As imensas nuvens flutuavam leves e zombeteiras sobre a lagoa.

Seu corpo doía devido à tensão e ao cansaço, mas tumultos não eram informados, e isso era uma boa notícia.

Eva foi a primeira a chegar. Vestida de militar, impecável. Deixou-se cair no sofá.

– Fiquei sem tropas – disse. – Houve uma tentativa de rebelião no quartel, mas as generalas se portaram à altura. Menos mal que ainda restam mulheres na corporação. Muitas certamente, mas todas em áreas administrativas. Nunca vou entender os homens. Como sentiram deixar as armas regulamentares! Mais de um saiu de lá chorando. As armas ficaram nos pátios: uma montanha de ferro mortífero. Tive vontade de tacar fogo. Quando se pensa no tanto de dinheiro que há nisso tudo... E nem vou falar dos olhares de ódio que me lançaram hoje. Vou ter que tomar banho com canela, como dizia minha mãe, para afastar tanto mau-olhado. Mas tive pena de ver os policiais indo embora. Você está ciente de que teremos uma onda de roubos e delinquência, não está?

– Sim, estou. Mas não vai durar muito.

– Menos mal que já tenhamos algo adiantado nos cursos de treinamento de policiais – falou, tirando uma lixa da bolsa para dar um jeito numa unha quebrada. – Espero que não estejamos erradas fazendo isso.

Rebeca, Martina e Ifigenia chegaram juntas. Juana de Arco avisou que a sala de conferências já estava preparada e que o Conselho Assessor as estava esperando.

– Sofía Montenegro veio – disse, com a expressão de uma criança no Natal –, e também vieram dona Yvonne, dona Olguita, dona Alba, a Poeta, dona Malena, dona Milú, dona Ana, dona Vilma, dona Lourdes e dona Rita.

As fundadoras originais do PEE já eram idosas. Muitas delas eram instituições em Fáguas, pois haviam sido bravas lutadoras dos direitos da mulher. Montenegro era a teórica que todas haviam lido até a exaustão nos dias em que criaram o PEE. Sua eloquência era uma lenda urbana.

Assim que entraram, Montenegro, apoiada numa bengala, mas ainda forte e com olhos brilhantes, abraçou uma a uma.

– Vocês realizaram todos os meus sonhos – sorriu. – Pelo menos agora sei que não vou ficar me revirando na sepultura.

A reunião foi até de manhã e se tratou de um encontro e de um choque de gerações. As mais velhas chamaram a atenção das mais jovens, que não reivindicaram o feminismo ao se autodefinir mulheristas. Felizmente, a agenda não admitia discussões teóricas dessa natureza, segundo determinou Viviana, fazendo uso de sua autoridade. Mas foi inevitável discutirem sobre o divino e o profano no momento histórico que viviam. A discussão mais complexa se concentrou em como levar a cabo a promessa de campanha de transformar o mundo profissional para que incluísse o entorno familiar. Viviana tinha a impressão de que podia ouvi-las pensando, porque com ela acontecia o mesmo: na hora da verdade, era difícil romper com os costumes, com o que durante a vida toda viram governos e ministros fazerem. Imediatamente ela erguia a mão, fazia no ar um gesto que queria dizer esqueçamos tudo, esqueçamos tudo, não é por aí. E recomeçavam. Juana de Arco digitava furiosamente no canto e, de vez em quando, aparecia com café e biscoitos. Montenegro afirmou que era preciso pensar no que entediam por família e ela propunha que se pensasse nas mulheres por categorias: casadas com filhos, mães lésbicas, mães solteiras, mulheres sem filhos. Mas, se estavam falando de creche, o que importava a orientação sexual?, perguntou Ifigenia; qualquer homem ou mulher com filhos deveria ter acesso às creches. O problema não eram apenas as creches, era o tempo passado com os filhos, falou Rebeca, que tinha dois meninos gêmeos de cinco anos. E as compras?, completou Ifigenia (com um menino de cinco e uma menina de sete anos). Seu sonho era que, no local em que estacionasse para fazer compras, houvesse também estacionamentos para as crianças, para deixá-las sob o cuidado de alguém enquanto resolvia as coisas. Para isso havia o pai, falou Viviana. A questão é que continuamos pensando que os pais não devem se envolver.

– Proponho que façamos um censo-pesquisa entre as esposas dos homens demitidos para determinar que mulheres têm vocação maternal, do tipo que dura o dia inteiro, e quais têm uma profissão universitária que não exercem por falta de alguém que cuide da casa e ajude com as crianças. Ifi e eu resolvemos a contradição maternidade-trabalho com duas amigas que têm um superávit de vocação maternal. Arrumamos um espaço na casa de uma delas e deixamos as crianças lá. Dividimos o pagamento entre nós – disse Rebeca.

– E o que os homens vão fazer? – perguntou dona Milú.

– Seguindo esse esquema ou outro semelhante, forneceremos material para que construam ou organizem o espaço para cuidar das crianças nas casas das "mães voluntárias" (sejam homens ou mulheres). Eu chamaria de maternidade tudo que envolve cuidar das crianças, mas ampliaria o conceito para que incluísse homens e mulheres – falou Rebeca. – Precisamos separar a função de cuidar dos filhos do sexo feminino.

– E essa "maternidade vocacional" deve ser paga – disse dona Olguita.

– E as empresas particulares? – interveio dona Malena, que cochilava e acordava de tempos em tempos.

– Nós lhes daremos três meses para que criem creches nas empresas. Vamos oferecer material a baixo custo e projetos e estarão isentas de impostos por essas despesas e pela manutenção do lugar e pagamento do pessoal. Depois de três meses, se não cumprirem, terão que pagar multas altas. E nós lhes daremos outro estímulo fiscal proporcional ao número de mulheres que empreguem. Na empresa privada, o que conta é o dinheiro... Nos Estados Unidos, os magnatas são mecenas das artes porque não pagam impostos por suas doações – disse Viviana.

Havia três coisas, observou Ifi, que lhe pareciam essenciais para que as mulheres pudessem realmente entrar no mundo do trabalho: as creches, as salas de amamentação no trabalho e os cercadinhos maternais. O que é isso?, perguntou Rebeca. É uma ideia, disse Ifi, como a ideia dos estacionamentos, trata-se de criar uma série de cercadinhos separados do restante do escritório, onde quem quisesse ter os filhos por perto durante algum tempo pudesse fazê-lo sem incomodar os demais. Apenas algumas poucas empresas poderão fazer isso em Fáguas, advertiu Viviana. Mas é uma boa ideia. A questão era como montar tudo isso num país pobre, objetou Rebeca, porque não bastava apenas construir as creches, era preciso também preparar os funcionários que trabalhariam nelas. Pensando bem, não é um investimento tão alto assim, falou Viviana, e é uma enorme fonte de emprego, porque em três meses podemos treinar uma grande quantidade de homens e mulheres para trabalhar nas creches, e treinaremos também outro contingente de supervisoras e supervisores.

– Temos que levar o projeto para a Assembleia – falou Ifi.

– Ah, a ditadura... – suspirou Viviana.

Não sabiam o quanto era tentador para ela passar por cima de todas essas limitações legais e simplesmente ordenar como uma imperadora romana.

– Nunca pensei que entenderia os ditadores – riu.

– Menos mal que tenha a nós – falou Rebeca –, assim já pode ir tratando de esquecer essa coisa de ser ditadora.

As assessoras idosas pareceram reviver quando se falou de ditadura. Nem pensar. Elas tinham experiência nisso e era o pior que poderiam fazer. Com o que haviam pensado já estava muito bom.

Como convocar as mulheres para se apresentarem para o trabalho foi outro dos temas de discussão.

– Anúncios – disse Pravisani, que permanecia calada enquanto as observava. – Bem grandes e que digam algo como: PRECISA-SE DE MULHERES DISPOSTAS A TRABALHAR, COM OU SEM EXPERIÊNCIA, COM OU SEM "BOA APARÊNCIA", COM OU SEM FILHOS, CASADAS OU SOLTEIRAS, HÉTEROS OU GAYS, GRÁVIDAS OU NÃO, COM OU SEM EDUCAÇÃO SUPERIOR, MENORES OU MAIORES, TODAS SÃO BEM-VINDAS. HÁ LUGAR PARA TODAS. OFERECEMOS CRECHE PARA OS FILHOS NO HORÁRIO DE TRABALHO.

Riram. Choveriam candidatas.

As medidas foram aprovadas por unanimidade no Conselho. Nas semanas seguintes, os eleitores qualificados aprovaram majoritariamente a reforma do orçamento que reduzia os gastos com a defesa e os destinava às creches. Na Assembleia, ainda que não houvesse unanimidade, a maioria do PEE se impôs. A proposta dos cercadinhos maternais e das salas de amamentação agradou às mulheres da oposição que argumentavam que ninguém melhor que as mães para educar os filhos. Se não fosse pela medida de expulsão dos homens que as manteve em pé de guerra, Viviana suspeitava que o voto a favor teria sido unânime.

Os anúncios foram colocados nos veículos de comunicação. Mulheres de todas as classes sociais responderam ao chamado. Às vezes tímidas, titubeantes, outras, petulantes, incrédulas, mas todas curiosas, animadas, lotaram os corredores do primeiro andar do Presidencial e perguntaram de que tratava um anúncio que não as excluía pelas razões costumeiras. As que sabiam apenas ler e escrever ou não sabiam estavam cientes de suas carências, mas as tratavam com dignidade, mostrando interesse em aprender, pois agora finalmente havia um governo que se preocupava com elas. Encarregada da logística da missão, Rebeca foi várias vezes ao gabinete de Viviana, com olhos que denunciavam seu sentimento ao relatar a comoção do interminável desfile. A presidenta viu através da janela a fila organizada de mulheres que se estendia pela rua e se perdia nos confins do parque. Também com lágrimas nos olhos, abraçou Rebeca, e pouco depois, feito crianças, pularam de alegria.

As solicitações foram classificadas segundo o nível de escolaridade; grupos foram treinados para realizar o censo por bairro; profissionais foram recrutados para as vagas restantes e mulheres, para a polícia; foi elaborada uma extensa lista daquelas que preferiam trabalhar como mães voluntárias. As dependências do serviço público estatal ficaram cheias de roupas coloridas, as mesas, de enfeites e plantas. O trem descarrilado da nação balançou, conduzido por mãos inexperientes, mas as novas funcionárias levaram a sério o desafio e, pouco a pouco, passo a passo, ofereceram ao trabalho o melhor de si.

Houve protestos de mulheres. Achavam que submeter os homens às tarefas domésticas era violar um mandamento divino.

VÃO ACABAR VIRANDO MARICAS, diziam seus cartazes.

– O que mais elas querem? – gritava Martina, furiosa. – Homens com alma feminina.

# CIGARRAS DE FOLHA DE PALMEIRA

Às vezes, como num ato de magia, os objetos se aproximavam de Viviana. Flutuavam sem peso num ar leve. Ela percebia, então, que aquele lugar das Lembranças Sempre Presentes era uma caverna de Ali Babá, um local saído das *Mil e uma noites*, um mercado de maravilhas.

Sorriu ao devolver para o seu lugar o caderno de anotações. Imediatamente se viu rodeada por pequenas criaturas: cigarras, mariposas, grilos, feitos de folhas de palmeira.

As crianças de Fáguas, as crianças pobres, faziam essas formas de folhas de palmeira para trocar por esmolas. Faziam flores, cruzes. Suas preferidas eram as cigarras, imitações verdes dos insetos cantores que lhe recordavam viagens às regiões frescas do país, alamedas de árvores verdes, frondosas, que à tarde, como se as folhas ganhassem vida e pudessem falar, enchiam-se de cigarras-soprano e tocavam uma insistente melodia, quase metálica, de alto registro, em meio às linhas sombrias de mangas ou sapotis.

Viviana não se surpreendeu ao encontrar tantas forminhas de folha de palmeira sobre as prateleiras. Deixava-as por toda parte porque eram muitas as crianças que as punham em suas mãos. Elas as criavam num instante, para preservar a dignidade quando pediam esmolas. Desde a primeira vez em que uma mão infantil a presenteou com um animalzinho desses, o gesto acendeu em seu peito uma chama de calor. Foi por isso que, quando deram início ao programa das creches e ela teve que pensar num símbolo para os letreiros e a papelada, sugeriu a Ifi que usassem um desenho inspirado naquelas forminhas.

A primeira vez que uma criança lhe deu uma cigarra de folha de palmeira, ela ainda não era presidenta. Passeava pelos arredores do Presidencial com uma prima que vivia em Los Angeles e chegara de visita. *Que coisa*, pensou. Quem diria, naquela época, que um dia ela cruzaria todas as manhãs a grade do estacionamento do Presidencial no carro dirigido por Alicia, sua motorista? Não deixava de lhe causar estranheza. Enquanto caminhava até seu gabinete, as saudações respeitosas dos funcionários a faziam pensar que quem passava era o papa e não ela.

Juana de Arco estava diante da pequena mesa com rodinhas que levava e trazia para as reuniões. Tinha uma mesa na entrada do gabinete, mas dizia que preferia a mobilidade. Quando não estava no escritório, Juana de Arco instalava-se ao lado de uma janela para olhar a lagoa de cor verde intensa, o vulcão Mitre ao longe e os bandos de pássaros planando preguiçosos no ar quente. Não sabe os arrepios que me dá olhar a paisagem, dizia. Lembra-me da Nova Zelândia. Foi lá que descobri como era sensível ao verde, às nuvens, a coisas nas quais nunca havia prestado atenção.

Martina contava que Juana de Arco viajou diariamente no ano que passou com ela na Nova Zelândia para as aulas nas quais aprendeu administração, inglês e computação. Absorvia o conhecimento e os livros como uma esponja. E também consultava uma psicóloga, com quem começou a exorcizar seu passado. O que a terapeuta lhe dizia?, perguntou, um dia, Viviana. Dizia que a pessoa deve escolher como conta a si mesma sua própria história; que eu podia escolher contá-la de modo positivo ou negativo, que até minha experiência como puta podia se converter num recurso benéfico que me dotasse de uma sensibilidade especial para ver e compreender as mulheres; algo que, de certa forma, me preparou para essa etapa. Ela me ajudou muito a deixar de me sentir vítima, deixar de pensar que aquilo justificava eu ser antissocial pelo resto da vida. Foi quase mágico o que aconteceu quando comecei a contar minha própria história de outra maneira. Agora entendo que até as coisas mais terríveis podem se converter em degraus que permitem alcançar o lado mais claro de si.

Pensando nisso, Viviana chamou Juana de Arco pelo telefone.

– Bom dia, chefa.

– Venha até aqui – Viviana disse. – Minha cabeça deu um nó.

Juana entrou sorrindo. Tome um café, Viviana falou e o pôs sobre a mesa.

– Acho que temos que criar um ministério para cuidar das creches.

– Outro ministério? Já há dois novos.

– Sim, mas esse é essencial. Passe-me os jornais.

Viviana leu a manchete: "Governo cria Ministério das Liberdades Irrestritas".

– O mais difícil, parece até mentira – falou –, é dar conteúdo de política estatal ao erotismo. Sente-se aqui e me ajude a pensar.

– Mas todas vocês são eróticas. Eu não me preocuparia.

– Como nós, mulheres, podemos criar uma ideia distinta de nossa sexualidade neste país machista?

Viviana se levantou e começou a andar pelo gabinete.

– É preciso acabar com os concursos de beleza. São uma ofensa, e aqui há um por dia – observou Juana.

– Poderiam ser mistos, você não acha? Que ganhe o exemplar mais belo, seja homem ou mulher.

Juana de Arco deu uma gargalhada.

– Genial! – falou. – Gosto da ideia.

– E se criarmos cursos para que as pessoas aprendam a fazer amor? A maioria nunca aprende.

– Você acha?

– Pode acreditar.

– Poderíamos incluir uma unidade de "erotismo" nas aulas de maternidade.

– Incluir um ciclo de filmes eróticos, por exemplo. São raros, sabe, mas existem.

– Como assim raros? Existem muitos!

– Pornográficos. O erotismo é outra coisa. Lembro de ter lido um artigo que falava sobre casais numa clínica que eram colocados num quarto lindo, com lençóis macios, luz suave e recebiam o desafio de se explorar. O desafio era aguentar ao máximo, sem chegar à penetração, sabe? Cheirar, tocar, descobrir.

– Poderíamos passar filmes na tevê.

– Eu prefiro inscrições como: EU BENDIGO MEU SEXO. São muito boas.

– Se fizermos algo mais explícito, teremos problemas. Muitas mulheres são extremamente conservadoras – falou Juana de Arco.

– Você tem razão. Mas é que o erotismo tem uma influência enorme em minha vida. Não aceito não fazer nada.

– Continue vestindo-se de maneira erótica, chefa. E fale dessas coisas em seus discursos. A verdade é que eu não sou uma boa conselheira nesse assunto.

Viviana se aproximou dela e lhe deu um abraço. *Sou uma idiota*, pensou, *como pude falar disso com ela?*

– Desculpe, Juanita – falou. – Perdoe-me. Gosto muito de você. Não imagina como estou orgulhosa de você.

– E eu da senhora, chefa – disse Juanita, abraçando-a também. – Não se preocupe comigo. Tenha paciência com a vida. Não acredito que aprender o que é o erotismo do qual fala seja possível num mandato presidencial – riu. – Menos ainda com toda a água que correu debaixo da ponte deste país. Se não maltratarem mais as mulheres, já estará de bom tamanho por enquanto.

Juana de Arco saiu, deixando-a sozinha. Viviana sentou-se no sofá do gabinete. *Como pude me esquecer do que ela viveu?* Assustou-se consigo mesma, com a obsessão de governar capaz de fazê-la se esquecer da essência dos outros e enxergá-los apenas como superfícies nas quais refletir suas ideias.

# AS QUEIXAS DE LETICIA

— Você viu o noticiário, Emiliano? A presidenta está viva. Seu homem falhou.

– A comida vai lhe fazer mal, mulher. E repito: não foi obra minha.

Ela não podia se conter.

– Quando ela acordar, se é que vai acordar do coma, será a mulher mais popular do país, merda. Vai se reeleger. Ou vão eleger qualquer uma *das eróticas*.

– Ela não vai acordar.

– Ah, não? Agora você frequenta o clube da "esperança é a última que morre"?

– O que me dá esperança é o boletim médico que acabaram de ler. A mulher está destruída. Se acordar, não será a mesma. Duvido que possa voltar ao cargo.

Leticia fitou irritada o marido. A sala de jantar onde faziam as refeições quando não tinham companhia ficava no terraço da ampla casa. No jardim bem cuidado, com hibiscos recortados em forma de cestas, os aspersores não paravam de regar a grama.

– Esses aspersores soam como chicotes – falou Emiliano, mordendo um pedaço de pão embebido em azeite de oliva e vinagre.

– Você não tem mais nada a dizer? Não havia outro plano? O que queriam fazer, apenas matá-la?

– Já disse que não tive nada a ver com o assunto. Mas para quem fez isso as coisas vão se complicar, se ela continuar viva, é óbvio. Especialmente porque vocês, mulheres, são muito sentimentais. Não entendo vocês. É como se o fato de ela estar em coma fosse pior do que vê-la morta. Eu propus que fizéssemos algo para destituí-la, mas as senhoras pensam que agir enquanto ela estiver no hospital causará o repúdio das pessoas.

– Você vai se surpreender em saber que, sendo esse o caso, concordo com elas.

– Eu não. Esse me parece ser justamente o momento de agir, de pedir que se eleja outra pessoa imediatamente. Essa reforma que fizeram para acabar com a vice-presidência foi uma loucura. Falei isso desde o começo.

– Você diz isso porque o plano não deu certo. Se Viviana Sansón estivesse morta, seria preciso convocar novas eleições. Era essa a ideia, não era?

– Já falei que não tive nada a ver com isso. Não deixe que o ódio a cegue. Você precisava ver a montanha de flores que puseram na frente do hospital. Se este não fosse um país pobre, competiria com o mar de flores que puseram para a princesa Diana. Acho que você tem alma de homem. Será que foi por isso que me casei com você? – sorriu, irônico e desdenhoso.

Leticia riu. Tomou um gole de vinho branco.

– Alma de homem... você acha? Não sei se encaro isso como insulto ou elogio.

– Vindo de mim, pode ter certeza de que é um elogio.

– Cuidado. Espero não descobrir que você é maricas.

Emiliano riu. Uma grande e sonora gargalhada.

– Não, mãezinha – falou, fitando-a com luxúria. – Alma de homem em corpo de mulher é a combinação perfeita. Não mudaria seu corpo por nada nesse mundo... mas se você fosse recatadinha, amavelzinha e todos esses "inhas" de que as mulheres padecem, eu já estaria bem longe daqui. Teria casado com uma dessas camponesas das propriedades de minha família, uma mulher rude, forte. Tenho alergia a cor-de-rosa, ao feminino e, sobretudo, às feministas. O que elas querem, no fundo, é ser homens. Por isso vivem frustradas.

Não disse mais nada. Leticia pôs mais vinho em sua taça. Vinho branco, de boa safra. A taça de cristal impecável, leve. Ela e Emiliano viviam bem. O filho casado nunca lhes dera problemas, e, quanto ao parceiro, de certo modo, já eram coisa do passado as guerras sem quartel, o cerco às cidades íntimas e as greves de sexo ou de fome. No entanto, ela já não suportava os ressentimentos e as raivas que engolira sem mastigar para chegar a esse ponto. Odiava que sua memória, tão minuciosa, não esquecesse a totalidade de ofensas e humilhações que ele tão generosamente lhe dispensara ao longo dos vinte e seis anos de casados. Coisas assim, como dizer-lhe que tinha alma de homem. Ou ridicularizar sua timidez, sua inaptidão social, como ele a chamava; ou ainda submetê-la ao desprezo que sentia por todo o sexo feminino. Seus esforços para dissimular antes enfatizavam o desdém típico de quem esconde a insegurança adotando atitudes de homem forte. Mas ela não cairia nos truques do feminismo nem acreditaria nos contos *das eróticas*, essa espécie de feminismo ao contrário que pregavam usando a linguagem de mulheres como ela para enganar a todas. O homem e a mulher eram como eram e cada um tinha que encontrar seu caminho, e não andar por aí achando que se podia mudar o que Deus e a natureza haviam disposto. O correto era que a mulher ficasse com os filhos. Ela não queria Emiliano metido na cozinha nem teria desejado que ele criasse o filho. Ela teria enlouquecido. Sabia conseguir o que queria sem muito alarde nem histórias sobre mudar o mundo. O que tinha entre as pernas podia mais que quatro discursos dessas mulheres. Que idiotas eram *as eróticas*, insistindo em revelar o jogo para os homens. Maldita situação. Viviana em coma, o país todo parado, sem se mover, sem rir, como numa brincadeira infantil, e o marido sem dizer uma palavra.

Fitou Emiliano. Ele havia ligado a televisão e começava a cochilar. Noite após noite, sempre assim.

# O PESO DE PAPÉIS

Pesado, cristalino e com a inscrição $O_2$, o peso de papéis arrancou um sorriso de Viviana. A avidez de reencontrar suas recordações levava-a de uma prateleira à outra. *Não há cadeiras neste lugar*, pensou. *Que pena que nunca esqueci uma cadeira; o sofá do meu quarto cairia tão bem*. Lembrou-se do quarto e sentiu saudades. Já não se perguntava onde estava. Ela se conformaria em saber quanto duraria sua estadia no galpão... se é que estadia era a palavra correta, se é que o galpão existia além de sua imaginação. E o país, Fáguas, o PEE, as amigas, a mãe, Emir? Quando pensava neles, a angústia quase impedia sua respiração. Por instantes, conectava-se a sensações físicas inexplicáveis que a apavoravam, porque então sentia que morria. Voltava a se concentrar no galpão, nos objetos, como se isso a pusesse a salvo.

De vez em quando, as coisas esquecidas passavam diante de seus olhos, como nessas lavanderias chinesas em que a roupa viaja por uma longa e serpenteante esteira móvel que pende do teto. Seria assim a eternidade? Uma longa viagem pela memória, um permanecer sem nada além daquelas imagens instantâneas, as minúcias do passado se revelando infinitamente? Voltou a fitar o peso de papéis. Era o símbolo de uma de suas mais bem-sucedidas campanhas desde que assumira a presidência de Fáguas: a venda de oxigênio. Num mundo desmatado e castigado como a Terra, possuir os bosques e florestas que abundavam em Fáguas era um luxo inestimável. Um dia, enquanto quebravam a cabeça pensando de onde tirar os recursos para pagar seus programas, sobretudo as creches e escolas de bairro, Rebeca deu a ideia. Mostrou-lhe na internet a quantidade de sites em que se ofereciam “bônus de carbono”.

Home/Categoria/Educação e Comunicação/Ativismo Social/Consciência Ambiental

Criado por: Anônimo

## Salve nossas florestas comprando bônus de carbono

Os bônus de carbono estão se tornando uma alternativa cada vez mais popular para que indivíduos e empresas participem da solução do problema do aquecimento global. A ideia básica dos bônus de carbono consiste em fazer um cálculo das atividades que realizamos normalmente, como andar de carro ou viajar de avião, mais o consumo da casa, isto é, tudo que consome energia e contribui para o aquecimento global. Essa cota que consumimos constitui o que se conhece como "a pegada de carbono" que cada um deixa no mundo. Esse termo refere-se ao dióxido de carbono, o principal gás responsável pelo efeito estufa. Você pode equilibrar sua pegada de carbono comprando bônus de carbono. A compra financia a redução da emissão desses gases ao gerar fundos para a construção de parques eólicos e outras fontes de energia limpa, que, uma vez criadas, reduzem a demanda de combustíveis contaminantes. Por meio do financiamento desses projetos que reduzem a emissão dos gases de efeito estufa, você equilibra e reduz seu impacto pessoal no aquecimento global em uma quantidade equivalente a seu consumo. Os bônus de carbono ajudam você a se tornar diretamente responsável pelo impacto ambiental de suas atividades e consumo diário.

## Compra de bônus de carbono $CO_2$

SOMOS UMA EMPRESA SUÍÇA COM REPRESENTANTES FINANCEIROS. NECESSITAMOS COMPRAR BÔNUS DE CARBONO $CO_2$. ENTREGA EM 48 HORAS. NÃO IMPORTA A QUANTIDADE.

A compra de "bônus de carbono" era um desses negócios inverossímeis, uma espécie de mecanismo de redenção para que os habitantes dos países ricos se sentissem menos culpados pela quantidade de dióxido de carbono – gás responsável pelo efeito estufa – produzida por seu estilo de vida. Pessoas ou empresas ecologicamente conscientes, depois de fazer um cálculo de quanto gás carbônico suas atividades produziam, compravam bônus de outra atividade que, avaliavam, serviria para conservar oxigênio ou produzir energia sem prejudicar o meio ambiente. Tratava-se, em outras palavras, de cobrir com uma mão o que a outra fazia, um conceito estrambótico, mas ao qual *as eróticas* podiam recorrer para obter o capital de que precisavam para as reformas que propunham. Era simples, explicou Rebeca, calculariam o que significaria para Fáguas derrubar e explorar o bosque em moeda forte e, além disso, a quantidade de oxigênio que o mesmo bosque produziria se o conservassem puro. Usando como base essas estimativas, anunciariam um leilão mundial. Quem dava mais? Quem pagaria pelo oxigênio, de modo que Fáguas não se visse forçada a derrubar seus bosques para obter recursos de subsistência?

A ideia obteve um êxito sem precedentes. Emir facilitou o contato delas com uma experiente relações-públicas de Washington, que orquestrou uma campanha global que colocou o PEE, Viviana, Rebeca e o leilão no centro de um acalorado debate internacional. A notoriedade deu ao leilão o perfil necessário para superar inclusive as mais otimistas expectativas. As duas, atraentes, desinibidas e ousadas, viajaram e se reuniram com representantes dos países do Grupo dos Sete e com todos os empresários e milionários que quiseram ouvi-las. Como cartão de visita, deixavam o peso de papéis, a brilhante lágrima com o $O_2$ gravado na superfície.

Obtiveram dinheiro para seus projetos e para dar início à constituição de um corpo de polícia ambiental no qual empregaram grande quantidade de homens, batizados como Amabosques.

Viviana devolveu o peso de papéis à prateleira com um lânguido gesto. Ela gostava da ideia dos Amabosques. Decidir expulsar os homens do serviço público estatal lhe causou uma infinidade de conflitos. A função dos Amabosques, embora tenha implicado o deslocamento de maridos, filhos e namorados para fora da cidade, foi interpretada como um sinal positivo.

Deixar as mulheres trabalhando sozinhas no governo confirmou sua intuição de que, deixadas à própria mercê, sem o olho do macho para avaliá-las e emitir juízos a respeito do que eles sentiam ter direito pelo simples peso de seus frágeis e delicados testículos, elas se despojavam de seu ânimo complacente, da lenda de que não gostavam de mandar, da fábula de que os desafios incomodavam. O negócio era lento. Não lhes cabia apenas esvaziar a importância da presença real dos homens, mas a do juiz interiorizado, do homenzinho diminuto que, com o indicador sempre em riste e o rosto de padre ou cura ou tio ou irmão, estava plantado como um busto augusto e austero no meio dos parques sombrios da mente feminina, recordando-lhes que eram filhas de Eva: pecadoras; filhas da puta: putas; filhas da Barbie: idiotas; filhas da Virgem Maria: moças decentes; filhas de mães melhores que elas, que não se consideravam o umbigo do mundo: mulheres caladas e comportadas... A fila de modelos femininos santificados ou desprezados era constituída por retratos planos, de apenas uma dimensão; ou isso ou aquilo; via de regra, negavam a totalidade do que significava ser mulher.

As mulheres não tinham Virginia Woolf como referência (era louca, suicidou-se) nem Jane Fonda, Berthe Morisot, Flora Tristán, Emma Goldman, Gloria Steinem, Susan Sontag, Rosario Castellanos, Sóror Juana... Em primeiro lugar, porque não as conheciam e, em segundo, porque, se as conheciam, eram, como se dizia popularmente, criadoras de *caso*. Podiam ser brilhantes, mas eram assim por não se adaptarem, porque algo não ia bem em sua vida; no melhor dos casos, faziam o que queriam, mas tinham um triste fim (acabou com a cabeça metida no forno, virou puta, era feia como o diabo, lésbica – como se isso fosse ruim, diria Martina –, nunca se casou, morreu solitária, pobre freira). Ninguém desqualificava Van Gogh por ter cortado uma orelha nem Hemingway por ter enchido a cabeça de tiros. Os defeitos dos homens não os faziam descer do pedestal; os das mulheres faziam-nas rolar até o porão. Por isso, ela apostou, em sua presidência, no gosto, na liberdade, no ar, no oxigênio, em ver as mulheres se entregarem ao trabalho e dar o melhor de si sem se preocupar com o que pensavam ou deixavam de pensar seus superiores ou intermediários ou colegas.

Mesmo em posições de igualdade, a mulher era quem tinha os pés de barro, frágeis e propensos a quebrar. E a mulher se protegia e até se afastava das outras, porque também havia aquelas que, para agradar ao chefe ou até ao motorista do chefe, apunhalavam outras sem dó. Ela queria que as mulheres fossem melhores cúmplices. Eram por si mesmas as melhores amigas. Quando se aliavam, o resultado era o que há de melhor, fresco e juvenil, que mesmo as mais velhas podiam tirar de dentro de si.

Viviana estava convencida de que a mudança com a qual sonhava precisava de um espaço em que elas existissem para si e por si mesmas, num estado de coisas que, por mais artificial que fosse e pelo pouco tempo que durasse, lhes permitiria se descobrir para que, idealmente, jamais voltassem a aceitar ser menos do que podiam ser.

Além disso, para que a vida diária se transformasse – o verdadeiro nó da questão –, os homens tinham que tomar gosto pela casa, pela cozinha ou ao menos deixar de encarar isso como uma função que acabaria com sua identidade ou ameaçaria sua masculinidade. Ela não aspirava ao matriarcado, mas a uma sociedade de iguais. E era possível. Acreditava nisso com todos os seus hormônios e com sua massa cinzenta.

E mesmo Emir, apesar de discordar da medida, não pôde resistir à curiosidade sobre o que aconteceria com o experimento.

À noite, Viviana voltou cansada para casa, com a testa encostada no vidro do carro conduzido por Alicia. As luzes da cidade refletiam na janela. Não era uma linda cidade, mas era verde; muitas árvores, algumas, as mais altas e imponentes, haviam sido destruídas havia algum tempo pela atividade selvagem de uma empresa espanhola que fornecia energia elétrica e cujas brigadas, sem preparação nenhuma para a preservação das árvores, arrasavam as copas e os ramos que roçavam os cabos da fiação elétrica. Havia anos que a mais bela e sombreada avenida da cidade, ladeada por figueiras centenárias que, em outra época, formaram um túnel verde, fora reduzida a uma coleção de troncos podados. Mesmo em sua retorcida existência, tentavam reverdecer ramificando-se sem tom nem som.

O Ministério de Recreação e Parques se propunha a recuperar a beleza dos bulevares maltratados, dos parques abandonados. Havia até planos de cobrar uma tarifa anual, em escala decrescente, para que todos os cidadãos pudessem ir ao cinema e aos espetáculos a um preço reduzido. Queriam que o desejo de se encontrar e se divertir em grupo fosse reavivado, coisa que o dilapidado e triste ambiente da cidade se encarregava de desestimular. O entorno, qualquer um sabia, tinha efeito decisivo sobre o comportamento. Ela estava confiante que a limpeza e a beleza eventualmente teriam impacto sobre a mentalidade da cidadania. Se ensinassem a população a cuidar do espaço comum, ela aprenderia a cuidar do país e de si mesma. Enquanto isso, empregar mulheres nos parques faria bem às árvores, pois elas não tinham a força física para podá-las com brutalidade.

Chegou em casa. Foi ver Celeste. Ela fazia tarefas. Todos os dias, ela e a filha passavam um tempo juntas. Ao sair do colégio, Celeste ia até o gabinete presidencial e, numa salinha adjacente, fazia um lanche, via tevê, lia ou enviava mensagens de texto. Enquanto isso, ela, a seu lado, lia documentos, escrevia propostas. Trocavam comentários e, ao menos, respiravam o mesmo ar. Aos treze anos, Celeste crescia a cada dia e deixava de se parecer com Sebastián para se parecer mais com ela e a avó.

– Que dia, hein, mamãe?!

– Terrível. Mas já passou. Amanhã vai ser melhor.

– É melhor mesmo. No colégio, os meninos não gostaram da ideia. Mas falei para eles do reality show com os donos de casa e eles acharam graça.

– Ainda bem que você me lembrou. O pior é que eu esqueço as boas ideias que me ocorrem – sorriu Viviana. – Ando com o disco rígido sobrecarregado.

– Mas Juana de Arco não esquece. Ela anota tudo. Nunca a vi sem o tablet. Você já comeu? Jantei com Emir.

– Ele não foi embora?

– Não. Disse que foi jogar tênis.

Ela deu um beijo em Celeste.

No seu quarto, as luzes estavam acesas. Abriu a porta. Emir estava deitado na cama, com o laptop aberto no colo. As malas ainda estavam encostadas na parede.

– Você não foi?

Ele ergueu os olhos do teclado.

– Não pude.

Ela se aproximou lentamente da cama e sentou-se na beirada. Tirou os sapatos e deixou-se cair pesadamente sobre as almofadas.

– Que dia! – suspirou. – Estou esgotada.

– Mas você ainda está no poder – sorriu ele. – Você deveria fazer um altar para o vulcãozinho. Eu esperava mais beligerância dos homens de Fáguas.

– O Estado é uma pequena parte do todo. Seria outra coisa se todos os homens ficassem em casa, mas não tenho esse tipo de poder.

– Menos mal.

– E por que você decidiu ficar? Achei que você fosse engrossar a dissidência... o repúdio, o protesto.

– Foi meu primeiro impulso, mas, como cientista social, a tentação de ver seu experimento funcionando foi mais forte que meu desacordo. E devo dizer que foi muito interessante.

– Você foi para a rua?

– Não. Fui jogar tênis no clube.

– E?

– Você deu pouca atenção às pessoas de posse, Vivi.

– Não preciso dar atenção a elas. Imagino perfeitamente o que falarão de mim.

– Não acredite nisso. Eles a consideram maluca, mas também são suficientemente inteligentes para perceber que existe um método em sua "loucura", como se diz em inglês, *there is a method to your madness*. Sabem que se trata de um método e não de uma arbitrariedade. Claro que há aqueles que não suportam nem que se mencione seu nome. Quero avisá-la que eles não ficarão sentados.

– Não tenho dúvida, mas há três mulheres para cada um deles.

– Não esqueça o que Kissinger disse – sorriu –, a confraternização com o inimigo... torna a guerra impossível.

– Fico feliz que não tenha ido. A guerra contra *seu* sexo seria particularmente dura – piscou um olho.

– O fato de não ter ido embora não significa que esteja de acordo com o que você fez. Continuo achando que criando situações que não têm nada a ver com a realidade, você não vai mudar a realidade.

– Mas veja que vocês, homens, mudaram a realidade criando uma situação que não tinha nada a ver com a realidade...

– Exatamente. Foi uma estupidez. Então por que repeti-la?

– Ai, Emir, porque, como se diz: ninguém aprende com a cabeça alheia. Os homens que viverem por seis meses o que nós, mulheres, vivemos, vão entender a questão muito melhor.

– Supondo que as mulheres deixem que eles tomem as rédeas da casa.

– É verdade. Já pensei nisso. Mas a ideia é que os deixem em casa e saiam para trabalhar.

– Mas você não pode obrigá-las...

– Não, mas posso persuadi-las...

– Justamente por isso eu fiquei. Quero ver se a persuasão funciona...

– Posso persuadir você a me fazer uma massagem? Nas costas, Emir, nas costas...

No galpão, Viviana abriu os olhos. Daria qualquer coisa para sentir outra vez as mãos de Emir em suas costas, em suas nádegas, em suas pernas. Frustrada, lançou o peso de papéis, que, como um bumerangue, riscou o ar do galpão e retornou, colocando-se na prateleira.

# REBECA

Rebeca inquieta. Deixara de fumar, mas não conseguia pensar sem ter algo na boca: batata frita, nozes, balas. Certamente foi um esquilo em outra vida, era o que dizia sua secretária quando, inevitavelmente, ela e as outras trocavam observações sobre as manias das chefas.

De volta do hospital, Rebeca não aguentou mais. Comprou cigarros, fechou-se no gabinete, abriu a porta de correr e saiu para a varanda, para que o cheiro não se espalhasse pelo andar todo. A varanda ficava na parte da frente do edifício, bem sobre a Praça da República, mas a essa hora pouca gente circulava por ali, apenas as guardas das jaulas dos estupradores. Eram dois réus nesta semana. Normalmente ficavam sentados no chão das celas, encolhiam as pernas e escondiam o rosto entre os joelhos. Estes, ao contrário, estavam de pé. Sacudiam as barras. Gritavam. Será que a má notícia os animara?, pensou Rebeca. A questionável tática de Eva dera bons resultados. Isso e a vigilância nos bairros, os postes nas ruas escuras. Até então, nenhum governo havia levado a sério a nefasta violência contra as mulheres. Elas sim. Investiram uma enorme quantia de dinheiro nisso. Sabia disso porque era a ministra da Economia ou da Despensa (título menos pomposo, mas que agradava às outras). Ela era a responsável por fazer as contas, uma qualidade da qual era extraordinariamente dotada. Desde pequena, sua mente matemática surpreendeu os professores. As estatísticas, as projeções, brincar com esse universo que poucos entendiam e que, para ela, era como um exercício de cubos coloridos, a encantava. Por isso, não se preocupava se o governo se endividasse mais no poder. Tinha certeza de que pagariam a dívida. As medidas de reconversão postas em andamento apareciam cada vez com mais frequência nas revistas e informes econômicos internacionais. Aqueles que antes as criticavam por ser esquisitas agora as elogiavam por ser corajosas. E o fato é que, quando confiavam nas mulheres, os resultados eram surpreendentes. Isso aconteceu com o microcrédito no mundo todo. E no entanto, apesar de boas pagadoras e responsáveis, os créditos para que tivessem acesso à tecnologia que permitiria às mulheres saltar da pequena para a grande empresa geralmente não estavam a seu alcance. O governo do PEE dera o salto. A ideia das flores tivera um êxito sem precedentes. Não havia ocorrido a ninguém antes fazer estufas tanto para aproveitar a terra quanto para romper a dependência do clima. Além disso, ela não hesitou em negociar dinheiro para a compra de aviões refrigerados, porque, é claro, flores sem refrigeração e sem aviões não serviam para nada.

As plantações eram belíssimas. A ideia foi o resultado da inspiração que lhe sobreveio quando Viviana falou sobre exagerar o feminino. O que é mais feminino que flores? E começou a estudar o negócio. Com seu instinto, seus números, algumas viagens e os livros que devorou, convenceu as outras e pôs o plano em andamento. E a isso juntou a questão dos grãos, a autossuficiência alimentar do país, vinculou uma coisa a outra e, bem, não era perfeito, mas até agora as profecias dos pássaros de mau agouro não haviam se cumprido. Também começara a desenvolver o turismo voltado para o camping, porque, na falta de dinheiro para hotéis, limpar e arrumar edifícios para acampar tinha funcionado e servido, além disso, para que outro grande grupo de homens encontrasse o que fazer. Com esses três projetos, mais o do oxigênio, tinham receita suficiente. Claro que seu sonho era vender todas as geringonças do exército. Aquilo era uma mina de ouro esperando para ser explorada. Rebeca soltou uma grande baforada de fumaça e apagou o cigarro com o sapato. Pegou a guimba e enfiou-a no bolso da jaqueta. Olhou o relógio. Faltava meia hora para o encontro com o embaixador da Espanha. Desceria até a creche para brincar com os gêmeos. Brincar com seus filhos era um dos melhores remédios para a angústia. Inácio, seu marido, vivia fechado em seu mundo. Não a via mais senão como um espelho onde ele se refletia. Era narcisista até não poder mais. Só se preocupava com ela quando isso afetava a imagem deles como casal e família. Tratava-a como uma prolongação de sua imagem e, por isso, quando elas ganharam depois de meses de campanha, esqueceu as brigas e reclamações e fez o papel de marido orgulhoso. No entanto, o papel de cônjuge começava a cansá-lo. Os holofotes já não estavam sobre ele, e pouco tempo passou até que estranhasse e se ressentisse por não ser o centro das atenções. Por que não o abandonava?, ela se perguntou. O próximo terá outros defeitos, era essa sua filosofia. Melhor o mal conhecido que o bom por conhecer. Por enquanto, não tinha tempo para um divórcio.

Da praça, Açucena, filha de José de la Aritmética e agora membro do corpo policial de turno na vigilância dos estupradores, viu a mulher alta, de cabelos curtos, escuros e lisos, vestida de branco, voltar ao gabinete. Reconheceu-a. Rebeca de los Ríos, a ministra da Economia: sobrancelhas grossas, olhos bem escuros, nariz pequeno com a ponta arrebitada. Quem poderia culpá-la por fumar nesses dias? Todos andavam nervosos com a notícia da presidenta em coma. Os réus nos cárceres, até os estupradores, desde que souberam da notícia, estavam agitados. Para alguém como a ministra, a coisa era ainda pior.

Para completar, *as eróticas* haviam eliminado o posto de vice-presidente e determinado que, em caso de morte ou incapacidade da titular, governaria interinamente um conselho cuja função primordial seria convocar novas eleições no menor tempo possível. A presidenta Viviana havia dito, e com razão, que não se devia chegar ao cargo mais alto da nação por acidente ou herança e que manter uma pessoa qualificada num cargo como a vice-presidência era um desperdício. O problema agora, diante da incerteza sobre a recuperação da presidenta, era que não se podiam convocar novas eleições. Não restava outra opção senão esperar.

Açucena admirava a facilidade de Rebeca para explicar questões complicadas. Perguntou-se se teria sido dela a ideia de reunir as pessoas mais ricas com as mais pobres do país. Embora Viviana presidisse as reuniões, a ideia tinha a marca da ministra. Ela recordava como fora impressionante ver, frente a frente, sentadas em ambos os lados de uma grande mesa, as dez mulheres mais ricas e as dez mais pobres de Fáguas. Por turnos, cada uma delas, a pedido da presidenta, falou sobre sua vida e contou o que fazia durante o dia. A melhor telenovela não chegava aos pés do que se ouvia nessas reuniões. Curiosamente, estar na televisão, em vez de coibir as mulheres, soltava sua língua. Era incrível que, no mesmo país, houvesse diferenças tão marcadas, mas ainda mais chocante era comprovar semelhanças que ninguém jamais imaginara. "A pobreza e a riqueza têm dono", dissera a presidenta. "Os ricos precisam ver o rosto das pessoas pobres, saber como se chamam, ouvir suas histórias; e os pobres também têm algo a aprender com os ricos, porque nem todas as fortunas surgiram do nada. Existem ricos que foram pobres e trabalharam ou trabalham para ter o que têm." Falou algo do tipo em seu discurso. Açucena não lembrava muito bem. Depois de vários confrontos históricos, no entanto, os ricos correram, e encontrar quem aceitasse participar do programa se tornou quase impossível. Era uma pena. Ficaram, como sempre, apenas os pobres contando suas histórias.

Açucena trabalhava nas Unidades Especiais criadas para lidar com abusadores, estupradores e com a violência doméstica. Os homens malvados, grandes, covardes, já não podiam se irritar com as mulheres de casa, pelo menos. *Os governos antes mudavam coisas que não viam, que só os economistas entendiam,* pensou, *mas elas estão nos ensinando a viver de maneira diferente.*

Rebeca estava saindo do gabinete quando o telefone tocou. Era Eva.

– Rebeca, há uma manifestação de mulheres enorme na frente do meu gabinete. Você tem que vir.

– O que elas querem?

– "Justiça", dizem os cartazes, e elas gritam "Cadeia para o pistoleiro".

– Não posso ir, Eva, estou esperando o embaixador da Espanha. Os clientes espanhóis estão preocupados com o último pedido de flores que atrasou e com o que vai acontecer agora. Preciso transmitir-lhes confiança.

– Está bem, está bem, só senti vontade de dividir isso com você. Vou sair e falar com as mulheres. Estou encantada, vingada. Já era hora disso acontecer.

– Fale mais – pediu.

– É lindo – falou, nitidamente emocionada. – Há uma multidão. Não vejo até onde vai, mas são muitas mulheres. E trazem cartazes: "Quem feriu Viviana? Ele deve pagar", "Não queremos violência", "Eva, faça seu trabalho", e coisas do tipo.

– Mas ainda não há nenhuma pista...

– Estou seguindo minhas intuições, mas nada concreto.

– Você avisou a Ifi?

– Todos os veículos de comunicação estão aqui. Uns filmam a passeata, e outros, do lado de fora, estão querendo me entrevistar sobre a investigação.

– Boa sorte, irmãzinha, tenho que ir. O embaixador chegou – disse Rebeca, enquanto Sara, sua secretária, lhe fazia sinais da porta do gabinete.

# MULHERES NA RUA E HOMENS EM CASA

Quando recebeu a ligação de Eva, Martina já estava a caminho. A manifestação se iniciou como um pequeno encontro na região do comércio e ultrapassou as expectativas das organizadoras. Diante da multidão, a incendiária líder do Movimento Autônomo de Mulheres, Ana Vijil, propôs em seu discurso que marchassem até o Ministério da Defesa para exigir a captura e a punição do culpado pelo atentado. Martina recebeu o telefonema da polícia pedindo instruções sobre permitir ou não a manifestação popular, e Martina, mais que satisfeita, concedeu a permissão.

- Escoltem-nas, protejam-nas e abram passagem – falou.

Chegou ao gabinete de Eva e, da janela, ambas viram o mar de gente se aproximar.

– Você vai ter que sair para falar com elas – disse Martina, que não cabia em si de tanto entusiasmo e alegria.

– O que devo dizer a elas? Não temos nada além de pistas.

– Pois eu acho que você tem que prometer que a justiça será feita, tem que dizer a elas que devem permanecer atentas porque temos que sair unidas e mais fortes desta crise. Conte a elas histórias do PEE... Mas por que você está me perguntando, se é uma oradora muito melhor que eu? O importante é que se sintam apoiadas por nós, que entendam que estamos encantadas com o fato de terem saído para as ruas.

Eva sorriu. Desde o atentado, quase não dormira. Dava para notar em seu rosto. A investigação registrara movimentos suspeitos de alguns ex-funcionários, inimigos ferozes do governo. Ela suspeitava do magistrado Jiménez, do descomunal ex-presidente Paco Puertas, do fundamentalista Emiliano Montero, mas ainda não havia conseguido descobrir nada. O pior era que sua incansável energia começava a lhe faltar. A frustração era tal que pensou que estava irremediavelmente deprimida. Por isso, interpretou a manifestação como um alívio para ela, como a campainha do juiz numa luta de boxe.

– Essas mulheres acabam de salvar a minha vida – disse a Martina. – Veja que lindo – falou, indicando, através da janela, a multidão multicolor, os cartazes atrevidos, pintados rapidamente em toscos papelões...

– Anda, vá falar com elas, suba em cima do tanque. Peça a Viola, sua secretária, que prepare o microfone. Já deve estar tudo pronto, vá, vá agitá-las...

Eva foi ao banheiro, passou a mão nos cabelos e saiu, pronta para empoleirar-se no velho tanque, testemunho de guerras passadas que, como um monumento, estava na entrada do ministério.

Quando Eva saiu, Martina abriu as janelas para ouvir. Ouviu o clamor e os aplausos. Viu a figura pequena e forte de Eva, o cabelo vermelho preso num coque desgrenhado, enquanto ela subia no tanque com agilidade. Gostava de todas as companheiras, mas Eva era quem mais a enternecia. Às vezes achava até que estava apaixonada por ela. Também vivia sozinha. Por isso, frequentemente faziam companhia uma à outra, iam juntas até o mar, jogavam xadrez, viam filmes. Com Eva, Carla Pravisani e Ifi, ela montou o reality show dos homens domésticos, que fez um sucesso estrondoso em Fáguas. Riu sozinha ao lembrar.

Batizaram-no de *Os campeões domésticos*. Não imaginaram que haveria tantos voluntários, mas o prêmio de uma casa nova, totalmente mobiliada, num dos belos bairros de casas pré-fabricadas, construídas pelo governo, era uma tentação. Dos muitos candidatos, escolheram cinco. A cada semana, uma equipe de televisão filmava um deles, de manhã até a noite, realizando as tarefas domésticas. O programa era exibido diariamente. Ao fim de cinco semanas, o público e um corpo de juradas, donas de casa, votaram no melhor. Silvio, Adolfo, Jaime, Joer, Boanerges, eram todos pais de família, ex-funcionários do Estado, um mais acomodado que o outro. Foi muito divertido vê-los lidar com as fraldas sujas como se fossem bombas nucleares, com o nojo estampado no rosto e tapando o nariz. Para limpar os bumbuns, usavam pelo menos dez lencinhos umedecidos ou meio rolo de papel higiênico. Boanerges, que fora militar, organizou os filhos como um batalhão e os punha para trabalhar enquanto via programas esportivos (claro que ele não venceu). Jaime só sabia fazer carne assada e passava a manhã toda na churrasqueira, enquanto a filha limpava a casa.

A roupa de Silvio, que tinha lavadora, encolheu. As crianças tiveram que andar com calças pescador e camisas que pareciam do tempo dos hippies. A tortura de Adolfo era limpar os banheiros. Ele mantinha a casa arrumada porque escondia tudo que estava fora do lugar, enfiando em qualquer gaveta. A cozinha foi o desafio para todos, mesmo provando que sabiam cozinhar o básico, mas usavam todo o jogo de frigideiras e panelas para preparar qualquer prato; o arroz grudava, o feijão ficava duro ou aguado ou iam ao supermercado fazer compras (gostavam disso), mas calculavam mal as quantidades e as verduras estragavam. Joer, que foi o mais empreendedor, começou a semana lavando a casa, inclusive as paredes, e consequentemente estragou móveis e alguns eletrodomésticos que esqueceu de proteger suficientemente do dilúvio. No início, o choro dos bebês, quando durava mais de cinco minutos, os deixava zonzos. Eram muito bons com as mamadeiras, mas ruins em tratar das cólicas. Silvio e Adolfo se saíram muito bem passando roupa. Os outros foram um desastre. A maioria se destacou com as crianças maiores, porque brincaram com elas como garotos, e via-se estampado em seu rosto o amor pelos filhos. Comprovou-se que o que mais os entusiasmava era regar o jardim. Todos, sem exceção, regavam à tarde como se a mangueira fosse um prolongamento de sua masculinidade e lhes devolvesse a identidade de machos que acreditavam perder durante as manhãs.

Silvio foi o vencedor, mais pela beleza e simpatia que pela eficiência.

Narrava sua jornada como se fosse um programa esportivo; gritava gol quando acertava o lixo na lixeira, dava golpes de esquerda ou de direita quando arrumava a cama... Fez as pessoas gargalharem. A pedido do público televisivo, o programa se repetia agora a cada cinco semanas. Os prêmios eram mais modestos, mas a notoriedade de aparecer na televisão era suficiente para que não faltassem voluntários.

Parecia mentira, pensou Martina, como o programa havia sido educativo, porque, certamente, no fim da semana, os participantes geralmente conseguiam realizar bem o trabalho, tão bem que começavam a compreender que o problema não era a dificuldade, mas justamente a rotina de ter que fazê-lo diariamente, o cansaço que os deixava sem energias para se preocupar consigo mesmos, o isolamento por ficar dentro de casa. Se a vida de alguém fica nisso, saiu dizendo Adolfo na entrevista final na televisão, não sobra tempo nem de pensar. Deveriam pagar por esse trabalho, disse Jaime, essa história de ter que decidir o que preparar nas três refeições, dia após dia, acabou comigo, acabou comigo. Não sirvo para isso.

Quanta sujeira! Nunca pensei que houvesse tanto lixo todo dia!, exclamou Joer.

A última pesquisa sobre a participação no trabalho doméstico era animadora.

Entretanto, faltava um bom trecho a ser percorrido. Num casal em que ambos trabalhavam, para cada sete horas de trabalhos domésticos das mulheres, o homem fazia três. O resultado mais interessante da pesquisa foi que os casais mais felizes eram aqueles em que o trabalho doméstico era mais bem distribuído.

Martina ouvia trechos do discurso de Eva. O vento levava o som porque estava de costas para ela. Ao final, Eva regressou. Jogou água no rosto. Estava suada, mas radiante.

– Você ouviu?

– Não dava para ouvir bem daqui.

– Falei-lhes de Lisístrata, a heroína de Aristófanes. Para opor-se à guerra de Atenas contra Esparta, as mulheres decidiram não fazer amor com o marido até que eles assinassem a paz. Se essa história se complicar – disse –, elas já sabem que temos este recurso: fechar as pernas.

Martina a abraçou com força ao se despedir. Você é magnífica, disse-lhe. Tomara que não cheguemos a esse ponto.

# CELESTE

O suéter rosa de Celeste! Viviana o pegou para senti-la novamente com três anos, a menina gordinha, rosto redondo irresistível que, desde que nasceu, recebeu o dom da sedução, como se o tivesse inventado. Aquela lembrança, no entanto, não era das melhores. Esqueceu o suéter no primeiro jardim de infância em que ela a levou e ao qual preferiu não voltar, nem com ela nem sozinha. Foi uma experiência ruim para as duas porque, como era a primeira vez que a menina ficaria na escola, a diretora do lugar a convenceu a ir embora, apesar dos gritos e chutes de Celeste. Isso acontece com todas as crianças, falou. Choram um pouco e depois se acalmam e começam a brincar, felizes. Ela não quis se comportar como uma mãe de primeira viagem, superprotetora e com o coração apertado; ouvindo os gritos da menina, correu para o carro e saiu jurando-lhe que não demoraria.

Talvez outras crianças se acalmassem, mas Celeste não se acalmou. Eles telefonaram para que ela fosse buscá-la e, quando pegou-a nos braços, a criança suava copiosamente e estava vermelha de tanto chorar. Depois disso, não queria ficar longe dela nem um instante. Se a perdia de vista, gritava como se estivesse possuída. Um ano depois, quando voltou a levá-la a outra pré-escola, teve que passar duas semanas lendo na recepção, de maneira que, sempre que Celeste precisasse dela, soubesse que estaria ali. E foi assim até que se sentiu segura.

Viviana tocou o suéter, encostou o nariz no algodão de trama larga. Fechou os olhos e distante, muito distante, acreditou ouvir a voz dela, não a voz de criança, mas a voz da Celeste que acabara de deixar na praça após o comício.

– Mamãe, você tem que voltar, mamãe, acorda, não vá embora.

O som reverberava, girava em círculos concêntricos como uma pedra na água, Viviana girou sem peso, flutuou no ar como um inseto alado. Debaixo dela, o galpão desvaneceu e ela viu um quarto de hospital e a filha, usando uma calça jeans justa, camiseta sem mangas, inclinada sobre alguém que jazia na cama: uma mulher adormecida. Viu a lua que Celeste tatuara no ombro se agitar. Ela estava chorando.

– Você tem que voltar, mamãe – falava baixinho. – Volte, mamãe, não fique aí, onde quer que você esteja. Volte, mamãe.

No momento em que Viviana compreendeu que a mulher na cama era ela, a janela para este mundo se fechou. Um pânico imenso tomou conta dela. Estava mais uma vez no galpão. Começou a correr frenética até a porta. Movia-se sem se mover, com seu corpo se agitando sem se deslocar. A seu lado, viu as prateleiras passarem como se fossem paisagens observadas da janelinha de um trem. Sentiu-se tonta, ia desmaiar, pensou. *Estou em perigo, vou morrer*, pensou, *se eu não fizer alguma coisa, vou ficar presa aqui para sempre.* Teve a ideia de sussurrar palavras, palavras com a, palavras com b, palavras com c, se abraçou e tentou se animar bancando a mãe de si mesma. Tentou avançar, chegar até a porta, sair dali. Pouco a pouco, foi se tranquilizando. Começou a tomar consciência de uma presença que a consolava. Era uma sensação que, nem bem compreendera, se enredava em si mesma, mas que misteriosamente percebeu como uma corda metafórica, um ponto de apoio ao qual podia se agarrar para dar pequenos impulsos e se aproximar da porta.

# EMIR FITANDO VIVIANA

Na entrada do hospital, Emir se deteve. A viagem frenética, a noite anterior em claro, o voo no qual roeu as unhas, como quando era pequeno, ajudaram-no a permanecer com a mente fixa em se apressar até estar ao lado de Viviana. Agora, a poucos passos, com os olhos turvos, comovido pela quantidade de flores na calçada, pelas velas, pelos cartazes carinhosos, teve a sensação de que as pernas lhe pesavam terrivelmente e que o pavor tomava conta dele.

Alicia, a motorista de Viviana que o apanhou no aeroporto, ao ver que Emir suava copiosamente e ficava pálido e confuso, ajudou-o a se sentar na recepção e correu para buscar água.

Discreta, sem perguntar nem dizer nada, sentou-se ao lado dele. Pegou sua mão. Sorriu.

– Sinto muito – falou Emir. – Acho que só agora entendi o que aconteceu – e apertou a mão da funcionária. Recostou a cabeça no encosto da cadeira. Alicia viu as lágrimas escorrendo pelo rosto através dos olhos fechados.

Emir respirou fundo. Poderia ter chorado desenfreadamente, mas devia se acalmar, disse a si mesmo. Celeste o esperava ao lado de Viviana e ele não queria que ela o visse fraquejar, quando ela própria parecia tão dona de si, adulta, calma, madura.

Levantou-se da cadeira, enxugou o rosto e os olhos com o lenço. Reuniu forças e se dirigiu com Alicia até o quarto.

Abraçou a sentinela da porta, a formidável Arlene, e entrou. Celeste e Juana de Arco se aproximaram. Celeste chorou por um instante. Enxugou as lágrimas e pegou a mão dele para levá-lo até a beirada da cama. Juana de Arco se afastou depois de cumprimentá-lo, firme, mas com os olhos úmidos.

– Vamos deixar você com ela – falou Celeste. – O médico vai vir falar com você.

Emir assentiu sem tirar os olhos do rosto de Viviana.

Curiosamente, vê-la lhe deu um alívio imenso. Sobre o travesseiro, imóvel, ligada a uma série de máquinas, ela, sempre tão vigorosa e incontrolável, parecia uma contradição. A cabeça estava envolvida em ataduras. A pele cor de cobre claro contrastava com o branco dos lençóis. Tinha boa cor. Isso fez com que ele se lembrasse da primeira vez em que a viu nua, a pele caramelo iluminada pelo sol crepuscular de Montevidéu.

Pegou a mão dela e beijou-a lentamente. Inclinou-se e beijou-a nos lábios, na testa. Queria deitar-se ao lado dela, abraçá-la. Onde você está, meu amor?, sussurrou em seu ouvido. Vivi, Vivi, não me deixe esperando.

Nos dias seguintes, ao ver as enfermeiras e os médicos mexendo e espetando Viviana, Emir sentiria por instantes o desejo de sacudi-la, chamá-la, despertá-la e retirá-la com a fúria de sua angústia daquele sono profundo, mas, naquele primeiro dia, ele se conformou em tocá-la, acariciá-la, convencido de que a qualquer momento sua voz e suas carícias a despertariam num final feliz, como se ele fosse o príncipe encantado dos contos de fadas.

Dois médicos, um de meia-idade e outro mais jovem, entraram no quarto.

Sérios, formais, porém amáveis, disseram que eram os responsáveis pela internação e pelo tratamento de Viviana.

– Trata-se de um caso bastante incomum – disse o mais velho –, e não quisemos passar muita informação ao público porque nós mesmos estamos na expectativa, mas deixe-me explicar. O caso dela se parece com o de Salvador Cabañas, um jogador de futebol paraguaio – falou o médico, enquanto desenhava uma cabeça e um cérebro num papel. – Gosto de mencioná-lo porque Cabañas se recuperou completamente – sorriu. – Achávamos que a bala havia arranhado o lado esquerdo, mas uma bala realmente penetrou no que chamamos de zona silenciosa do cérebro e seguiu sua trajetória até a parte posterior, onde ainda está alojada – falava, enquanto desenhava no papel para mostrar. – Como resultado do trauma, ela teve um pequeno coágulo na região esquerda, que extraímos com êxito. O cérebro inchou ligeiramente e, para garantir que não haveria compressão da massa encefálica, realizamos uma trepanação. Por isso está enfaixada. Ao chegar ao hospital, teve vários momentos de lucidez, disse o próprio nome, o da filha e o seu. Decidimos induzir o coma para mantê-la estável. A respiração, o nível de oxigenação do sangue e a pressão estão bons. O problema é que, quando tentamos tirá-la do coma, ela não reagiu. Não sabemos por quê. Ela tem alguns estilhaços alojados na massa encefálica, muito pequenos. O eletroencefalograma registrou pequenas alterações, mas o cérebro está ativo. O prognóstico, embora complexo e difícil de determinar com exatidão, seria muito bom e nos indicaria não apenas a sobrevivência, mas sua recuperação. No entanto, o fato de continuar em coma é preocupante. Ela não tem danos no bulbo raquidiano. Então, não apresenta nenhum dano que explique o coma, mas esperamos que seja questão de tempo. Como o senhor sabe, ainda é um mistério a localização exata das faculdades. Por isso, até que desperte, e dependendo de quando desperte, não podemos saber como ela está. Nesse momento, não há outra coisa a fazer senão esperar.

– Mas o senhor diz que ela tem uma bala alojada na região posterior. Não é preciso retirá-la?

– De maneira alguma – interveio o jovem médico. – Ela pode viver com a bala alojada. Mas está numa região complexa, a região onde estão localizados os instintos primários, próximo ao cérebro límbico. Ao retirá-la, poderíamos causar danos irreversíveis. Sei que parece alarmante, mas é o melhor curso de ação.

– E o resto, o baço?

– Tivemos que extraí-lo. Mas ela pode viver sem ele. O pâncreas o substitui automaticamente – disse o médico mais velho.

– Quanto a isso estamos tranquilos. Ela se recuperou bem, sem febre – acrescentou o jovem.

– Vamos esperar, Emir. Esperar que ela encontre uma forma de despertar. Acredito que irá... Bem, é o que todos queremos – sorriu o médico mais velho –, mas por enquanto a ciência fez o possível.

– O que eu posso fazer?

– Enviaremos uma enfermeira para que ela mostre os exercícios que você precisa fazer com ela, no mínimo duas vezes ao dia. E estamos aqui para qualquer pergunta ou dúvida.

Viver com uma bala alojada no cérebro. *Que coisa*, pensou. Sentou-se na cadeira e desmoronou. Dormiu profundamente, sem soltar a mão de Viviana.

## Transcrição completa da segunda entrevista com o senhor José de la Aritmética

**E. S.:** O que há de novo, sr. José?

**J. A.:** Há muitos rumores, ministra, muita fofoca. As mulheres andam pesarosas e os homens especulando. Andei pelo hospital. Suponho que a senhora tenha visto a quantidade de flores e velas que as pessoas puseram lá. Lembrou o que aconteceu com aquela princesa inglesa...

**E. S.:** A princesa Diana.

**J. A.:** Sim, essa mesma.

**E. S.:** E o que ouviu por aí?

**J. A.:** Pois bem, as opiniões vão desde que a presidenta causou isso até que talvez tenha sido o magistrado Jiménez que mandou matá-la por vingança... Como o presidente Puertas lhe concedeu a anistia...

**E. S.:** Foi uma pena. Se ainda estivesse preso quando assumi o cargo, seria um dos que eu teria posto nas jaulas da praça.

**J. A.:** Não sei, ministra, se essa história das jaulas vai dar em alguma coisa.

**E. S.:** Parece mentira que essa ideia tenha chocado vocês, homens. Nunca pensei que fariam escândalo parecido, que sairiam com todos esses discursos sobre a "dignidade humana". Por que nunca reagem assim quando veem as histórias das barbaridades que os homens cometem contra as mulheres?

**J. A.:** Tem razão, em parte... Mas fazer essa tatuagem na testa? Muito cruel, ministra, muito cruel. Não acham? Vocês fizeram muitas coisas boas, mas essa história das jaulas e da tatuagem, eu não posso aceitar.

**E. S.:** A tatuagem é como um sistema de alerta, sabe? É pequena, não é para tanto. Os estupradores merecem isso e muito mais. Devem agradecer por não os castrarmos. Mas veja, sr. José, para que o senhor possa entender, a ideia é que os homens que cometem esses atos de violência contra as mulheres sejam expostos à mesma vergonha pela qual passam as vítimas de um estupro. A prisão é uma pena leve quando se testemunha o dano psicológico que sofrem as pessoas estupradas. Muitas mulheres nem denunciam o crime por vergonha. Por isso achamos que, para os estupradores, a tatuagem e a exibição nas jaulas é o mais adequado, tendo em vista o delito. Nós sabemos que é uma medida muito dura, mas a violência contra as mulheres é uma praga terrível que precisamos deter a qualquer preço.

**J. A.:** Mas, veja, tenho uma pergunta: por que não os tratam com bondade? Para mim, a campanha de vocês funcionou porque ofereceram algo diferente, ofereceram o que todos nós precisamos: o cuidado de mãe. A campanha de vocês era tão alegre. Meio maluca, e isso a apimentava. Foi isso que encantou as pessoas, porque a senhora sabe que, se há algo neste país, é o senso de humor, e as pessoas querem vê-lo em tudo: nas abraçadeiras, nas carpideiras, nas cozinheiras, na presidenta, com essas ideias muito ousadas, como colocar a maternidade como disciplina nos colégios e ensinar caratê às menininhas desde pequenas...

**E. S.:** Pode ser que na próxima geração, marido nenhum bata na mulher.

**J. A.:** Mas acontece que, se essas ideias continuam, vocês não podem culpar os homens...

**E. S.:** Mas, sr. José, só mandamos os trabalhadores do Estado para casa e lhes demos seis meses de salário e trabalho nos bairros, construindo escolas e creches...

**J. A.:** Bem, sim... eu é que não vou dizer como a senhora tem que fazer as coisas.

**E. S.:** Diga-me, não há homens satisfeitos? O senhor não ouviu nenhum homem que esteja satisfeito?

**J. A.:** Sim, sim, não estou dizendo que não. Mas o que me chamou a atenção é que eles não fizeram uma guerra depois de tudo o que moveram e removeram. Tenho um amigo que está feliz com os filhos, mas o pobre Petronio, por exemplo, que não tem filhos, disse que não entende como sua mulher fez para ficar enfiada dentro de casa durante todos os anos em que ele trabalhou e não a deixou sair para trabalhar por ciúmes. Agora que os dois estão velhos, não importa mais, mas ele diz que não tem o que fazer além de regar o jardim.

**E. S.:** Ele não tem que arrumar a casa, cozinhar?

**J. A.:** O coitado não gosta.

**E. S.:** Pois muitas de nós, mulheres, também não gostamos e temos que fazer. Eu, por exemplo, odeio cozinhar.

**J. A.:** Eu tenho sorte, porque minha mulher é uma grande cozinheira e gosta de cozinhar. A única coisa é que tenho de aguentá-la gorda. Eu como e não engordo. Deve ser porque ando todo dia pelas ruas.

**E. S.:** (*Ruído de cadeira deslizando.*) Tenho uma reunião, sr. José. Há alguma coisa especial que o senhor gostaria de me dizer?

**J. A.:** Vim porque gosto de conversar com a senhora. A senhora é uma mulher muito inteligente. Não tenho com quem falar sobre todas essas coisas que me ocorrem... Mas também pedi para vê-la porque acho que tenho uma pista.

**E. S.:** (*Ruído de cadeira deslizando.*) Sou toda ouvidos.

**J. A.:** Uma de minhas filhas tem uma amiga, Ernestina, que telefonou para o celular dela outro dia chorando muito. Açucena foi vê-la. A outra lhe disse que sabia algo que, se não dizia respeito a alguém que ia morrer, tinha alguma coisa a ver com o que aconteceu à presidenta. Estava prestes a falar quando o marido entrou. O nome dele é Dionisio. Eu o conheço. Trabalha como mensageiro. A mulher tem pavor dele porque já perdeu a conta de quantas vezes esse homem a machucou. Quando eram recém-casados, a cada dois ou três meses, a pobrezinha ia até minha casa pedindo ajuda porque o marido a machucava. Depois ele se converteu. Entrou numa dessas seitas que falam em línguas. Não Chore Mais, acho que é esse o nome da seita, e virou beato. Mesmo assim batia nela, só que menos. Batia por qualquer coisa e depois chorava e pedia perdão. Nem me fale. Mas, bem, o caso é que, quando Dionisio entrou em casa, a mulher se retesou e o marido, que conhece bem minha filha, porque as duas são amigas desde pequenas, lhe disse umas loucuras, disse que vira a Virgem, que a Virgem aparecia para ele todos os dias na pia enquanto escovava os dentes, que chorava pelo país porque todos seriam condenados por culpa das mulheres do PEE. É verdade que, se a Virgem aparece para alguém, essa pessoa tem que fazer alguma coisa, Açucena?, ele perguntou para minha filha. Diga a essa mulher que deixe de ser tonta. Açucena não sabia o que dizer nem o que entender daquilo tudo, mas algo estava cheirando mal. Depois Ernestina lhe disse que fosse embora, que esquecesse tudo o que ela dissera, que era loucura dela. Era isso que eu queria lhe dizer, ministra.

# Memorando

**De:** Secretaria da Assembleia Nacional
**Para:** Excelentíssimos Membros do Conselho Político do PEE,
Eva Salvatierra, Rebeca de los Ríos, Martina Meléndez, Ifigenia Porta
**Assunto:** Presidência interina

Excelentíssimos membros do CP do PEE,

Como Vossas Senhorias sabem, a Reforma da Constituição de maio do corrente eliminou o cargo de vice-presidenta do país. Tal reforma determina: "Em caso de falecimento do titular do Executivo, o plenário da Assembleia Nacional elegerá, em caráter transitório, um Conselho de Três, cuja atribuição será governar durante o período estritamente necessário para convocar as eleições, de modo que a Presidência da República apenas seja ocupada por um cidadão ou cidadã diretamente eleito para tal fim".

Quero chamar a atenção para o desafio constitucional que enfrentamos diante do estado de coma de nossa presidenta, Viviana Sansón, após os lamentáveis ocorridos já sabidos por todos. A presidenta Sansón não pode assumir suas funções, mas tampouco faleceu, de modo que nos encontramos diante de um vácuo jurídico que não foi previsto pela Reforma Constitucional, votada afirmativamente pela maioria desta Assembleia, pois se apenas se pode eleger um Conselho para zelar pela organização e realização de um processo eleitoral, não há suporte nem figura legal, nem processo estabelecido para a nomeação de uma Presidência interina ou uma vice-presidenta, que seria o mais adequado nesse caso.

Não é preciso dizer que o país necessita da liderança competente de quem possa cumprir as funções da titular do Executivo até que se defina a situação da presidenta Sansón. Por isso, a pedido da presidenta da Assembleia Nacional, convocamos todas as representantes eleitas do Partido da Esquerda Erótica para a sessão extraordinária na qual se debaterá a Lei de Reforma Parcial à Constituição, que deverá ser promulgada para solucionar o vácuo jurídico anteriormente mencionado.

Desejando a pronta recuperação de nossa presidenta,
Recebam demonstrações de minha consideração e apreço,

Azahalea Solís<br>Secretaria da Assembleia Nacional<br>da República de Fáguas

# O LIMBO?

Quem mais estaria com ela no galpão? Que outros espíritos flutuavam naquela atmosfera? Viviana ouvia vozes de tempos em tempos. Sussurros. Se pudesse sair dali, dizia a si mesma. O que haveria atrás da porta? A penumbra era opressiva, e ela se perguntava como era possível que não tivesse visto o túnel iluminado, a luz branca e se não estaria no limbo. O limbo! Riu, lembrando que o papa Bernardo XVI, o alemão, eliminara o limbo. Quando leu a notícia, achou engraçado, mas quase um insulto à ingenuidade de gente como ela, que desde pequena se dera ao trabalho de imaginá-lo como a creche angelical onde viviam eternamente felizes as crianças pequenas cujos pais não chegaram a batizar.

Na falta de limbo, perguntou-se, logicamente, se estaria no inferno. A escuridão era densa, mas descartou a ideia. Não seria justo, disse a si mesma. Não que sua vida fosse impecável, mas tinha certeza de que não merecia um castigo eterno, a menos que o além repetisse as injustiças do aquém. Fora promíscua em uma época, antes de conhecer Sebastián, mas dessas relações passageiras se arrependia apenas de algumas, e não por considerações morais, mas porque os homens não valeram a pena. Um exercício de cama malfeito não era apenas perda de tempo, mas um aborrecimento: era a velha história de ter que bancar a guarda de trânsito porque o outro nem sequer sabia dirigir bem o veículo. Por favor. Ou os dotados e grosseirões que, não satisfeitos com o tamanho extragrande, tinham que demonstrar que eram machos falando como gente do submundo na cama. Ou os que nem percebiam que, apesar de tamanho não ser documento, não era má ideia às vezes compensar. Ossos do ofício de quem andava buscando o eleito. Mas não havia outro jeito. Talvez tivesse causado sofrimento desnecessário a algum deles, quando transou com vários ao mesmo tempo. Arrependia-se, mas não era motivo para ir para o inferno. Em troca, sentia que algum bem havia feito. Pelo menos a motivação por trás do PEE era altruísta.

Distraída, passou a mão por um belo colar sobre a prateleira e a lembrança do primeiro discurso diante da Assembleia das Nações Unidas ocupou as três dimensões de sua mente. Os jornalistas assediavam-na. Naquela época, uma delegação da oposição chegou a Nova York e Washington para acusá-las diante do mundo de levar a cabo um segundo apartheid. Mudou o discurso na última hora. Considerou que não podia menosprezar a oportunidade que lhe puseram nas mãos, porque, se se tratava de apartheid, ninguém mais apartado que as mulheres. Armou-se de estatísticas. Os números eram contundentes e pareceram sólidos e assustadores no recinto ilustre, onde havia mais homens que numa luta de boxe. Como iríamos propor outro apartheid?, falou. A comparação era absurda. Tratava-se de uma troca de papéis. Além do mais, era muito temporário. Fez um gracejo e depois assumiu um tom de sacerdotisa: "No entanto, parece mentira que, no século XXI, discutamos sobre o socialismo ou o capitalismo ou a crise econômica sem nos darmos conta de que não resolvemos o problema da dominação ou do abuso dentro de nossa própria casa. Nós, mulheres, demonstramos que somos capazes de pensar fora do estabelecido, de sair dessa caixa-preta do desastre anunciado. A sorte da humanidade não está lançada porque nós ainda não nos pronunciamos. E terão que admitir que, sendo nós que fizemos isso a todos vocês, agora cabe a vocês nos escutar, deixar o cinismo, o ceticismo, os truques de lado e liberar o espaço muito pequeno que pedimos para esse experimento, para essa reinvenção da sociedade. Nós queremos outro mundo, queremos evitar que a humanidade complete o ciclo de sua existência se autodestruindo".

Sabia o discurso de cor. As mulheres aplaudiram, algumas subiram na cadeira. Nesse dia, tomou consciência de que não importava o tamanho do país. Como dizia a teoria do caos, uma borboleta batendo as asas no Caribe podia causar tempestades que sacudiriam o pensamento adormecido e negligente do planeta inteiro.

# A SUBSTITUTA

Viviana continuava em coma, velada em turnos por Emir e Juana de Arco. O mar de flores na rua do hospital não diminuía. As flores frescas em humildes baldes de plástico renovavam-se de maneira interminável. Rebeca atribuía o milagre à dívida que a indústria das flores tinha com o PEE. Viviana atendera com cuidado especial às mulheres camponesas, cortadoras e empacotadoras. E era assim que agradeciam.

Enquanto isso, a Secretaria da Assembleia Nacional convocou os partidos para uma reunião extraordinária para decidir que procedimentos seguir para resolver o dilema constitucional de uma presidenta que não podia ser considerada nem viva nem morta.

Martina às vezes escapava do ministério para ir ao hospital. Sentava-se na beira da cama de Viviana e falava sem parar. Estava convencida de que falar com as pessoas em coma era fundamental para que voltassem a despertar.

Ela e Juana de Arco, observadas por Emir que às vezes sorria, contavam para Viviana o que acontecera em decorrência da convocação da Secretaria da Assembleia Nacional.

MARTINA: Você não imagina, Vivi, o que foi entrar no gabinete oval e não ver você. Eu me dei conta de que somente sua infinita graça reduzia o efeito daquela extravagância absurda, mas decidimos nos reunir ali para pelo menos ficar perto das suas coisas e do espaço. Juana de Arco, aqui do meu lado, se esforçou para preparar a reunião. Arranjou biscoitos, copos, xícaras, jarras com água e café e umas pastas verdes para cada uma com papel para anotações e lápis. Cada pessoa que entrava, percebia que a reunião seria formal e cerimoniosa. Não poderia ser de outro jeito; era preciso sentar e tomar conhecimento da questão.

JUANA DE ARCO: Só me pediram a ata da reunião. Normalmente no Presidencial, como você sabe, é Amelia quem se ocupa da arrumação, mas ela estava desempenhando suas funções, tirando cópias e isso e aquilo, sem parar de chorar. As lágrimas desciam de seus olhos numa torrente. Então eu a mandei para casa. Não queria papéis úmidos. Não, senhora. Era preciso manter a ordem no caos.

MARTINA: O início da reunião foi longo e lento. Estávamos em estado de choque, com um estresse terrível. Parecia que o mundo inteiro estava girando em câmera lenta. Rebeca vestia um terno bege, mas estava de sapatênis, e Eva prendeu o cabelo. Ela, sempre tão asseada, andava feito uma massa de nós.

JUANA DE ARCO: Ficaram mais de meia hora falando do atentado. Eu, caladinha em minha mesa com o laptop aberto, esperava que a reunião começasse. Ouvi-las me fez lembrar das conversas dos adultos depois do terremoto, quando eu era pequena; durante muitos dias, ninguém falava de outra coisa. Ocorreu-me que tinham medo de começar. Não era um tema fácil falar sobre quem iria substituí-la, presidenta. Acho que se davam conta de que chegava o momento de aceitar o que havia passado, o que significava. E não queriam aceitar. Vê-las falar assim me deu uma vontade enorme de fumar, apesar de ter largado o vício. E me deu medo. Temi que de repente o piso entre elas começasse a se abrir.

MARTINA: Não!

JUANA DE ARCO: Pois, infelizmente, se vê muito isso entre as mulheres (*franze o cenho, levanta o queixo*). Como há poucos espaços, decidem resolver a situação de qualquer maneira. Mas no PEE nunca vi isso, nem queria ver. Isso não acontecia no PEE, justamente porque havia alguém como você a quem todas sem receio concedíamos a liderança da questão. Creio que foi nesse dia que percebi como era prático pedir a uma pessoa que tomasse as decisões porque, claro, via nessa reunião as voltas que davam, o tempo que perdiam.

MARTINA: Juanita, não seja exagerada. Era normal que desabafássemos. Parece que o amor por Lisbeth Salander a tornou sueca.

JUANA DE ARCO: Você não era observadora como eu. Aquilo parecia um balé ou um jogo de handebol com bola invisível que era passada de uma para outra. Todas tão comportadinhas, tão corteses. Eu até me perguntei se não seria porque, quando nós, mulheres, entramos numa crise dessas, temos a compulsão de nos calar, de sumir. Digo isso porque, desde pequena, aprendi a não fazer barulho, a desaparecer. Mas, bem, eu me mexi na cadeira e, quando não aguentava mais, me lembrei de uma frase que se destacou nas memórias da Montenegro e a disse em voz alta: O que fazer, disse Lênin?

(*Martina dá uma gargalhada. Controla-se. Baixa a voz.*)

MARTINA: Nós nos viramos para encarar Juanita como se ela fosse um fantasma. Havíamos nos esquecido de que ela estava ali, esperando para fazer a ata da famosa reunião. E, bem, começamos lendo a carta da Assembleia. Eu, com meus botões, quebrava a cabeça, juro, pensando no que seria mais prudente: me atrever a sugerir que Eva assumisse o cargo, porque achava que ela era a mais capacitada, ou esperar para ver o que as outras iriam dizer, porque para mim era claro que o problema era entre Eva e Rebeca; as duas eram líderes e as duas sabiam que eram competentes para fazer o que tinha de ser feito na sua ausência. Restávamos Ifigenia e eu para escolher entre elas, a verdade era essa. A Ifi me olhava de rabo de olho, enquanto Rebeca lia. Eva olhava para as unhas, aquela mania dela; até pensei em dizer a ela que, ao se tornar presidenta interina, teria que controlar essa mania. É o problema das fumantes quando deixamos de fumar, não sabemos o que fazer com as mãos. Quando Rebeca terminou de ler, ela disse que Azahalea, a presidenta da Assembleia, a chamara para dizer que, em resposta, a oposição estabelecia a necessidade de realizar o quanto antes a sessão extraordinária da Assembleia. Eva disse que isso era lógico. O país não podia continuar acéfalo. As representantes do PEE concordavam com a oposição. E acrescentou que devíamos levar em conta a possibilidade de que, mesmo que você acordasse, levaria vários meses para se recuperar. Não era possível prever a extensão do dano: se você voltaria a falar, a se mover. Eu disse que, já que a lei não previa uma situação indefinida como aquela, devíamos nos negar a convocar eleições enquanto os médicos não se pronunciassem categoricamente sobre a situação. Ifigenia propôs então uma emenda para dar ao parlamento o poder de nomear uma interina. Uma decisão como essa não tinha precedente em Fáguas, mas em outros países, sim. Falamos da ironia do tiro nos ter saído pela culatra ao eliminar a vice-presidência.

JUANA DE ARCO: Mais uma vez voltaram a enrolar, a se lamentar, e outra vez fui eu que tive de centralizar a reunião, perguntando quem elegeriam entre si como presidenta interina.

MARTINA: Falamos todas ao mesmo tempo. Eva, eu disse. Rebeca, disse Eva...

JUANA DE ARCO: Por que não votam?, perguntei. Imagine, que atrevimento meu.

MARTINA: Eu me afundei no sofá onde estava sentada. Grudei as costas no encosto. Os músculos me doíam. Eva e Ifi começaram a andar pelo gabinete como os homens de antigamente quando esperavam o nascimento do filho. Rebeca continuava sentada no sofá grande em frente à mesa. Agora eu vou me emocionar como acontece toda vez que me lembro... Eva apoiou o quadril na mesa presidencial, olhou para todas nós e sorriu. Era um grande privilégio, falou, que nos coubesse governar como amigas, como mulheres, sem a obrigação de fingir segurança diante da alternativa que nos cabia enfrentar, como pessoas conscientes de nosso dever de preservar o projeto do PEE. Justamente por isso devíamos refletir sobre a decisão que tomaríamos. Deveríamos fazê-lo da maneira mais ponderada. Não precisávamos votar, nem gritar nomes, nem nos precipitarmos. Uma de nós tomaria o lugar de Viviana. Com sorte, apenas por uns poucos dias, mas poderia ser por mais tempo e a decisão necessariamente deveria levar em conta o pior cenário imaginável, o de uma substituição definitiva. Quem de nós reunia as capacidades necessárias? Quais eram essas capacidades? Não estávamos em guerra. A emergência da explosão do vulcão Mitre fora superada. Nossa fragilidade como governo era de outra natureza: devia-se ao espírito de igualdade que queríamos imprimir ao exercício do poder, um espírito de igualdade que, segundo havíamos proposto, necessitava de um momento inicial de terror e surpresa – *shock and awe*, isso mesmo, como nos bombardeios ao Iraque – em que os homens experimentaram a perda absoluta do poder; em que passaram literalmente a calçar os sapatos da sujeição doméstica que, por séculos, as mulheres haviam experimentado e à qual havíamos resistido não com guerras nem com bombas, mas fazendo das tripas coração, aprendendo a exercer o amor, nos tornando especialistas no cuidado da espécie, encontrando, nas mais difíceis condições de repressão de nossa riqueza intelectual, o pequeno espaço no qual recordar que nossa liberdade, o sublime e belo de nosso espírito, perduraria, e algum dia, passo a passo, um pé diante do outro, conseguiria emergir e mostrar ao mundo outro caminho, de camaradagem, de colaboração, de respeito mútuo. Talvez nós fôssemos o tesouro secreto da vida. Talvez nossos sofrimentos tivessem sentido: fomos forçadas a nos guardar para esse momento da humanidade, para que fôssemos aquelas que tomariam as rédeas e mudariam o curso do planeta. Fáguas, a pequena e pobre Fáguas, sob nossa liderança poderia, *deveria* mostrar que era possível uma organização social igualitária, enriquecedora para homens e mulheres, capaz de integrar família e trabalho e de acabar com essa injusta exploração milenar que lamentavelmente se aprendia no próprio coração do lar e da qual nós, mulheres, éramos as vítimas propiciatórias. Por isso, não podíamos nesse momento pensar de modo precipitado. Rebeca, Ifigenia, Juana de Arco e eu fitamos Eva com um nó na garganta. Com suas palavras, disse o que nós todas sentíamos. Sentimos grande ternura ao vê-la assumir o sentido histórico daquele momento. Mãe do céu!, pensei. Este experimento nasceu no jardim de Ifigenia, numa noite da semana entre amigas, regado a vinho, cigarros, humor e amor, e agora é uma flecha lançada da imaginação que cabe a nós mantermos no ar. E não apenas por aquilo que o PEE representava como uma nova via, mas por você, Viviana, porque você estava numa cama de hospital em coma e nem eu nem nenhuma de nós toleraria vê-la acordar para assistir a um fracasso. O PEE continuaria. Cabia a nós escolher bem. Eva e Rebeca, uma com seu fogo e a outra com sua fleuma, pareciam protagonistas da piada dos gêmeos educados que não nasciam porque um dizia ao outro: vá você, e o outro respondia: não, vá você primeiro. Então eu disse para se calarem. Ifi, Juana e eu escolheríamos entre elas e a coisa terminava ali. O voto de Juana substituiria o de Viviana. Juana distribuiu papéis em branco. Foram dois votos para Eva e um para Rebeca. Nada mais se falou. Concordamos que as representantes do PEE apresentariam Eva à Assembleia. Ela não se conteve. Rebeca a abraçou. Todas nos abraçamos. E foi assim que aconteceu.

# Blog do Impertinente*

Parece mentira o que acontece em Fáguas! Menos mal que nós, homens, já nos recuperamos do *mal da cabeça*, porque este país está mal das pernas. A presidenta continua em coma e, enquanto isso, a Assembleia das Mulheres (o que Aristófanes teria a dizer sobre isso?) viola abertamente a Constituição, elegendo em seu lugar – *interinamente*, dizem – e com os votos da maioria do PEE (e de quem mais?) a ruiva benemérita, a ministra da Defesa e ex-diretora da Serviços de Segurança S. A. (SSSA), Eva Salvatierra, para que nos governe. Na Reforma Constitucional, realizada sob os auspícios de nosso ilustre governo feminino, elas mesmas deixaram claramente estabelecido que NINGUÉM que não fosse direitamente eleito ou eleita deveria assumir a função presidencial. Ao impor Eva Salvatierra, a Assembleia Nacional infringiu essa disposição, colocando-se fora do marco que rege as leis de nossa nação.

Isso certamente aconteceu com o apoio da senhora Salvatierra, que, como é bem sabido, não apenas é militar, como também é a mente que levou Fáguas à Idade Média, com jaulas onde os delinquentes são exibidos, tatuagens perversas em sua testa, e prisioneiros submetidos a trabalhos forçados.

Não estamos pedindo misericórdia para quem comete crime hediondo, mas é pouco edificante combater a violência contra as mulheres aplicando esses métodos bárbaros e desumanos contra os homens.

Eva Salvatierra poderia muito bem ser do PEE, ser muito Eva e muito Salvatierra, mas não pertence ao paraíso terrestre nem pensa em salvar ninguém; ao contrário, ela é o que Thatcher foi em sua época: uma dama de ferro.

Nós, homens de Fáguas, já estamos cansados dessas amazonas insones que tentaram converter nosso país numa creche infantil e nos transformar em dóceis servidores de suas necessidades.

É urgente que não permitamos que nossa Constituição seja atropelada. Vamos manifestar nosso desacordo e exigir novas eleições.

---

* O Blog do Impertinente era anunciado na página inicial do diário *El Comercio* todas as segundas-feiras. Este post foi publicado na primeira segunda-feira após a nomeação de Eva Salvatierra pela Assembleia.

# QUE AS MULHERES VOLTEM PARA CASA!

José de la Aritmética parou diante do hospital. Todas as manhãs ele passava por ali. *Que dedicação das floristas*, pensou. Todos os dias colocavam flores frescas nos baldes de plástico sobre a calçada.

Ele esperava que as enfermeiras saíssem para comprar raspadinhas e conversar com ele em seu tempo livre. Assim ficava por dentro de como andava a saúde da presidenta. Segundo diziam, continuava adormecida no coma que sabe Deus onde a mantinha perdida, enquanto o país se amotinava. A oposição não havia gostado nem um pouco do fato de que escolhessem Eva, a ruiva, para mandar. José não sabia de onde vinha o ódio contra ela. Mais parecia que queriam transformá-la no pretexto para afastar as mulheres, porque ele, cada vez que conversava com ela, percebia que era uma pessoa boa e centrada. A avalanche de críticas e ataques dos meios de comunicação lhe cheirava mal. Claro que ele também não gostava da história de meter os delinquentes em jaulas, por pior que fossem. Não sabia nem por que não gostava disso. Se alguem discutia com ele, não sabia expressar o motivo. Tampouco conseguira explicar à própria Eva Salvatierra. Ela lhe apresentou seus argumentos e, embora os compreendesse, no fundo, no fundo, não o convenceram. Mas se agarrar a isso para dizer que a mulher não estava capacitada para substituir Sansón era passar por moralista ou esperto, não sabia qual dos dois.

Tocou a sineta. Um homem gordo e alto comprou uma raspadinha de abacaxi, depois passou uma senhora com uma menina e comprou uma de framboesa. *Que estranho Chelita não sair*, pensou. Naquele horário, ela sempre saía para dar uma esticadinha, fumar um cigarro e tomar uma raspadinha. Era a enfermeira dos cuidados intensivos. Ela lhe contara sobre a garota estranha, também cliente dele, que alternava com o namorado da presidenta, dia e noite. Seu nome era Juana de Arco. Estava sempre vestida de preto, com os cabelos curtos engomados para mantê-los arrepiados. Chegava de moto e saía para tomar banho e trocar de roupa, porque à tarde retornava. A essa hora comprava a raspadinha. No primeiro dia, fitou-o de modo esquisito. Você estava na praça quando feriram a presidenta, não é?, perguntou. Ele lhe contou como saltara do carrinho quando viu que ela tombava para trás. E ela lhe deu um grande sorriso. Sem saber por quê, sentiu pena dela. Era bem jovenzinha, mas tentava parecer uma mulher velha, madura. Queria parecer supercontrolada.

Um garoto passou a seu lado e botou um pedaço de papel na sua mão. Ele leu:

HOMENS DE FÁGUAS
JÁ É HORA DE AS MULHERES VOLTAREM PARA CASA
NÃO NOS DEIXEMOS MAIS DOMINAR
TODOS NA MANIFESTAÇÃO DOS HOMENS LIVRES
HOJE ÀS SEIS DA TARDE
PONTO DE ENCONTRO: PRAÇA DA INDEPENDÊNCIA

*Santo Deus!*, pensou. *Que país é este que nunca fica quieto!*

Chelita não saiu. Perguntou por ela para várias enfermeiras, mas ninguém soube informar seu paradeiro. Ao meio-dia, voltou para casa para almoçar, dormir a sesta na rede e esperar que desse cinco e meia para vender raspadinhas na manifestação.

# FLUTUAÇÕES

Viviana Sansón flutuou entre as prateleiras como os astronautas na estação espacial. Não se lembrava de quando percebera que podia flutuar à vontade. Talvez quando viu as cigarras e as flores de folha de palmeira? A verdade é que o galpão já não parecia tão escuro como antes. Podia jurar que ele diminuía e que uma mão oculta e desconhecida abria frestas no zinco, deixando penetrar delgados fios de luz que, subitamente, desapareciam no entorno numa atmosfera esmaecida cor de névoa. *O ar está turvo*, pensou. Das prateleiras, viu objetos desconhecidos lentamente se elevarem. Flutuavam a seu lado como para incitá-la a reconhecê-los, mas sentiu que perdia o interesse em recordar. Outras coisas evocaram fragmentos de vida, como os materiais de campanha do PEE: as caixas de comprimidos para dor de cabeça, os pacotes de fraldas adesivados e os testes de gravidez rotulados com seu slogan.

Viu cenas de sua campanha passarem: as reuniões nos pequenos povoados com as matronas entalcadas e enfeitadas que, dos aventais, tiravam os maços de notas para contribuir com sua "receita". As mocinhas que a observavam, que imitavam sua roupa apertada, seu decote e botas e cantavam a canção que o mais belo roqueiro da América Latina, Perrozompopo, havia escrito para ela:

Se você quer mudar
Comece a caminhar
Passo a passo, pé com pé

Vamos em frente
Não duvide

Viviana lhe convida
Convida para a vida
Passo a passo, pé com pé
Vamos em frente
Não duvide

Viu a bandeira branca com o pé de unhas vermelhas ondulando na mão da multidão, ora em câmera lenta, ora rápido, como nos filmes antigos.

Uma sensação de borbulha efervescente, de sangue dançando em seu corpo, a invadiu. Esticou os braços, sentiu uma corrente fresca nas costas a sustentando, a balançando, e se aconchegou pensando mais uma vez que era sua mãe, que era pequena e que encontraria no seio materno o som do coração batendo no ouvido.

Voltou a se esticar completamente. Como era divertido ser leve, se deixar levar no redemoinho de brisa suave e branda que a envolvia. Abriu os olhos por um instante, viu o telhado de zinco brilhando sobre sua cabeça, as vigas de madeira, as lâmpadas que balançavam e sacudiam como se estivessem vivas. Perguntou-se se a terra tremia e ela não percebia porque estava flutuando. Viu as paredes se dissolvendo. O corpo girou. Vislumbrou a feição de Pequeno Príncipe de Sebastián fitando-a com olhos nostálgicos, viu a porta pela qual ela desejava escapar se aproximando em alta velocidade e cruzou a viga acesa.

# A REVOLTA

Enquanto lia uma série de documentos sentada na cadeira do gabinete presidencial que ocupava havia uma semana, Eva Salvatierra ouviu um barulho de vidros quebrados. Levantou a cabeça e se deu conta de que a luz da tarde dera lugar à noite. Pôs-se de pé para ir até a janela quando Viola, a secretária, entrou seguida por duas policiais da segurança pessoal.

– Venha, presidenta, temos que tirá-la daqui. Há um tumulto lá fora estão apedrejando as janelas.

Eva fitou-as da mesa. Afastou uma mecha de cabelo vermelho do rosto.

– Venha, presidenta, por favor – falou a mais corpulenta das policiais, aproximando-se e tomando-a pelo braço.

Aborrecida, Eva afastou a mão da policial. A funcionária, assustada, deu um passo para trás.

– Não pode ser tão ruim – disse Eva, olhando-as com ar de reprovação. Quando alguém punha inesperadamente a mão nela, às vezes reagia assim. Respirou fundo. Pôs-se de pé e olhou pela janela.

– Não são muitos – disse inibida a jovem policial –, mas uma pedrada com boa pontaria...

– Você, que é da segurança pessoal, não sabe que este gabinete tem vidros blindados? – Eva lançou-lhe um olhar severo. – É impossível que uma pedrada faça algo além de barulho.

– Quebraram os vidros de alguns carros estacionados na praça.

– Aqui não é a praça.

Eva debruçou-se na janela. Não eram muitos os homens agrupados do lado de fora com o rosto coberto com balaclava e lançando pedras e bombas caseiras.

Um cordão de policiais se formou diante do Presidencial.

– Entrem em contato com a chefe de polícia – disse com autoridade, apontando para o walkie-talkie da chefe da segurança.

Um minuto depois, falava com ela. A comissária pedia desculpas.

– Desculpas? Há uma situação tensa e você ainda não pensou em reforçar o Presidencial?

Não pretendia se justificar, disse a voz no walkie-talkie, mas apenas mobilizaram patrulhas para cobrir a concentração dos Homens Livres na Avenida da Universidade. Mandaria as unidades antidistúrbios imediatamente.

– É preciso evacuar essas pessoas – disse Eva. – Com mangueiras, *tasers* e gás lacrimogêneo. O que for necessário, sem exageros. Recolham, fichem e liberem todos eles – ordenou.

Nesse momento, Martina entrou no gabinete.

– Evita, há manifestações de homens por todo lado. São grupos pequenos, mas estão muito agressivos.

Eva fez sinal para que Viola e as policias as deixassem a sós. Estaria mais segura ali, disse. Não havia motivo para que fosse para o quarto blindado. As mulheres saíram.

– Às vezes, me pergunto como fizemos durante todos esses anos – lamentou-se Eva, furiosa e andando de um lado para outro. – Como é possível que não soubessem que os vidros são blindados? São coisas que não consigo explicar.

– É melhor prevenir do que remediar. Entendo a lógica.

– Retirar a presidenta do gabinete é uma medida que só é tomada em situações de ataque direto ou tumulto – falou Eva, severa. – Nada parecido com isso.

– Ifigenia e Rebeca estão chegando – disse Martina. – Combinamos de nos encontrar aqui.

– Parece que o coelho saiu da cartola, hein? – disse Eva, sorrindo ironicamente.

– É um absurdo, é estúpido, inexplicável. Você viu o Blog do Impertinente? E como ele, todos os comentaristas homens amanheceram hoje pedindo eleições. Dizem que é isso que a Constituição que reformamos determina e que não aceitarão uma presidenta interina, seja quem for.

– Ora, devemos reconhecer que razão não lhes falta. Nós fizemos essa reforma. Minha nomeação foi uma saída que inventamos. Em péssima hora.

Martina percebeu o mau humor da outra. Mudou o tom.

– Explicamos extensamente as razões no caso particular de Viviana. Estão fazendo alvoroço porque querem.

– Porque querem nos depor. Essa é a realidade que está por trás disso e da história de Viviana.

– Tem certeza?

– Tenho as minhas suspeitas.

– Não fazemos nada com suspeitas. O problema é esse.

Levantou e se aproximou da janela. Podia-se ouvir o barulho das sirenes dos carros de polícia na praça. Martina se aproximou.

Um grande número de mulheres policiais com trajes e capacetes antidistúrbios descia de jipes e caminhonetes, formando um semicírculo ao redor dos manifestantes. Todas estavam armadas com *tasers*.

Martina fitava Eva. Nunca a vira tão tensa e com tanta raiva.

– Esses imbecis vão ver quem são as mulheres – disse em voz baixa, socando com o punho esquerdo a palma da mão direita.

– Calma, Evita, calma. Não perca a doçura de seu caráter.

– Às vezes você não odeia os homens? Não odeio cada um individualmente, mas, quando os vejo assim violentos, em grupo, tenho de reconhecer que um desprezo profundo me vem, Deus sabe de onde.

– Acalme-se, Evita – voltou a repetir Martina. – Este não é o momento. Precisamos ver o que vamos fazer – colou-se à janela. – Veja as policiais e veja os homens se agitando como se quisessem pegá-las, ai, meu Deus, que desgraça.

Ifigenia e Rebeca entraram nesse instante e correram para a janela.

Lá embaixo ouviam-se gritos e rugidos das pessoas. As policiais faziam força, movimentando-se sem se separar para fechar o círculo ao redor dos homens que gritavam insultos: mulheres de merda, filhas da puta... Eva continuava batendo com o punho esquerdo na palma direita.

– Vou descer – falou. – Isso já passou dos limites.

– Nem pense nisso – disseram as três ao mesmo tempo. – Você não é mais ministra da Defesa. Agora é a presidenta. Não se esqueça. Não cabe a você fazer isso.

Martina a agarrou pelo braço. Eva se livrou de Martina.

Lá embaixo, as policiais continuavam avançando com os escudos. Vários homens gritavam, se contorcendo sob o efeito dos *tasers*. Os mais exaltados e barulhentos recebiam a descarga elétrica, que os inutilizava por alguns instantes, mas não deixavam de gritar a série de insultos: bruxas, filhas da puta, vagabundas, o de sempre, mas dito com uma agressividade que há muito tempo não se manifestava.

Do lado do Presidencial, outro grupo de policiais sem capacetes abriu passagem no interior da aglomeração, algemando os homens que, no chão, se recuperavam da descarga elétrica.

Conforme iam se acalmando, eram empurrados para as viaturas. Eram cerca de cinquenta homens, não muitos, como dissera a chefe da segurança.

Pouco a pouco, a praça ficou em silêncio. Com as sirenes ligadas gritando na noite, uma a uma, as patrulhas se foram com o carregamento de homens furiosos, desafiadores.

Bateram à porta, e a chefe da Polícia Nacional, Verónica Alvir, despenteada e suada, entrou. Parou diante de Eva.

– A evacuação está completa – falou. – Missão cumprida.

Martina conteve o impulso de dizer a ela para se sentar e tomar um copo de água. A policial era uma mulher forte, alta, magra, mas com antebraços musculosos. Certamente levantava pesos.

Eva deu-se por satisfeita com um movimento de cabeça. *Qual o problema?*, pensou Rebeca. Obrigada, ouviu-a dizer. Fichem e liberem todos eles.

As quatro ficaram sozinhas. Eva deixou-se cair na cadeira. Cobriu o rosto com as mãos por um instante.

– Bom, já passou – disse, sacudindo os cabelos.

Ifigenia, Martina e Rebeca se entreolharam. Poucas vezes viram a calma e impassível Eva perder o controle.

– Há manifestações em várias partes da cidade – falou Rebeca. – Temos que pensar no que faremos.

– Nada – disse Martina. – Há liberdade de expressão, de associação. Não podemos fazer nada, só podemos intervir se houver vandalismo ou ataques à propriedade pública ou privada. Vocês se preocupam com isso e eu me preocupo com que homens, mulheres e semelhantes tenham a liberdade de se manifestar.

No dia seguinte, mais homens foram para as ruas. Dessa vez, como anunciara Martina, eram os Machos Eretos Inveterados. Desfilaram pacificamente pela avenida principal, com falos enormes pintados em cartolina e outros feitos com tecido bege, recheados de algodão.

Nas calçadas, as mulheres os viam passar; umas riam, outras mostravam a língua.

Dia após dia, as manifestações se sucediam. Eleições! Eleições!, gritavam os homens.

# OS CONSPIRADORES

Leticia Montero levantou-se sorrindo do sofá onde assistia à televisão. Serviu uma taça de vinho para si e, para o marido, um copo de uísque. Entregou-lhe a bebida e tocou sua taça no copo dele. A coisa vai bem, disse.

– Mulher de pouca fé – disse ele, dando uma piscada. – Eu lhe disse para ter paciência.

– É difícil para mim – ela falou –, reconheço. Por exemplo, diga-me o que vai acontecer agora.

– Isso vai continuar crescendo. É questão de dias.

– E o que você acha que vai acontecer?

– Elas terão que ceder.

– Hum...

– A menos que você tenha uma ideia melhor.

– As mulheres – disse Leticia. – É preciso provocar as mulheres. Até agora apenas os homens foram às ruas.

– Excelente! – falou o marido, esticando a palma da mão para bater contra a dela. – Toca aqui!

– Se não for assim, não vai funcionar. Temos que levar para as ruas as amigas das mulheres da oposição, que estão na Assembleia, para que sejam vistas e ouvidas. Elas estão enfeitiçadas por essas bruxas. Vai saber que poção colocam no café.

– Eu lhe ofereço todos os recursos: transporte, o que precisar, mas cabe a você organizar a ala feminina.

Leticia sorriu maliciosa.

– Não se preocupe com isso – falou. – Não pense que não aprendi nada com você durante todos esses anos. Mas me diga uma coisa: o que aconteceu com o pistoleiro?

– Já falei que não tive nada a ver com essa história. Foi outra pessoa que se encarregou disso. Tive uma participação irrelevante... Bem, até certo ponto. Sei que há um acordo. Nós vamos cuidar da mulher dele se o capturarem. Foi a única coisa que pediu, que cuidássemos dela e a vigiássemos, porque ela foi para a casa da mãe e ele não quer que ela lhe meta chifres.

## Transcrição completa da terceira entrevista com o senhor José de la Aritmética

(*Barulho de cadeiras.*)

**J. A.:** Bom dia, sra. presidenta, parabéns pela nomeação.

**E. S.:** Obrigada, sr. José. Sente-se, por favor. (*Barulho de cadeiras.*) Veja, sr. José, mandei chamar o senhor porque precisamos saber com urgência quem está por trás desses tumultos. Suspeitamos de que haja uma ligação entre eles e esse tal Dionisio de quem o senhor me falou, o marido de Ernestina. Nós o trouxemos aqui, o interrogamos, mas ele se fez de desentendido; disse a mesma história que o senhor contou: que a Virgem estava chorando, que aparecia para ele na pia todas as manhãs porque nós a fazíamos sofrer, mas negou que fosse o autor do atentado. Algumas pessoas que estavam na praça acreditaram reconhecê-lo, mas não temos elementos suficientes para prendê-lo. O senhor não acha que Ernestina, a esposa, possa nos dar alguma pista?

**J. A.:** Açucena, minha filha, já falou com ela, mas ela diz que não sabe de nada.

**E. S.:** E o senhor acredita nela?

**J. A.:** (*Sons inarticulados expressando dúvida.*) Hum, bem, não sei, a verdade é que achei meio suspeito ela se separar dele um mês antes do atentado contra a presidenta.

**E. S.:** Açucena acha que ela considera o senhor como pai, que talvez o senhor a convença a dizer o que sabe. A julgar pela situação, seria urgente saber...

**J. A.:** Entendo. Também me preocupa o alvoroço que criaram com o pretexto de sua eleição. Vê-se que estão buscando pretextos.

**E. S.:** Sabemos que Ernestina não voltou para o marido, mas parece que há aproximações, que ele foi buscá-la...

**J. A.:** É provável que sim, e como ela já teve uma recaída, é reincidente, não entende que esse homem não tem compostura... Olha, não prometo nada, mas deixe-me ver o que posso fazer...

# NOTÍCIA DE PRIMEIRA PÁGINA NO JORNAL *EL COMERCIO*

Agência EFE, 20 de novembro
Por Pilar Moreno

Se ontem foram os homens, hoje são as mulheres que saem às ruas de Fáguas para exigir que sejam realizadas eleições e protestar contra o que qualificam como nomeação "ilegal" da ministra Eva Salvatierra como presidenta interina.

Um grupo numeroso de mulheres de todas as classes sociais saiu da catedral e de outras igrejas e marchou até o edifício da Assembleia Nacional, fazendo barulho com caçarolas, apitos e tambores.

Por sua vez, as mulheres simpatizantes do partido do governo, o PEE, concentraram-se nas calçadas para ver a passagem da manifestação. Enquanto as manifestantes lançavam insultos às observadoras, estas atiravam flores e agitavam pacificamente as já conhecidas bandeiras do pezinho.

"Não temos nenhuma queixa contra outras mulheres", disse Cristina Bescós, da calçada onde a entrevistávamos enquanto ela lançava crisântemos amarelos que trazia em uma cesta. A indústria das flores, como se sabe, é um dos mais espetaculares sucessos do governo feminino do PEE. Fáguas já alcançou os principais mercados do mundo e existem negociações para adquirir mais dois Boeings 767 para suprir a crescente demanda.

Por sua vez, a ministra das Liberdades Irrestritas, Martina Meléndez, anunciou que seu gabinete está aberto para receber as solicitações da população que queira se manifestar contra ou a favor. Segundo nos informou, estão planejadas para amanhã duas atividades para as quais já foi concedida permissão: a primeira foi convocada sob o nome de "Nós, mulheres, nos colocamos de pé", e consistirá numa deitada coletiva na Praça da República (e em qualquer lugar onde qualquer mulher queira se deitar) e numa levantada, igualmente coletiva, quando soarem as doze badaladas do meio-dia. A outra atividade terá lugar nos bairros, onde grupos de mulheres passarão pelas casas fazendo as unhas dos pés e pintando de vermelho as unhas das mulheres que assim o desejarem.

# RELATO DE JUANA DE ARCO

O tempo passa lentamente no hospital, mas eu nasci dotada de uma enorme paciência. Quantos meses levei para serrar com uma lima as grades da janela, quando fugi da escravidão sexual em que vivia? Já nem me lembro. Quantos anos até voltar a saber das duas companheiras que perdi na noite em que Viviana me acompanhou? Coisas da vida! Se tivessem tido a paciência de esperar onde falei, a história teria sido outra. Mas não tiveram paciência. Por isso, uma segue de bico em bico e a outra está morta. É bem fácil morrer quando se é bonita e pobre. Um escorregão, um erro de julgamento, um pouco de confiança num sujeito que não merece, e lá se vai você, triste. Em compensação, que sorte a minha! Às vezes, acho até injusto tanta sorte para uma pessoa só. Por isso, a mulher nesta cama jamais padecerá enquanto eu estiver viva. Sou sua Juana de Arco, sua cavaleira andante, sou capaz de tudo por ela. Acho que ela não sabe disso e é melhor que seja assim. Se tivéssemos plena consciência de quão transcendente um mero gesto de solidariedade pode chegar a ser para outro ser humano, teríamos de repensar nossa vida toda. Basta ver o que significou para mim a intervenção de Viviana.

Estava pensando nisso. Lembro bem. Exatamente nisso quando Viviana abriu os olhos. Eu não me mexi, juro. Estava recostada na cadeira, sem sapatos, com os pés na beirada da cama, com o livro sobre as pernas, perdida em meus pensamentos. A verdade é que estava ali sem estar estando. Divagava em minha mente. Bastava ouvir os batimentos do coração dela na máquina para ficar tranquila. Não precisava vê-la. No fim das contas, ela estava nesse estado havia dois meses. Eu fazia exercícios com ela: movia as pernas, os braços, ajudava a enfermeira que lhe dava banho, massageava sua cabeça, conversava com ela, lia para ela. Só quando Emir chegava eu saía. Mas ele era muito emotivo. Não passava nem quinze minutos junto de Viviana e já estava chorando. Dava pena. Eram enormes lágrimas de homem que saíam. Doía-lhe muito vê-la assim, mas vinha frequentemente. Ia para Washington e não faltava no fim de semana. Ele me substituía aos sábados e domingos. Não que eu precisasse que me substituíssem, mas, enfim, ele era o homem dela. Às vezes, Celeste também vinha. Às vezes, eu tinha que trabalhar, mas, pouco a pouco, Martina e as outras me liberaram de outras obrigações. O fato de eu estar com Viviana as tranquilizava; elas podiam se dedicar a suas coisas sem se preocupar. E isso era importante. Era bem claro para mim.

Mas, como eu dizia, quando ela abriu os olhos, eu não me mexi. Fiquei congelada esperando. Era por volta das três da tarde. O sol entrava pela janela e a luz oblíqua sobre a cama não deixava dúvidas de que eu estava vendo os olhos abertos de Viviana. Eu me mexi bem devagar, lentamente baixei as pernas e me inclinei para frente para me aproximar. *Não seja brusca*, disse a mim mesma. Devagar, devagar. Fui me aproximando de seu rosto, até que achei que meu rosto havia sido enquadrado na lente de seus olhos. Sussurrei para ela: Vivi, Vivi.

Normalmente, por respeito, eu a chamava de presidenta, mas achei ridículo dizer presidenta naquelas circunstâncias, por isso disse o que disse: Vivi.

Fitou-me. Ai, meu Deus! Ninguém imagina o que significa ser *visto* por alguém de quem se gosta! Conheço tantas pessoas que nunca, jamais, em tempo algum, veem; que não sabem ver. Acham que veem, mas veem apenas a si mesmas, buscam apenas seu reflexo. Mas Viviana me *viu*.

Foi como se ela me tocasse. Senti seus olhos percorrendo minha testa, as pontas do meu cabelo engomado, o arco das minhas sobrancelhas, meu nariz, minha boca, os brincos nas minhas orelhas. Podem rir, mas era um olhar sensual: ela me desenhava como se fosse uma exploradora descobrindo um continente perdido, como se me lambesse com gosto.

E eu sorri como se me fizesse cosquinhas. Passei a mão em sua testa. Olá, falei, olá, Vivi. E ela sorriu também. E também me disse: Olá, olá, quase sem voz, um olá que mais intuí que ouvi. Sua garganta devia estar muito seca, pensei. Mas voltei a dizer olá não sei quantas vezes, bem devagar, e ela também, até que comecei a ouvir apenas a palavra se formando em sua garganta. Bem-vinda, falei depois. E ela sorriu, e eu não cabia em mim de tanta alegria, porque senti que estávamos nos comunicando, que ela estava ali de corpo inteiro, que sabia que eu estava ali, que tinha até senso de humor pela forma como sorriu quando lhe disse "bem-vinda".

Beijei-a na testa e apertei sua mão. Ela me devolveu o aperto. Suavemente, mas senti seus dedos se enroscarem nos meus. Esperei um instante. Não chamei ninguém. Queria esse momento para mim. Era meu, minha recompensa por não duvidar que ela voltaria. Seus olhos se moveram. Fitou o teto, as janelas.

E então me atrevi a perguntar.

– Você sabe quem sou eu? – sussurrei temerosa, olhando-a nos olhos, deixando que me visse.

– Perfeitamente – disse.

PERFEITAMENTE.

Não disse sim nem assentiu com a cabeça. Pronunciou essa enorme palavra, complicada, complicadíssima: perfeitamente.

– Quem sou eu? – perguntei.

– Juana de Arco – respondeu-me rouca, com uma voz suave, apenas audível.

Eu sei que não devia ter começado a chorar, mas o que querem que eu diga; senti lágrimas enormes brotando, como se o cérebro estivesse cheio de charcos e poças esperando para esvaziar. Ali a seu lado, sentada junto à cama, cobri o rosto com as mãos e solucei com toda a minha alma; deixei escapar a angústia dos dois meses em que a velei e chorei, principalmente porque me invadiu a plenitude de uma felicidade que até então eu não conhecia, a plenitude de um amor profundo por essa mulher, porque, ao recuperá-la, recuperei a mim mesma, porque ela não só soube quem eu era, mas disse que sabia PERFEITAMENTE. E isso era muito bom, era um jubileu, uma celebração, uma festa.

Chamei os médicos e liguei para Celeste, Emir, Martina, Rebeca, Eva e Ifigenia.

Em pouco tempo, o quarto estava repleto de máquinas e médicos. Pediram que esperássemos do lado de fora. Aglomeramo-nos no corredor, nos abraçando e chorando. Era uma cena de loucura. Emir telefonou novamente. Pegaria o primeiro avião, falou.

# DIONISIO E O COMPLÔ

Ao sair do gabinete de Eva Salvatierra, José de la Aritmética recordou a agitação em sua casa quando souberam que a polícia convocara Dionisio para depor.

– Ernestina o abandonou em boa hora – dissera ele, sem poder evitar que uma incômoda suspeita rondasse sua mente.

– Faz exatamente um mês. Parece que estava adivinhando – falou Mercedes.

Foi direto procurar Ernestina. Vivia com a mãe desde que deixara Dionisio, a uns quarenta e cinco minutos de distância. *Ela o aturou durante tantos anos*, pensou, *doze anos, e foi abandoná-lo justo antes do atentado contra a presidenta*. Perguntou-se se Ernestina sabia de alguma coisa. Assim como Eva, ele também achava que mais alguém estava por trás do atentado. Ninguém o convenceria de que não havia gato escondido nessa história. *Gato não come gato*, pensou com seus botões.

Ele nunca simpatizara com Dionisio. Foi franco com Ernestina desde que a viu deslumbrada como criança pelo famoso namorado. Ele era bajulador e se passava por fino, além de gostar de contar histórias de motorista elegante, sobre os lugares no exterior aonde ia com os patrões. Voltava com presentes para ela: roupas e brincos e todas essas coisas que encantam as mulheres. E a levava para os "night clubs" porque era boêmio e gostava de beber. Mas só nos fins de semana, dizia Ernestina, e o defendia: Não era errado o homem ser alegre. Merecia beber de vez em quando, porque era trabalhador. Não confie nele, Ernestina, sr José pedia. E era verdade que a desconfiança que ele sentia era pura intuição, porque lhe dava arrepios vê-lo se inclinar para a garota e dizer-lhe coisas ao pé do ouvido; parecia que os olhos e o corpo não funcionavam em sintonia. Fazia os gestos corretos, mas com o olhar calculava como controlar a alma, a vida e o coração dela. Mercedes também não simpatizava com ele. Gostavam de Ernestina, como filha, porque a viram crescer. Quando pequenas, Açucena e ela foram inseparáveis, as duas igualmente distraídas, más alunas e boas nos esportes; Açucena, gordinha, com a constante surpresa estampada no rosto, e Ernestina, magra e comprida. Via-se que seria linda, pois tinha a cor de olhos mais dourada que ele vira. A amizade com Açucena, o carinho, tudo se acabara desde que Ernestina casou. Começou a chegar machucada, com os lábios cortados, crostas de sangue no nariz, um dente a menos. Refugiava-se na casa deles, jurava que deixaria Dionisio, mas voltava uma e outra vez, porque dizia que ele chorava e fazia promessas. Quando os filhos nasceram, sr. José soube que já não tinha remédio. Se ela tivesse estudado, poderia trabalhar, mas Ernestina não sabia fazer nada. Açucena, pelo menos, tirara partido do físico atlético e se tornou policial. Com o tempo, ver Ernestina machucada tornou-se coisa de cada dois, três meses. Nem quando estava grávida o tal Dionisio deixou de espancá-la, depois a proibiu de ir até a casa deles visitá-los. Sr. José passava todas as tardes vendendo raspadinhas perto da casa dela para ao menos se inteirar de como ela estava e preocupava-se, porque as histórias de Ernestina iam de mal a pior. O homem a torturava, disseram-lhe uma vez. Pegava gelo e encostava em seu corpo até queimá-la. Contou para Açucena e a polícia o levou preso, mas foi pior. Ernestina foi buscá-lo e ele se enfureceu ainda mais contra ela. Toda a beleza se acabou. Foi triste ver como ela foi se arruinando: passava o tempo lavando a roupa, desarrumada, despenteada, cada vez mais magra e abatida.

A única coisa que a alegrou, e que chamou a atenção do sr. José, foi a campanha do PEE; as mulheres se aproximavam da casa, e primeiro ela falava com elas do jardim, mas depois convidou-as para entrar, reagiu. Na época, Dionisio fizera um corte profundo na mão dela com uma navalha, e por causa disso Ernestina foi para a casa da mãe e, pela primeira vez, se separou para valer. Arrependido, Dionisio prometeu mudar. Entrou para a seita Não Chore Mais. Teve sua grande conversão religiosa:

falava em línguas, rezava aos gritos e lia a Bíblia, que sempre trazia debaixo do braço. *Sovaco de santo*, sr. José pensava consigo mesmo. O melhor foi que parou de beber. Ernestina voltou para ele. Garantia que ele era outra pessoa. Mas, quando a campanha eleitoral se intensificou e Ernestina disse que votaria no PEE, a guerra começou outra vez. Essas mulheres eram pecadoras, devoradoras de homens, pervertidas, queriam apenas acabar com a religião e os bons costumes; eram satânicas, mentia Dionisio. Um dia, quando Açucena apareceu vestindo uma camiseta do PEE – José se lembrava disso muito bem –, expulsou-a de sua casa com impropérios. No fim das contas, não se soube se Ernestina conseguira votar, mas as coisas pareciam um pouco melhores, porque ela se ofereceu para cuidar das crianças na creche do quarteirão. As mulheres da região que trabalhavam escolhiam uma "mãe voluntária" entre as que ficavam em casa e deixavam as crianças com ela. O Estado oferecia uma verba para organizar dentro da casa um espaço para as crianças, fornecia comida e brinquedos e pagava um salário modesto para quem quer que se encarregasse disso, porque diziam que a maternidade era questão de vocação e não de sexo e que bem podia haver homens que quisessem ser mães. E assim ocorreu quando aprovaram a lei de subsídios para as "mães voluntárias". Os homens liberados do serviço público estatal se ofereceram e, na verdade, não desempenhavam mal seu papel. Todos os homens e mulheres eram treinados e supervisionados. A função parecia feita para Ernestina. Ela ajudava a vizinha e dividiam a pequena remuneração. E o que significava trabalhar?, pensou José. Para Ernestina o trabalho e também o ambiente caíram como uma luva, tinha de reconhecer. Para mulheres assim tão desprezadas pelo marido, o governo havia sido um alívio, porque não perdoava maus-tratos. Bem sabia ele por Açucena, que trabalhava nas Unidades Especiais. Se antes era comum que a própria esposa maltratada defendesse o marido quando chegava a polícia, agora isso já não funcionava. Não havia protesto da esposa que valesse. Levavam-na também. Metiam os dois em centros especiais de reeducação: durante o dia todo, viam palestras, consultavam psicólogos e no fim tinham de assinar um documento se comprometendo a respeitar o parceiro, sob pena, dessa vez, de prisão para o agressor, e no caso de reincidência voltavam a levá-los para a reeducação e, no fim das contas, não os deixavam em paz.

Também ajudavam as mulheres que decidiam deixar o marido, dando-lhes um lugar para viver até que encontrassem trabalho, ou enviando-as para os campos de cultivo de flores para aprender o ofício, e ali havia colégios e lindas creches para os filhos. Também nisso *as eróticas* haviam sido muito boas, por que negar? Ele não entendia bem por que era tão difícil reconhecer isso nas mulheres. *É muito duro para nós, homens*, pensou. *Parece que nos arde como pimenta reconhecer que fizeram um bom trabalho.*

*Quem dera* as eróticas *não deixassem que as tirassem do poder facilmente*, pensou. A ruiva Eva bem que podia fazer o trabalho da Sansón. Era mais uma coisa a seu favor. Nos partidos de antes, nunca se viam os substitutos dos dirigentes; eram sempre os mesmos, as mesmas caras, os mesmos nomes, até as mesmas camisas eram usadas, campanha após campanha.

Estava chegando à casa da mãe de Ernestina. Era uma casa muito decente num bairro de construções idênticas, organizadas em fileiras ao redor de um parque. Dona Vera passara anos fora do país trabalhando como governanta na Suíça. Com o dinheiro que economizou, agora vivia bem. Lembrava-se sempre dela como mulher empreendedora. Ele a conheceu numa barraca de refrescos aonde ia quase diariamente matar a sede e conversar com os fregueses. Tornaram-se amigos, e foi assim que Açucena e Ernestina travaram a amizade infantil que ainda perdurava.

Bateu à porta e dona Vera abriu. O abraço que lhe deu cheirava a colônia e lavanda, mas foi menos efusivo e amplo que de costume. Era evidente que estava tensa e angustiada. No belo rosto e nos olhos dourados, via-se a preocupação. Ainda assim, ficou claro para ele que se alegrava em vê-lo.

Ernestina apareceu pouco depois. Cumprimentou-o, afável. Parecia mais saudável, mais tranquila. O que o traz aqui? Faz algum tempo que não o vemos.

Ele esperou que dona Vera se levantasse para fazer suas coisas e os deixasse a sós. Assim que ela se ausentou, ele assumiu um ar sério. Interrompeu a conversa leve.

Sussurrou.

– Ernestina, o que venho lhe pedir é importante. Você sabe o que está acontecendo. Tem gente que quer acabar com o governo, que está conspirando, e isso não é conveniente para nós, você não acha?

– Quem, sr. José?

– Não sei. É isso que eu queria: saber – olhou-a fixamente.

Ela baixou os olhos.

– Eu acho que você sabe de alguma coisa que ainda não disse. Acho que foi por isso que deixou Dionisio, porque sabia que ele estava metido nisso.

Ernestina se levantou.

– O senhor não quer tomar um refresco?

– Venha aqui, sente-se. Não se incomode – falou, controlando a urgência para não assustá-la.

Ela voltou a se sentar. Roía a unha.

– O senhor sabe como a presidenta está?

– Continua mal, continua em coma.

– E o senhor gosta da outra que puseram em seu lugar?

– Sim. Eu a conheci. É boa pessoa. Ernestina, se você sabe de algo, gostaria que me dissesse. Ninguém vai saber que você me disse. Juro pelo que há de mais sagrado. Você sabe como gosto de você.

– Sim, sim, eu sei – falou, baixando a cabeça e olhando para a saia. Fitou-o subitamente. – É que tenho medo. É gente ruim.

– Imagino que sim – sorriu José de la Aritmética. – Por isso mesmo. Lembre-se de que pecado não é apenas fazer, mas também não fazer o que se deve.

Foi longo o processo para convencer Ernestina de que falar não a colocaria em perigo. José de la Aritmética se armou de paciência. Jantou na casa porque dona Vera os interrompeu com a refeição. Permaneceu ali depois que a senhora foi se deitar. Ernestina estava cansada, mas não dizia nada concreto, apenas insinuações, temores. À meia-noite, tal como a Cinderela, mas sem perder o sapatinho, finalmente falou sobre Jiménez. Foi o magistrado, disse. O motorista desse senhor veio buscar Dionisio diversas vezes.

– E até começou a gostar de mim – acrescentou. – Por isso me dei conta de quem era o chefe, dos negócios que tinha. O motorista me dizia que procuravam Dionisio para oferecer-lhe trabalho, mas o trabalho jamais se concretizou. Esse homem falava com tal veneno quando mencionava o PEE que me dava nojo. Dionisio saiu com ele várias noites. Depois disso, começou com a história de que via a Virgem. Não gostei disso. Parecia que estava se fazendo de louco de propósito. No dia em que encontrei a pistola escondida atrás de um pedaço de madeira, por pura casualidade, pensei que era melhor ir embora. Tive o pressentimento. Temi por meus filhos.

– Dionisio sabe que você encontrou a pistola?

– Não, sr. José. Não sou tola. Não contei nada para ele. Nem toquei nela. Vê-la foi o suficiente para mim.

– Agora vamos fazer uma coisa. Você vai ficar aqui. Não saia nem mande as crianças para a escola.

– Viu? Viu por que não queria contar? – gemeu Ernestina.

Ele a segurou pelo braço.

– Juro pela minha mãe e pelo meu pai que estão no céu que nada de ruim vai lhe acontecer. É uma precaução. Só isso. Apenas por hoje. Não abra a porta nem atenda o telefone. Se você fizer tudo isso, não vai correr perigo. Avisarei quando essa confusão se esclarecer. Tudo bem?

Ernestina assentiu com a cabeça.

# JUSTIÇA

José de la Aritmética saiu da casa de dona Vera de madrugada. Deixou o carrinho de raspadinhas lá. Foi até a esquina e parou um táxi. Eva havia lhe dado o endereço de sua casa. Se ele obtivesse informações em seu encontro com Ernestina, ela falou, deveria procurá-la a hora que fosse.

Nunca em sua vida de vendedor ambulante sentira a mistura de sentimentos que agitavam seu estômago naquele momento. Tinha medo, mas também orgulho. Se, por instantes, se sentia a encarnação viva de Sherlock Holmes ou James Bond, disfarçados de pobres, em outros, queria se esconder ou mergulhar no peito acolhedor de Mercedes. O que fiz, meu Deus? Vou me meter com a máfia mais corrupta e desalmada deste país. Vou pôr em risco minha família, Ernestina. Virgem do Perpétuo Socorro, ajude-me, são Cristóvão, o senhor me protegeu no trânsito, não me abandone, são Pascualito Bailón, murmurava, subitamente tremendo de frio, batendo os dentes.

– Bem se vê que o senhor não costuma madrugar, amigo – falou o taxista. – As madrugadas são frias mesmo.

– O senhor tem ra-ra-zão – disse. – Em ge-geral, n-não ma-ma-drugo.

Desceu na esquina da casa de Eva. Não queria que o taxista soubesse aonde ia.

Entre as voltas que deram as guardas para decidir se José de la Aritmética não era um desequilibrado e aceitar que deviam acordar a chefe, mais de meia hora se passou. Felizmente, chamaram a capitã García e ela autorizou que o deixassem passar e se encarregou de tirar Eva de seu sono.

Ela o recebeu vestida com uma blusa de moletom, de chinelo. Ofereceu-lhe café e lhe emprestou uma jaqueta. Ele não quis dizer nada até que entrassem no escritório da casa. Ali, de portas fechadas, contou-lhe o que sabia.

Eva despertou rapidamente. Em menos de quinze minutos, convocou as oficiais. A casa ficou cheia de gente, mas ele continuou metido no escritório, escutando apenas o ruído dos passos, a chegada dos carros.

Eva saiu para se trocar. Demorou a voltar. José começava a cochilar quando ela entrou novamente no escritório.

– Sr. José, vamos montar uma operação agora mesmo para prender essas pessoas. O mérito do senhor é incomensurável e não tenho como lhe agradecer em nome da presidenta, do PEE, de Fáguas – falou. – Vamos recompensá-lo como o senhor merece, mas por enquanto quero que saiba, embora eu lhe peça para não dizer a ninguém, que a presidenta Viviana saiu do coma ontem e que os médicos acham que ela vai se recuperar totalmente.

O rosto fino, prematuramente envelhecido pelo sol, a cara boa de José de la Aritmética, se distendeu num grande sorriso. Ele levou as mãos à boca como uma criança animada e riu. Graças a Deus, graças a Deus, que boa notícia, que grande notícia.

– A senhora não vai mais ser a presidenta, então?

– Acho que não, sr. José. Espero que não. Para ser franca, prefiro meu trabalho.

Tinha que sair, ela falou, mas encarregaria a capitã García de instalá-lo num quarto, com uma televisão em cores e filmes, para que passasse o dia descansando. Podia telefonar para casa, mas ela preferia que não fosse para a rua.

– Recomendei o mesmo à Ernestina.

– Bem pensado – disse. – Acho que o senhor vai deixar de vender raspadinhas e virá trabalhar comigo – piscou um olho para ele e saiu.

*Não seria nada mal. Nada mal*, pensou José, rindo sozinho. *Acho que comecei a vender raspadinhas para andar por aí*, pensou, *e certamente tenho no sangue essa coisa de ser detetive.*

# COM MEDO DE FECHAR OS OLHOS

O resplendor a deslumbrou. No entanto, pouco a pouco, Viviana reconheceu a luz e a percebeu como se fosse pela primeira vez, os olhos fixos nas partículas de pó flutuando nos raios que entravam pela janela. Como era fluida, pensou, como inundava tudo feito uma atmosfera iluminada. Sentiu-se pesada, um barco encalhado suspenso na claridade. Ouviu o bipe das máquinas, percebeu o corpo dolorido, perfurado, a sonda no nariz, o braço com a linha do soro, o incômodo na uretra. Permaneceu imóvel com os olhos abertos por um longo período. *Estou no hospital. Atravessei a porta. Não estou morta.* Lentamente, a conta-gotas, percebeu que estava consciente. Achou que ouvia, como se se tratasse de uma máquina posta para funcionar por um mecanismo invisível, o chiado de seu ser se reacomodando em seu interior, fazendo funcionar as engrenagens, se reconhecendo. *Sou Viviana Sansón, tenho quarenta anos.* E se não fosse verdade? Quem ela era se isso não fosse verdade?

Começava a se angustiar quando viu o rosto de Juana de Arco surgir diante de seus olhos.

– Bem-vinda – ouviu. – Você sabe quem sou eu?

Sabia perfeitamente. Respondeu e não ouviu sua resposta. Tentou novamente.

Depois chegaram os médicos. Os exames. Martina, Celeste, Eva, Ifigenia, Rebeca. Nomeou-as uma a uma, com imenso alívio. *O que será que eu esqueci? Quanto de mim se perdeu?*

Levaram-na na maca pelo corredor. Introduziram-na na máquina branca, na cápsula espacial. O corredor outra vez. Estava muito cansada.

Queria dormir, mas tinha medo de fechar os olhos, de que as pessoas de que gostava e que estavam tão felizes por vê-la, como se tivesse chegado de uma longa viagem, desaparecessem.

Agarrou a mão de Celeste. Os médicos queriam que apertasse as mãos, que movesse os pés. Sentia o direito, mas pouco o esquerdo.

– Doutor, não me deixe dormir – pediu. – Estou com muito sono.

– Faça um esforço para ficar acordada mais um pouco – falou o médico.

– Martina – ouviu –, Martina, venha contar alguma coisa. Ajude-me a fazer com que ela não durma.

Martina falou de Emir. Estava a caminho, contou. Você sabe quem é, não?

Viviana assentiu com um sorriso. Caramba, falou Martina, eu tinha esperança de que você acordasse lésbica, riu. Mas você é uma hétero perdida, não tem jeito.

– Fáguas – disse Viviana. – Fale-me de Fáguas.

Martina a colocou a par, do modo mais simples que encontrou, dos acordos econômicos com a Comunidade Europeia, dos problemas com as chuvas na região atlântica do país, mas se estendeu o quanto pôde em assuntos leves.

– Quem está governando? – perguntou Viviana.

– Eva. Eva está governando.

Viviana fechou os olhos. Foi então vencida pelo sono.

# A RENÚNCIA

A população de Fáguas foi informada do retorno de Viviana Sansón poucos dias depois que ela saiu do estado de coma. O que ninguém esperava, nem as colegas do PEE, nem Emir ou Celeste, foi que ela decidisse renunciar à Presidência do país.

– Está louca, mulher? – Martina era a mais contrariada. Controlava-se para não gritar, mas mal conseguia. Dava voltas pelo quarto na casa de Viviana como se fosse uma fera enjaulada.

– Não estou louca, Martina. É uma decisão irrevogável.

– Acho que devemos deixar passar uns dias – observou Eva, tentando conciliar. – Viviana, você não sabe a confusão que se armou com essa nomeação. Se você renunciar, a oposição certamente exigirá novas eleições.

– Não vejo nada de mal nisso – falou Viviana. – Tenho certeza que venceremos.

– Vamos ver – disse Emir. – Temos que raciocinar. Se você tivesse algum impedimento físico, seria lógico, mas os médicos dizem que, em dois ou três meses, você estará caminhando sem mancar. E sua mente está perfeitamente bem.

– Fáguas não deve ter uma presidenta mais ou menos – disse Viviana. – Já disse que é uma decisão irrevogável.

– Se não há problemas, é preciso criá-los... – sentenciou Rebeca.

– Ifi, convoque a emissora de televisão para um pronunciamento meu – pediu Viviana. – Amanhã mesmo.

José de la Aritmética estava almoçando vendo as notícias, satisfeito como poucas vezes na vida. Dionisio, os Montero, Jiménez e uma série de personalidades seriam julgados. Numa operação sincronizada, Eva conseguiu capturá-los. Retiraram Jiménez do avião privado, pronto para decolar do aeroporto. Algum informante o pusera de sobreaviso. A mesma Eva, a ruiva, possuída pelos mil demônios de sua alma justiceira, entrou a toda velocidade na pista com o jipe e parou bem em frente ao avião, impedindo que se movesse. Com a pistola na mão, empoleirada sobre o capô do jipe, obrigou o piloto a abrir a escotilha e deixar Jiménez sair até a escada. Tire-o daí ou destruo o avião, e todos vocês vão numa bola de fogo para o mesmo inferno, ameaçou.

Os delinquentes já estavam presos. Ernestina e os filhos estavam numa casa, reclusos e protegidos. Ela aceitara testemunhar.

José esperava que, a qualquer momento, Eva o chamasse para lhe dar sua primeira missão como detetive oficial, agora que os homens estavam sendo readmitidos para trabalhar no serviço público estatal.

Quase deixou o garfo cair quando viu o rosto de Viviana Sansón aparecer na tela. Magra, com apenas uma penugem de cachos sobre a cabeça (*Até careca ela é bonita*, pensou José), saudava o povo e agradecia a solidariedade e as flores. Era um discurso comovente, que de imediato o deixou espantado. *Não pode ser*, pensou. "Quero dizer que, após refletir muito, decidi renunciar", ela disse. "Minha recuperação levará tempo. Vocês já esperaram demais. Merecem uma governante com plenos poderes físicos e mentais."

Mercedes, que se aproximara para ver o discurso, tapou a boca com as mãos.

– Ai, meu Deus! Estávamos tão alegres e agora isso.

Pode-se dizer que, por um minuto, enquanto as pessoas assimilavam a notícia, fez-se um grande silêncio em Fáguas.

Mas deixar de ser presidenta não estava no destino de Viviana Sansón.

Nessa mesma tarde, como se um flautista de Hamelin invisível tocasse sua melodia encantada, mulheres, homens, jovens, velhos começaram a caminhar até o Presidencial. Em silêncio, milhares e milhares de pessoas se aglomeraram sob a varanda do gabinete oval. Não traziam faixas nem cartazes. Não gritavam palavras de ordem, simplesmente chegavam e ficavam de pé. Martina chamou Emir.

Ele pediu que ela não dissesse nada a Viviana. Era preciso esperar, falou, controlando a emoção que a notícia gerou, ansioso para ver com os próprios olhos aquele gesto maravilhoso.

Por volta de seis da tarde, deixou Viviana com Celeste e saiu. Da varanda do gabinete, junto com Juana de Arco, que finalmente se comportava como a jovem que era, batendo palmas e num incontrolável estado de euforia, viu, até onde alcançava o olhar, as avenidas cheias de gente. Na praça, a multidão invadira todos os espaços disponíveis: o parque próximo, os edifícios contíguos. A rádio informava que, dos povoados do interior, as pessoas saíam rumo à cidade.

– Um pé na frente do outro – sussurrou Emir para si mesmo e saiu para buscar Viviana.

Ele a conhecia. Sabia que ela não poderia resistir a tal demonstração de amor.

E tinha razão.

Viviana voltou à Presidência por aclamação popular.

# VIVIANA

Tenho uma bala alojada no crânio. Ficará comigo pelo resto da vida. Sei que está ali, e saber disso é uma advertência que não ignoro. A recuperação foi longa. A perna esquerda levou meses para se mover novamente e voltar a ser minha, mas regressei lúcida do quarto das Lembranças Sempre Presentes. Não me perdi no caminho. Regressei com a memória intacta e com a estranha capacidade de não esquecer o que há no galpão de coisas esquecidas que é o tempo. Não me pareceu uma capacidade singular no início. Lendo as fantasiosas histórias de pessoas que despertam do estado de coma com o poder de enxergar o futuro ou ver fantasmas e coisas assim, ria com Emir de como meu coma se mostrou mesquinho.

Mas é preciso ver quanto é possível aprender com o passado. Somos tão bons para esquecer as lições que ele contém, tão hábeis em fazer desaparecer nossos erros, acreditar que jamais os cometemos para assim voltar vez ou outra a cometê-los. Não é fácil essa faculdade com a qual fui dotada. Ela me faz muito atenta, mais precavida do que jamais fui, acho que passei a ser uma dessas "almas antigas" que reconhecemos nas pessoas sábias. Às vezes, estranho o salto de leoa que me levou a tomar decisões com base num puro golpe de intuição, mas sei que não perdi o valor para tomá-las, apenas a rapidez da patada.

Não me arrependo da loucura que foi mandar os homens para casa e afastá-los do serviço público estatal. Admito que foi uma medida extrema. Felizmente, Fáguas, sendo um país pequeno, pôde se dar ao luxo de criar artificialmente esse laboratório no qual misturamos identidades e papéis de acordo com nossa vontade. Paguei um preço. Não me atreveria a propor essa experiência como um requisito imprescindível para que a sociedade reconheça as mulheres e as mulheres sobretudo reconheçam a si mesmas, mas o que sei é que, em meu país, isso significou uma mudança profunda que valeu a pena. É preciso ver o respeito que obtivemos pelo trabalho doméstico. Nenhum homem considera mais depreciativo passar, lavar, cozinhar ou cuidar dos filhos. As novas famílias de Fáguas dividem as tarefas. Multiplicaram-se os restaurantes comunitários nos bairros e o número de mães vocacionais preparadas; há creches em cada centro de trabalho e até "estações de descanso", como as quais sonhava Ifigenia, para deixar os filhos quando se vai às compras ou quando é preciso resolver problemas na rua. Filhos, mães e pais já não precisam se separar até que as crianças passem a frequentar a escola formal, aos doze anos. Enquanto isso, cada centro de trabalho valoriza a maternidade como uma contribuição para o futuro e o tempo que mães e pais dedicam aos filhos como a garantia de uma sociedade saudável. As quadrilhas desapareceram; o problema das drogas é pequeno; somos um país de flores, de alimento abundante, de pessoas que cuidam umas das outras, que respeitam a diversidade do amor e suas expressões; nosso felicismo funcionou. Somos mais ricos economicamente porque não adiamos a educação de nosso povo, e é nele e em sua vida cotidiana que decidimos investir nossos recursos. Somos mais ricos sobretudo porque eliminamos a mais antiga forma de exploração: a de nossas mulheres, e assim ninguém a aprende desde a infância. Há problemas, claro. Não somos uma sociedade perfeita. A verdade é que nos reconhecer como seres humanos significa saber que sempre haverá novas lutas e desafios, mas pelo menos avançamos.

Um pé na frente do outro.

Impresso no Brasil pelo
Sistema Cameron da Divisão Gráfica da
DISTRIBUIDORA RECORD DE SERVIÇOS DE IMPRENSA S.A.
Rua Argentina 171 – Rio de Janeiro, RJ – 20921-380 – Tel.: 2585-2000